Katharina Hacker

Eine Art Liebe

Roman

Suhrkamp

Umschlagabbildung: Tizian, Kain und Abel (Ausschnitt).
Santa Maria della Salute, Venedig/Curia
Patriarcale di Venezia, Foto: Scala, Florenz

suhrkamp taschenbuch 3692
Erste Auflage 2005

Druck: Druckhaus Nomos, Baden-Baden
Printed in Germany
Umschlag: Göllner, Michels, Zegarzewski
ISBN 3-518-45692-X

3 4 5 6 – 10 09 08 07 06

Für Saul Friedländer

»Daher ist das Nachvollziehen einer Geschichte ein schwieriger, mühseliger Prozeß, der unterbrochen oder blockiert werden kann. Eine Geschichte, so sagen wir weiter, muß letztlich annehmbar sein; man müßte eigentlich sagen: sie muß es trotz allem sein.«

Paul Ricœur

1. Kapitel

Drei Wochen nach Jeans Tod besuchte ich Moshe. Zum ersten Mal seit Jahren fuhr ich direkt vom Flughafen nach Jerusalem. Jean war in seinem Kloster Sept-Fons beerdigt worden, Moshe wenige Stunden vor mir in Israel eingetroffen.
Die Tür stand offen. Er saß in dem niedrigen, etwas schäbigen schwarzen Sessel, in dem er meistens sitzt. Obwohl Ende Januar, wärmte die Sonne, es waren mindestens vierzehn Grad, zwanzig Grad mehr als in Berlin. Moshe trug einen dunklen Anzug, er hatte abgenommen, als ich ihn umarmte, erschrak ich, er kam mir zerbrechlich vor. Er war 68 Jahre alt, sah jünger aus, das Gesicht schmal, auf Stirn und Kinn zeichneten sich blaß die beiden Narben ab, die er sich im Oktober bei einem Autounfall zugezogen hatte, sein dunkelblondes Haar war jetzt fast weiß. Ich bin einen halben Kopf größer als er, zum ersten Mal fiel mir das auf.
Der Fußboden glänzte, alles war aufgeräumt und sauber – das Verdienst von Tess, der philippinischen Haushaltshilfe –, das Sofa neu bezogen. Moshe winkte mir, ich solle mich setzen. Der lange Wohnzimmertisch verschwand fast unter Papieren und Stiften, unter Briefen, Rechnungen und den Notizzetteln, die mir Moshe manchmal schickt. Er las eine Aktennotiz, vermutlich von seinem Kollegen und Nachfolger in der Kanzlei, stand kurz auf, um mir ein Glas Wasser zu bringen – gleich gibt es Kaffee, sagte er –, und las schon weiter. In den letzten Monaten war so viel geschehen, daß ich nichts dagegen hatte, still dazusitzen und Moshe anzuschauen. Er ist ein gutaussehender Mann, etwa ein Meter fünfundsiebzig groß, vielleicht wirkt er durch seine lebhaften, abrupten Bewegungen kräftiger, als er ist, durch die Ungeduld und Entschiedenheit, mit der er reagiert, meist schneller als sein Gegenüber, meist unerwartet, und oft begreift man erst Stunden oder Wochen oder Jahre später,

warum er gesagt oder getan hat, was er gesagt oder getan hat. Ähnlich ist es mit seinem Gesicht: erst nach einer gewissen Zeit bemerkt man, wie sich die dichten Brauen über den Augenhöhlen wölben, wie fein die Flügel der kräftigen Nase geschwungen sind, und plötzlich wirken die Gesichtszüge fragend und sogar traurig, die Entfernungen nicht überbrückbar. Wir kannten uns im Januar 1999 seit mehr als acht Jahren.

Als er aufstand, abrupter als nötig – er will mir zeigen, daß er sicher auf den Beinen ist, schoß es mir durch den Kopf –, sah ich, wie abgeschabt der Bezug des Sessels war. Vor dem Fenster pfiff ein Vogel Bulbul, ich glaube, ich begriff erst da, daß ich in Israel angekommen war. Moshe setzte Kaffee auf, schnitt Kuchen ab (sicher hatte Tess ihn gekauft), alles zu rasch, als daß ich ihm hätte helfen können. »Datteln mußt du dir morgen selber kaufen«, sagte er, auf eine Schale mit Obst zeigend. Von der Beerdigung erzählte er nichts.

Die Wohnung liegt im Souterrain, auf abschüssigem Gelände, so daß sich der hintere Teil zu einem kleinen Gartenstück, einer Wildnis aus ungeschnittenem Gras und Brombeerbüschen öffnet.

»Wenn du schon so lächerlich lang bist, solltest du wenigstens essen.« Moshe wirkte müde. Aber als er aufzählte, was in absurder Abfolge passiert war, sahen wir uns an und fingen an zu lachen: unberechenbare Schwindelanfälle, Verdacht auf einen Hirntumor, der Brief seines Freundes Jean, ein Autounfall, die erfolglose Suche nach Jean in Frankreich, die Todesnachricht. »Fehlt nur noch, daß die Wohnung abbrennt und Batsheva mich verläßt«, spottete Moshe.

Kurze Zeit später rief Batsheva an und fragte, ob ich noch bei Moshe sei. In einem Autobus der Linie, die ich in Tel Aviv immer benutze, war eine Bombe explodiert. Wir schalteten den Fernseher ein. Acht Tote, mehr als zwanzig Verletzte.

Moshe bat mich, bei ihm oder Batsheva zu übernachten, statt nach Tel Aviv hinunterzufahren. »Oder möchtest du, daß ich die ganze Nacht wach liege?« Aber ich wollte nach Tel Aviv, ich sehnte mich nach dem Meer und dem Zimmer, das ich dort immer miete, der Gedanke, in Jerusalem aufzuwachen, bedrückte mich. Ich fahre eigentlich nur noch nach Jerusalem, um Moshe zu besuchen.

Unwillig brachte Moshe mich zum Busbahnhof. Ob er überlegte, wie er mich zurückhalten könne? »Du schreibst doch«, sagte er. »Ich schenke dir Jeans Geschichte, schreibe sie auf.«

Ich war überrascht: Moshe hatte über meine Bücher bisher immer kritisch und oft spöttisch gesprochen. Wir hatten den Busbahnhof erreicht, ich sah, daß der 415er zur Abfahrt bereitstand. Hastig umarmte ich Moshe und versprach anzurufen, sobald ich angekommen sei.

Während der einstündigen Fahrt dachte ich über Moshes Geschenk nach. Die wenigen Fahrgäste waren still. Als wir die Ebene erreichten, schaltete der Fahrer das Radio ein, der Nachrichtensprecher und Augenzeugen berichteten Einzelheiten über das Attentat, da wurde mir klar, daß ich in Jerusalem hätte bleiben sollen.

Gleich nach meiner Ankunft rief ich Moshe an. »Und«, meldete er sich ungeduldig, »hast du über meinen Vorschlag nachgedacht?«

»Wenn du willst, versuche ich es.«

»Gut, und sei übermorgen um fünf Uhr bei mir, wir gehen spazieren.«

Ich konnte nicht schlafen und fing in der gleichen Nacht zu schreiben an. Vor ein paar Wochen hatte ich ein Manuskript abgegeben, seither plagte ich mich mit der Übersetzung eines langen Romans. In den folgenden Tagen schrieb ich zwanzig Seiten, es ging mir leicht von der Hand. Den Tisch hatte ich ans Fenster gerückt, der dicke Vorhang ließ sich weder mit List noch mit Gewalt ganz zurückziehen. Ich stellte mir vor, daß Jean die letzten Wochen seines Lebens in einem ähnlichen Zimmer verbracht hatte. Moshe erwartete von mir keinen Tatsachenbericht. Mittags lief ich zum Meer hinunter, traf mich mit Freunden, und alle zwei Tage fuhr ich nach Jerusalem, zu Moshe. Wir gingen auf den Markt und kauften Datteln, er führte mich und Batsheva zum Essen aus. Das Wetter schlug um, Moshe gab mir seinen Regenschirm. Ein paarmal gingen Gewitter nieder, aber Schnee fiel nicht.

Nach Berlin zurückgekehrt, las ich, was ich geschrieben hatte. Es war schlecht, und ich ließ es liegen. Moshe hatte mich diesmal nicht drängen müssen, Sebastian zu besuchen, Sebastian, der vor Jahren mein Freund gewesen war, den ich verlassen hatte, als ich in Jerusalem studierte, meine große Liebe. Im Frühjahr fuhr ich mehrfach nach Freiburg, auch sonst reiste ich viel. Schließlich zog Sebastian nach Berlin. Wir lebten in meiner Zwei-Zimmer-Wohnung zusammen, und ich versuchte zum zweiten Mal, Jeans Geschichte aufzuschreiben. Nach achtzig Seiten war auch dieser Versuch mißglückt. Mit jedem Ortswechsel kann eine Geschichte aus den Fugen geraten. Die Geschichte ähnelt einem Glas, das – in Zeitungen und schmutzige Wäsche verpackt – die Reise nicht überstanden hat.

In dem Jahr, das auf Jeans Tod folgte, dem Jahr, in dem Sebastian nach Berlin zog, fuhr ich dreimal nach Israel, einmal – im Herbst – begleitete mich Sebastian. Jedesmal blieb ich drei Wochen. Wir sahen uns oft, Moshe und ich; er war manchmal gesund und manchmal nicht, häufig spottete er über mich, ungeduldig wie im ersten Jahr unserer Freundschaft, über das wir oft sprachen. Als prüften wir uns und unsere Freundschaft unter veränderten Bedingungen.
»Mir fällt das Reisen schwer«, sagte ich zu Moshe. Er sah mich belustigt, beinahe empört an. »Von welchen Reisen

sprichst du denn? Von deinem komfortablen Dahin, Dorthin, wie es uns beliebt?«
»Willst du«, verteidigte ich mich, »daß ich mit dem Schiff nach Palästina fahre und drei Wochen mit Malaria in einem verdreckten Krankenhaus in Haifa liege? Und dann darf ich auch übers Reisen reden?«
Aber ich wußte, was er meinte.

Im Frühsommer 1938 leerte sich die Charlottenburger Wohnung der Feins. Möbel wurden herausgetragen, um bei Freunden eingelagert zu werden, jedes Stück von seiner Mutter noch einmal sorgfältig poliert, in große, hölzerne Kisten wurde das Geschirr verpackt, in Holzwolle die Gläser, Gegenstände wurden unsichtbar, eine geschäftige Operation verbarg, was endgültig war. Mit seiner Kinderfrau schickte man Moses zu langen Spaziergängen. Eine große Reise würde es sein, sagte man ihm. Der Lehrer, der ihn seit seinem sechsten Geburtstag zu Hause unterrichtet hatte, blieb weg. Die Kinderfrau führte Moses in den Tiergarten; er wollte in den Zoo, das war nicht möglich. Um ihn zu trösten, weil er auch diesen Sommer nicht eingeschult wurde, versprach sein Vater, ihn bald selbst zu unterrichten.
Der Tag der Abreise (große Koffer, zwischen denen seine Mutter hin- und herlief, während der schmale Vater am Bahngleis stand, mit hängenden Armen und still wie ein Signalpfosten) war mild, das dicke, pelzgefütterte Mäntelchen viel zu warm, Moses weinte und wollte es ausziehen.
Er erinnert sich, daß ihm heiß gewesen war (es war Anfang Juni), wie er weinte, weil er den Mantel nicht ausziehen durfte. An die Zugfahrt und Ankunft in Paris erinnert er sich nicht, vage nur an das enge Hotelzimmer, an Nächte, in denen seine Eltern das Zimmer verließen, im Glauben, er schliefe. Fremde Stimmen drangen ins Dunkel, Schatten zogen einer hinter dem anderen aus den Ecken, sammelten sich um das leere Bett seiner Eltern, als suchten sie nach

ihnen. Die Eltern hatten ihm gesagt, er müsse leise sein, schon während der Zugfahrt hatten sie es befohlen. Er schwieg, bis heute kann er in einem öffentlichen Verkehrsmittel nicht laut sprechen.
Er wußte nicht, wohin seine Eltern nachts, wohin sie tagsüber gingen, wenn sie ihn alleine ließen, um müde, mutlos zurückzukehren.
Seine Mutter trat rasch ins Zimmer, wo er auf ihrem Bett saß und wartete, zog die Tür hinter sich zu, bevor sie ihn fest an sich drückte. Sein Vater kam herein, sah ihn kaum an, stand am Fenster, stundenlang, ohne sich umzudrehen.
Er hörte sie sagen, daß sie Arbeit suchten und eine Wohnung. Er wollte nach Hause, wo seine Mutter den ganzen Tag über bei ihm blieb.
Sie hatten Mühe, sich mit ihrem schlechten Französisch durchzuschlagen, später war ihm das seltsam vorgekommen, später, als sie alle drei es längst fließend beherrschten und, wenn sie alleine waren, zuweilen die Sprachen mischten.
Sie baten Bekannte aus Berlin, die ebenfalls nach Paris geflohen waren, um Hilfe, es fiel ihnen schwer.
Schließlich fanden sie eine kleine Dachwohnung, seine Mutter fing an, ihm und sich selbst aus einem Lehrbuch Französisch beizubringen.
Er durfte sie begleiten, manchmal führte sie ihn in einen Park, wo andere Kinder spielten. Sie zeigte ihm den Eiffelturm, sie trug einen grünen Mantel und einen Hut, der schief auf ihrem Kopf saß. Er spürte, daß sie mit ihm über etwas reden wollte und nicht wußte wie, daß sie ihn überreden wollte zu etwas, das sich gegen seinen Vater richtete, der mager geworden war und sich oft räusperte. Moses wollte nicht hören, was seine Mutter über seinen Vater sagte, aber danach weigerte er sich, ihn zu umarmen. Eines Freitagabends brachte sein Vater eine Kerze mit und zündete sie an, wobei er mit einer Hand seinen Kopf bedeckt hielt, wie um sich zu verstecken.

Moses schlief auf dem Sofa im Wohnzimmer. Seine Eltern hatten die Wohnung möbliert von einer jungen Frau gemietet, die ihn manchmal rief, wenn sie ihn im Treppenhaus herauf- oder herunterlaufen hörte, und ihm ein Glas warme Milch zu trinken gab.
Er erinnerte sich an dieses Glas Milch, an diese Geste wie an etwas, das unvermeidlich war: ein Klischee. Ein Glas warme Milch auf der Treppe, manchmal ein Löffel Honig darin, und wie sich die Tür öffnete, eine der Türen, die verschlossen blieben, als auf der Treppe ihre Schritte leiser wurden und schließlich unhörbar. Nur die Zeit blieb übrig, und sie fügte sich nicht mehr in das Maß irgendeiner Geste, weniger Minuten, bis der Topf aus dem Schrank gezogen war, die Milch gewärmt, ein paar Minuten, damit der Honig sich darin lösen konnte.
Moses wußte, daß es nicht gut war, zu fragen, wann sie nach Hause zurückkehren würden. Er fragte nicht. Er versuchte die Tage zu zählen, wollte sie abzählen, einen nach dem anderen, bis sie verschwunden waren. Die Zeit sollte verschwinden, die Tage und die Nächte, die Wochen, die vergingen und seinen Geburtstag näherrücken ließen, an dem er nicht in Berlin sein würde. Dann begriff er, daß es nicht mehr die Zeit war, die sie von Berlin trennte, sondern etwas anderes, das ihm angst machte. Der Sommer war vorbei, das Laub verfärbte sich, die Kastanien waren reif, er wollte sie nicht aufsammeln, um mit ihnen zu spielen. Er wollte nicht Französisch lernen. Seine Mutter führte ihn, wenn es schön war, in den Jardin du Luxembourg. An dem großen Becken spielten Kinder mit ihren Schiffchen, er saß neben seiner Mutter auf einem Eisenstuhl und weigerte sich, zu ihnen zu laufen.
»Ich erinnere mich nicht gerne an diese Zeit. Warum willst du das wissen?« »Weil du wolltest, daß ich Jeans Geschichte aufschreibe.«
»Das Glas Milch kannst du ebensogut erfinden. Was du er-

finden könntest, unterscheidet sich nicht von dem, was ich erzähle. Und was hat das mit Jean zu tun?« Meine Erklärung schnitt er mit einer Handbewegung ab. Einmal fragte er: »Nennt man das Recherche?«
Seine Geschichte, Jeans Geschichte und meine eigene vermischen sich. Manchmal spricht Moshe von der Zeit, in der wir uns kennengelernt haben. Es gibt Bruchstücke der Erinnerung, und es gibt die Erinnerung, an die man sich erinnert. Einer erzählt, und nur solange er spricht, fügen sich die Teile zusammen.
Neben seiner Mutter sitzt er im Jardin du Luxembourg, da sind Kinder, die auf Ponys reiten, bis zum Karussell ist es nicht weit. Seine Mutter trägt einen Mantel, den er aus Berlin nicht kennt. Was ist das für ein Mantel? Warum ist es so still? Später findet er heraus, daß sich dieses Karussell lautlos dreht, ohne Musik.
Juni 1938 bis Juni 1940. Sein achter, sein neunter Geburtstag.
Er erinnert sich an den achten Geburtstag, an den 17. November 1938, an die Mühe seiner Mutter, diesen Geburtstag zu feiern, mit einem Geschenk und einem festlichen Gesicht, zerbrechlich wie Glas. Er bekam einen hübsch gefertigten kleinen Zweispänner, dem ein Kutschpferd fehlte; sie hatte für die Sitze kleine Kissen aus blauem Samt genäht.
Sie schickten ihn in die Kammer, die als Schlafzimmer diente. Es war früh am Morgen, er fror ein bißchen und wickelte sich in die Decke seiner Eltern. Er hörte, wie sie hin und her liefen, sie richteten den Geburtstagstisch. Die Stimme seines Vaters, leise und heftig, redete auf seine Mutter ein, es roch nach heißer Schokolade, gleich würden sie ihn rufen, damit er die Geschenke auspackte. Aber vielleicht stritten sie auch.
Es dauerte lange, bis ihn seine Mutter rief, mit ihrer hellsten, allzu hellen Stimme, und Moses weinte, als er das Tischchen sah, auf dem nichts als die Kutsche und ein kleiner Kuchen standen.

In den letzten Pariser Wochen erlaubte man ihm, bei schönem Wetter nachmittags alleine aus dem Haus und auf die Straße zu gehen, die auf einen Platz führte. Er lief bis zu dem Platz, setzte sich auf eine Bank und hielt nach seiner Mutter Ausschau. Manchmal brachte sie von dort, wo sie arbeitete (putzte sie?), eine Brioche mit. Wenn er sie sah, sprang er nicht auf, um ihr entgegenzulaufen.
Die hölzerne Kutsche verlor er auf der Fahrt nach Néris-les-Bains. Er hatte nicht oft damit gespielt. Vielleicht war sie auch – unhandlich, wie sie war – in Paris geblieben.

»Ruth«, sagte Moshe, »hat mir immer vorgeworfen, daß ich nicht imstande bin, eines nach dem anderen zu tun und mich daran zu freuen. Woran zu freuen? Daran, daß man eines nach dem anderen in guter Ordnung tut und dabei eine gute Ordnung schafft. Was willst du noch? habe ich ihr gesagt, daß ich die Mondscheinsonate höre? Wenn ich mich an etwas erinnere, ist es ein albernes Detail oder eine kitschige Szene. Wenn ich mich an etwas erinnere, ist es ein Fitzelchen, und nehme ich es unter die Lupe, wird es ein Kitsch. Weißt du, was Kitsch ist? Kitsch ist, was jedermann gehört.«
Ich fragte nach der Pariser Zeit, denn Moshe hatte mir davon nicht erzählt. Er hatte mir von Néris-les-Bains, von Tournus erzählt, nicht von Berlin, nicht von Paris. Er spart diese Zeit aus. »Warum«, fragte er, »hast du mich nicht nach Berlin gefragt, als wir uns kennenlernten?«
Vielleicht hätte er auch damals nicht geantwortet, aber darum geht es nicht. Ich habe nicht gefragt.

Kurz vor ihrer Flucht aus Paris fand er eines Nachmittags im Bad (seine Eltern waren nicht da, aber wo war er gewesen, von wo war er gekommen?) einen hölzernen Kleiderbügel auf dem Fußboden liegen, wie hingeschleudert neben dem kleinen Tischchen, auf dem die Bürsten, Nagelscheren und

Pinzetten seiner Mutter lagen. Ein Fläschchen lag auch auf dem Boden, der Deckel abgesprungen, der Hals gesplittert. Er starrte darauf und fing an zu heulen, als er merkte, daß er sich in die Hosen gemacht hatte.

Wir gingen oft spazieren. Moshe war unruhig, er lief im Zimmer auf und ab, dann schlug er einen Spaziergang vor. Die Alfasi Straße entlang bis zum Tal des Kreuzes oder bis zur Windmühle, Jabotinsky Straße hinunter. Wenn er wütend oder niedergeschlagen war, beachtete er weder die stechende Sonne noch regenkalte Wintertage. »Hast du Jerusalem vergessen?« fragte er, wenn er bemerkte, daß ich fror oder in der lähmenden Chamsin-Hitze blaß wurde.

In der Alfasi Straße habe ich von 1990 bis 1993 gewohnt, in der Nummer 13. Moshe wohnt in Nummer 21. »Warum mußtest du auch nach Berlin ziehen«, sagte er manchmal. Wenn wir am Grab des Seefahrers oder Kaufmanns Jason vorbeikamen, einem kleinen Kuppelbau aus hellenistischer Zeit, den man entdeckt hat, als man die Erde für einen Neubau aushob, sagte er: »Dort haben wir uns oft getroffen, weißt du noch?«, und er fügte vorwurfsvoll hinzu: »In Jean hättest du dich verliebt.«

»Bist du sicher, daß Sebastian zu dir paßt?« sagte Moshe, der mich oft gedrängt hatte, die abgerissene Verbindung wiederaufzunehmen und zu heiraten.

»Schau mich an«, sagte er. »Ich habe eine fünfzehn Jahre jüngere Freundin, die mich liebt. Meine Frau wollte sich von mir scheiden lassen, aber ein Auto hat sie überfahren. Juristisch betrachtet bin ich Witwer. Wie kommst du mit Jeans Geschichte voran?«

»Wie soll ich schreiben, wenn ich mit dir durch Jerusalem renne?«

Manchmal besuchte Moshe mich in Tel Aviv. Moshe meidet, wie die meisten Jerusalemer, Tel Aviv, aber er fuhr nach

Tel Aviv und wartete in meinem Lieblingscafé, bis ich dort auftauchte.
»Da bist du ja.«

Es kann nicht still gewesen sein, aber das ist seine Erinnerung: eine Landschaft, die sich aus ruckhaften Bewegungen zusammensetzt, lautlos. Weder Motoren noch Stimmen. Ein Bauer steht auf einem Feld und hält ein Pferd am Zügel. Immer wieder stockt alles.
Auf der Rückbank neben ihm sitzt seine Mutter, er schmiegt sich an sie, die aufgerichtet aus dem Fenster schaut. Vielleicht sieht sie den Bauern ebenfalls, und das Pferd. Er will sie ärgern und fragt, ob sie nach Berlin fahren, er fragt es auf französisch. Die Zeit kippt und liegt still wie ein Kreisel, der aufgehört hat sich zu drehen.

Ich glaube, Moshe hat erst Ende 1998 damit angefangen, Notizzettel zu schreiben und dann achtlos liegenzulassen. Manchmal finde ich einen dieser Zettel in meiner Tasche, in meinem Koffer, manchmal in den Päckchen, die er mir nach Berlin schickt, Päckchen mit Datteln oder Trocken-Techina.
Oft knüllt er sie auch zusammen, wirft sie in den Papierkorb oder läßt sie auf dem Sofa liegen. Tess sammelt die Papierchen auf und tut sie in den Abfall, Moshe sieht ihr dabei zu.
Über Geheimnisse habe ich mir bisher wenig Gedanken gemacht. Aber neben all dem, was man sich erzählt, wird plötzlich spürbar, was man sich nicht erzählt – eher ein Raum als bestimmte Gedanken oder Begebenheiten, die man nicht preisgeben will. Es sind Verästelungen, beiläufige, verschlungene Gedanken- und Empfindungsfetzen, die nicht laut werden und deswegen anderen Gesetzen unterliegen als denen des Erzählens.
Moshe hat selten darüber gesprochen, was ihm Jean bedeu-

tet. Ich hebe die Zettel auf, ich scheue mich, sie zu lesen, aber ich lese sie, manche schreibe ich ab.
In einem Karton im Bücherregal meiner Berliner Wohnung bewahre ich sie auf.

Theodor und Ruth Fein ergriffen 1938 die letzte Gelegenheit, aus Berlin nach Paris zu emigrieren. Das wenige, was sie mitnehmen konnten, wurde rasch weniger. Die beiden, er Rechtsanwalt, sie Sängerin, fanden in Paris zunächst keine Arbeit. Schließlich lernte Theodor Fein einen Geschäftsmann kennen, der mit den Nazis sympathisierte und Handelsbeziehungen nach Deutschland unterhielt. Fein erledigte für ihn den Schriftverkehr. Ruth Fein versuchte, als Näherin und Putzfrau etwas zu verdienen.
Dann mußten sie auch aus Paris fliehen.
Als sie ihren Sohn, auf den Namen Jean Marie getauft, in einem katholischen Internat sicher untergebracht wußten, versuchten sie, die Schweizer Grenze zu erreichen. Sie hatten sich verpflichtet, ihren Sohn Moses im katholischen Glauben zu erziehen, falls sie überleben würden. Theodor Fein, kein Zionist und assimiliert, aber ein Bewunderer der Aufklärung, hatte seinen Sohn nach Moses Mendelssohn benannt.
Sie wurden von schweizerischen Grenzbeamten abgefangen und an die Gestapo ausgeliefert, nach Gurs, von dort nach Theresienstadt deportiert und schließlich in Auschwitz vergast.
Von Moshes Eltern existiert kein Foto. Es gibt kein Foto von Jean.
Von Ruth, Moshes Frau, kenne ich zwei Fotografien. Sie sitzt in Prag auf einer Fensterbank und blickt, gemeinsam mit dem Betrachter des Fotos, zum Hradschin hinüber. Ihr dunkles, dickes Haar ist lose zurückgebunden. Das Jahr ist 1960, für eine Woche ist sie nach Prag gefahren, in die Stadt, in der sie geboren wurde. Sie hat darauf bestanden, alleine

zu reisen, ohne Moshe, den sie zwei Jahre später heiraten wird. Die insgesamt drei Wochen ihrer Abwesenheit (Ruth reist über Berlin, wo sie eine Freundin ihrer Mutter besucht) sind für Moshe entsetzlich. Er fürchtet für Ruth, fürchtet um Ruth, nach ihrer Rückkehr will sie ihm sagen, ob sie ihn (sie kennen sich seit zwölf Jahren) heiraten wird. Ruth wirkt auf dem Foto weich, ein wenig rundlich, noch sehr jung (sie ist zwei Jahre älter als Moshe). Erst auf den zweiten oder dritten Blick entdeckt man in ihren Gesichtszügen etwas Schwermütiges, Besorgtes, die Augenlider sind geschwollen, ihre Hand (die rechte) scheint das Knie zu umklammern, als müßte sie Dinge festhalten, die man nicht festhalten kann. Ihre Mutter, ihr Vater, ihre jüngere Schwester sind aus Prag in einem Viehwaggon abtransportiert worden. Theresienstadt, dann Auschwitz.

Die zweite Fotografie zeigt Ruth in Jerusalem, Rechavia, sie sitzt auf einem Steinmäuerchen, nicht weit von der Alfasi Straße. Hinter ihr balanciert eine dünne weiße Katze. In der Hand hält sie ein Buch, das aufgeschlagen ist, der Fotograf hat sie aus ihrer Lektüre gerissen. (Wir hatten, sagt Moshe, keinen Garten, und Ruth saß gerne draußen, im Schatten, um zu lesen, wenn sie die Klassenarbeiten und Hausaufgaben ihrer Schüler endlich korrigiert hatte.) Ihr Blick ist energisch, der volle Mund zeichnet sich deutlich von der blassen Haut ab, das Gesicht ist stolz. Jetzt ist sie fünfundvierzig Jahre alt und schöner als mit zweiunddreißig.

Moshe hat sie kurz nach seiner Ankunft in Israel, im Kibbuz kennengelernt. Sie liebte ihn. Es dauerte fast vierzehn Jahre, bis er sie überreden konnte, ihn zu heiraten.

Er wollte sie mit Jean bekannt machen, er lud ihn zur Hochzeit ein, Jean kam nicht. Sie sind sich nie begegnet. Wieder war etwas vereitelt, nicht die Idee irgendeiner Vollständigkeit, die er längst aufgegeben hatte, sondern etwas anderes, an dem sein Herz hing, als wäre es, wie man im Hebräischen sagt, sein Seelenvogel: zippor nefesch.

Er machte ihr, Ruth sagte es, das Leben schwer. Er schien darauf zu warten, daß zerfiel, was sie geschaffen hatte. Du bist kein Zionist, sagte sie manchmal, und sein Herz krampfte sich zusammen, wenn er in diesem Satz ihre Hilflosigkeit und ihre Hoffnung hörte. Er wollte Zionist sein, er dachte manchmal, daß ihm fehlte, was er in Frankreich zurückgelassen hatte durch seine Entscheidung, nicht Mönch zu werden. Als Ruth davon sprach, ihn zu verlassen, hoffte Moshe, Jean würde sie überzeugen, bei ihm zu bleiben. Nur Jean konnte Ruth erklären, wie sehr Moshe sie liebte. Mit Jean, wenn er nur da wäre, würde alles gut werden.
Aber Jean war in Frankreich, er lebte für Gott oder für sich selbst, er erkannte nicht an, was den Schatten eines Zweifels auf seine Entscheidung hätte werfen können. Es gab für Jean keine Zweifel, dachte Moshe und hielt sich daran, als würde damit auch seine eigene Unrast schließlich zur Ruhe kommen.
Als Ruth ging, nahm sie nur eine Tasche mit ihrer Wäsche und ihren Kleidern mit. Sie hatte Blumen auf den Tisch gestellt. Monatelang wechselte er das Wasser in der Vase; die Blumen waren längst verwelkt. Sie war überfahren worden, als sie nach einem Autobus gerannt war, mit dem sie von ihrer neuen Wohnung zur Schule fuhr.
Er schrieb Jean. Seit er alleine war, ging er nicht vor zwei oder drei Uhr, die Zeit, da die Mönche im Kloster zum ersten Gebet aufstanden, zu Bett. Sie lösten sich ab.
Seit dem Tag, an dem er Jeans letzten Brief erhalten hat, geht er früh schlafen, um ein Uhr oder schon um Mitternacht.
»Es lohnt nicht, wach zu bleiben. Morgens weckt mich die Müllabfuhr, und dann die Radios, hörst du, jede Stunde Nachrichten, ab sieben Uhr früh.« Moshe reißt das Fenster auf. Rechavia ist das stillste Stadtviertel Jerusalems. Der Vogel Bulbul ruft, in den schweren Wedeln einer Palme hört man den Wind. Von fern Sirenen.

Zuweilen schreibt er aus Versehen einen Brief, Lieber Jean, und erst wenn er ihn unterschreiben will, begreift er, daß Jean tot ist.

Ich habe Moshe Fein 1990 kennengelernt, in dem Jahr, in dem ich nach Jerusalem kam, um an der Hebräischen Universität zu studieren. Es war Anfang August. Die Hitze und das Licht betäubten mich, hin und her lief ich durch die Stadt, fuhr Stunden mit dem Autobus, ich konnte kein Hebräisch, kannte niemanden. Wenn ich aus dem Sprachkurs kam, lief ich am Antiquariat Stein vorbei. Im Schaufenster lagen auch deutsche Bücher aus, hinter einem kleinen Tisch saß im Halbdunkel Herr Stein, er sprach Deutsch. Er war in Frankfurt am Main geboren. Ich besuchte ihn oft. Er rauchte Zigarillos mit einem langen Mundstück aus weißem Plastik, ein wenig gelber Speichel rann ihm übers unrasierte Kinn, er trug zerknitterte Hemden und ein Jackett, von dem man nicht wissen wollte, woher er es hatte. Eines Mittags kam er mir entgegen, schloß die Ladentür vor meiner Nase ab. »Wir gehen Hemden kaufen«, sagte er und führte mich zu dem großen Kaufhaus, nicht viel weiter oben auf der King George Straße. »Ist das dein Großvater?« fragte mich gereizt die Verkäuferin, als ein ganzer Haufen anprobierter Hemden vor uns lag. Ich, Anfang zwanzig, war noch rot, als wir den Buchladen wieder erreicht hatten, errötete erneut, als jemand auf Herrn Stein zutrat, mit blitzschnellen Fragen und Bemerkungen, die ich nicht verstand, Fragen, die sich wohl auf mich bezogen, Herr Stein nahm mich energisch bei der Hand, der Fremde musterte mich neugierig.
Tags darauf ging ich zur Post. Ich reihte mich in die Schlange ein, in der Hand den grünen Reisepaß. »Sie sind gestern rot geworden«, sagte eine Stimme hinter mir, es war der Bekannte des Herrn Stein, der mich auf deutsch ansprach. »Ihnen würde ich ein Päckchen auch ohne Paß aushändigen.« Ich hatte wirklich ein Päckchen bekommen. Den Kar-

ton habe ich aufgehoben, Alfasi Straße 13, Jerusalem, es war von Sebastian, meinem Freund.
»Moshe Fein«, stellte er sich vor. »Sie müssen über ein Meter achtzig groß sein«, sagte er. Einige der Wartenden drehten sich nach mir um. Fein lachte mich an. »Wenn man in Jerusalem aus dem Haus geht, kommt man mit einer Geschichte zurück.«
Seither trafen wir uns immer wieder auf der Straße, Fein überprüfte meine Fortschritte im Hebräischen, er fragte, von wem ich an jenem Tag ein Päckchen bekommen hätte, er sagte, ich hätte es im Arm getragen wie etwas Liebes. Im Hebräischen gibt es kein »Sie«, wir nannten uns bald beim Vornamen, Moshe, Sophie, und wenn wir Deutsch sprachen, duzten wir uns. Sobald Moshe sicher war, daß an meinem Fleiß und Fortschritt nichts auszusetzen war, sprach er mit mir Deutsch.
Im Oktober forderte er mich zum ersten Mal auf, am Freitagmittag ins Café Atara auf der Ben Yehuda Straße zu kommen.
Im Januar, während des Golfkriegs, lud Moshe mich zu sich nach Hause ein. Seine Freundin Batsheva hatte Tscholent gekocht, ein Gericht aus Fleisch und Bohnen und gekochten Eiern, das eine ganze Nacht im Ofen bleiben muß. Batsheva öffnete mir die Tür und erzählte, wie sie während des Alarms ratlos überlegt hatte, was mit Topf und Ofen zu tun sei. Spätestens um zwei oder drei Uhr müsse sie das Haus verlassen. Ich schaute sie verständnislos an, in ihrer Stimme mischten sich Gewohnheit und ein Lachen, auch eine Warnung schwang darin, die mir galt. »Um drei Uhr gehe ich, wie jeder weiß, schlafen«, fügte Moshe dem Rätselhaften seinen Teil hinzu, die anderen Gäste, die inzwischen eingetreten waren, unterbrachen besorgt den anscheinend sattsam bekannten Wortwechsel. Martha und David Weltfreund, beide Psychoanalytiker, Kollegen von Batsheva. Sie erzählten mir von dem weißen Pfau, der manchmal im Gar-

ten hinter dem Psychoanalytischen Institut, manchmal im Haus der Leprakranken auftauchte, sie sprachen Hebräisch und Deutsch durcheinander, wir saßen um einen niedrigen Wohnzimmertisch, einen Eßtisch schien es nicht zu geben. Die Fenster waren nicht verklebt, ängstlich fragte ich mich, was wir während des Alarms tun sollten. Als die Sirenen losheulten, bestanden – mit einem Blick auf mich – Weltfreunds darauf, daß wir mit unseren Gasmasken ins Schlafzimmer gingen, dessen Fenster schlampig mit Plastikfolie verklebt waren.

Eine halbe Stunde saßen wir um das Bett, einander die Rükken zugewandt, die Gesichter mit den schwarzen Rüsseln gegen die weiße Wand gekehrt. Auf dem Nachttisch neben mir bemerkte ich das Foto einer jungen Frau, ein älteres Foto, Batsheva war es nicht. Daneben lagen ein Kreuz und die *Bekenntnisse* des Augustinus.

Als die Entwarnung kam, sprang Moshe auf und zog mich, ich konnte kaum die Gasmaske absetzen, in die Küche, damit ich ihm beim Aufwärmen des Essens behilflich sei.

Der Fernseher lief, ich erinnere mich an Bilder von Tel Aviv, helle Punkte, Raketen oder Abwehrraketen, in Ramat Gan waren Raketen eingeschlagen, in den Besetzten Gebieten auch. Über den niedrigen Tisch gebeugt, aßen wir, der Unterhaltung konnte ich nicht folgen, ich erinnere mich, daß Batsheva mir wieder und wieder auftat, ich schlief in dieser Nacht fest wie ein Stein, das erste Mal, seit der Golfkrieg ausgebrochen war. Später begriff ich, daß dieser Abend meinetwegen stattgefunden hatte: weil ich in Israel geblieben war.

Die Universität war geschlossen. Wenn man in die Stadt ging, mußte man seine Gasmaske, die Atropinspritze, ein Pulver gegen Senfgas bei sich tragen. Gestorben wurde anderswo. Weltfreunds luden mich ins Konzert ein, liehen mir Bücher und zwei Töpfe, Batsheva zeigte mir einmal den weißen Pfau, der auf einem Ast saß, weiß und wundersam.

Moshe sah ich ein paar Tage nicht, ich war enttäuscht darüber. Von Sebastian hatte ich mich entfernt, von Deutschland, ich wollte mit Moshe sprechen, wollte wissen, wer die Frau war, deren Foto auf seinem Nachttisch stand, warum ein Kreuz dort lag, warum er erst um zwei oder drei Uhr morgens schlafen ging.

Wenn ich nicht wußte, was ich tun sollte (mein Studium war mir in all den Aufregungen gleichgültig geworden), lag ich in meinem Zimmer auf dem Bett und dachte über ihn nach. Das Zimmer hatte nur ein winziges Fenster in zwei Meter Höhe, auf einem Tisch stand mein Computer, ich versuchte *Sein und Zeit* zu lesen.

Als der Golfkrieg vorbei war, trafen wir uns freitags wieder im Café Atara. Über Jean, seinen Freund, der Mönch war, Trappist, sprach Moshe nur ein einziges Mal. Wenn Jean in seinem Kloster in Frankreich aufstünde, ginge er schlafen, sagte er, das war alles. Ich war nicht sicher, ob es Jean tatsächlich gab. Daß Moshe in Berlin geboren war, wußte ich, nach seinen Eltern fragte ich nicht. Er trug in jenem Winter beige oder blaue Cordhosen, ein dickes Jackett, sein dunkelblondes Haar wurde allmählich grau, er sprach rasch und konzentriert. Er schaute einen aufmerksam an und schien doch an etwas anderes zu denken. Alle kannten ihn, und er kannte alle, sie begrüßten ihn, er grüßte zurück, an seinen Tisch setzte sich nur, wer dazu aufgefordert war, und seine Einladung galt viel. Ich hatte aus Deutschland meinen Dufflecoat mitgebracht, dunkelblau und mit einer Kapuze, sehr lang, so wie ich lang und dünn war, ich rauchte Pfeife, aber auch ohne Pfeife sahen mich alle an, lang und dünn, mit kurzen Locken, knabenhaft und ungeschickt betrat ich das Café, in dem alle wußten, daß ich zu Moshe gehörte, und vielleicht dachten sie, ich sei seine Geliebte. Er bestellte mir ein Stück Kuchen, denn er fand, ich sei zu dünn, Schokoladenkuchen, und es gab keine Widerrede.

Ich habe Fotos von ihm als junger Mann gesehen, Schwarz

weißaufnahmen aus den sechziger Jahren. In einer Gruppe von Männern und Frauen steht er in der Ben Yehuda Straße, der Fußgängerzone, oben vor dem mehrstöckigen Haus, in dem seine Kanzlei ist, oder weiter unten vor dem Café Atara. Als einziger wendet er sich dem Fotografen zu, er sieht gut aus, er scheint zufällig dazugekommen, schon wieder auf dem Sprung, aber er ist der Mittelpunkt, die anderen schauen zu ihm hin.

Im Café Atara, wo jeden Freitagmittag dieselben Leute an denselben Tischen saßen, machte mir an Moshes Tisch immer jemand Platz oder holte mir einen Stuhl. Inzwischen ist das Café Atara umgebaut worden. Damals war es noch, wie es früher, in den vierziger, den dreißiger Jahren gewesen ist. Es gibt dieses Jerusalem nicht mehr.

Zweimal begleitete Batsheva mich, zweimal holte sie mich mit dem Auto aus der Alfasi Straße ab; ich nehme an, Moshe hatte sie darum gebeten. Er wollte nicht, daß ich Mißverständnissen ausgesetzt würde.

Das Wort führte er selten. Seine Begabung war es, Prozesse zu vermeiden, Parteien zur Einigung, zum Kompromiß zu zwingen. Er galt als einer der besten Rechtsanwälte Jerusalems. Man sagte von ihm, er sei imstande, einen Mandanten stundenlang zu beschimpfen, was ihm einfiele, wegen einer Lappalie vors Gericht zu ziehen, wegen eines Hauses, eines Grundstücks, nicht mehr wert als die drei Disteln, die dort wüchsen, wegen einer angeblichen Beleidigung, die geradezu ein Kompliment sei.

»Soundso hat mir Unrecht getan, Soundso hat mich übervorteilt. Da reden sie von Freiheit und Gerechtigkeit und sagen nicht geradezu, das und jenes will ich, ich will wissen, wie ich es bekommen kann. Fast immer stellt sich heraus, daß von Unrecht keine Rede ist, nur Geldgier, alle glauben sich zu kurz gekommen, und von wem einer nimmt, ist ihm egal. Sind wir dafür ins Land Israel gekommen?« – Einmal habe ich erlebt, wie er empört jemanden beschimpfte, vor

allen, im Café Atara. Der Mandant, denn es war ein Mandant Moshes, stand auf, einen Augenblick wollte er den Mund gegen Moshe öffnen, dann setzte er sich wieder.
Moshe, so kam es mir vor, lebte in einem Israel, das nicht mehr existierte. Wenn er damals schon pessimistisch war, zeigte er es nicht, jedenfalls nicht mir. Er gibt es nicht preis, dachte ich, wenn ich sah, wie sein Gesicht müde und ernst war, als nähme es an der ihm eigenen Lebhaftigkeit nicht länger teil. Ich vermutete irgendein Geheimnis. Von allen Lösungen ist ein Geheimnis die leichteste. Selbst wenn Moshe ungeduldig etwas beschleunigte, ungeduldig unterbrach, war es, als hätte er gleichzeitig eine andere Verabredung, als führte er gleichzeitig ein anderes Gespräch: ein Spiegelbild, aber vor dem Spiegel steht keiner, und der dort stehen müßte, wartet anderswo. Seine Hände, kräftig, mit sehr geraden, langen Fingern, spielten mit den Tassen, Untertassen, Kaffeelöffeln im Café Atara, als wäre es ein anderes Geschirr, das ihnen vertrauter war.
Ich wußte inzwischen, daß er verheiratet gewesen war, das Foto auf dem Nachttisch zeigte seine Frau, die ihn verlassen hatte und bei einem Unfall umgekommen war. Doch all das erklärte nichts, es war eine Vergangenheit aus Fakten, das konnte es nicht sein, was Moshe beschäftigte wie eine Frage, die entschieden werden muß, so oder so.
Dann wurde es Frühjahr, der Chamsin, der heiße Ostwind, trieb die Hitze in die Stadt. Was ich bisher gekannt hatte, war langweilig und fremd, in Deutschland fiel noch Schnee, in Jerusalem war schon Sommer. Mein Hebräisch machte unerwartet Fortschritte. Eines Tages, als ich den Campus verließ, folgte mir Jaron und fragte höflich, ob er mich begleiten dürfe. Er begleitete mich, vom Mount Scopus bis in die Stadt, an der Buchhandlung Stein vorbei und bis in die Alfasi Straße. Nachts lag ich wach, und als das Telefon um Mitternacht klingelte, Sebastians Zeit, antwortete ich nicht. Tags darauf war ich um Mitternacht nicht alleine.

Wir hatten uns in Freiburg am Philosophischen Seminar kennengelernt, jeden Samstag waren wir auf den Münster-Markt gegangen, wo im Spätherbst und Winter über großen Blechtonnen, in denen Feuer brannte, die Marktfrauen sich die Hände wärmten, ich hatte ihn lange geliebt, ohne daß er es bemerkt hatte.
Moshe wich ich aus, als sei er Sebastian. Freitags kam ich nicht ins Café Atara. Ich saß in meinem kargen Zimmer, vier Wände und über Augenhöhe das Fenster mit den Klebestreifen aus dem Golfkrieg, aber eng schien es mir nur in Freiburg. Die Küche teilte ich mit einer anderen Studentin, vor der Küchentür rannten Eidechsen, eine rostige Feuerleiter stand da und endete in der Luft, zersprungene Fliesen führten dahin, wo ein Garten hätte sein können, wo eingewachsen von Brombeerhecken ein Ölbaum wuchs und wo verwildert Katzen streunten. Nicht weit entfernt lag die Altstadt, der Schuk, dort tranken wir Mokka, aßen Humus. Der Tempelberg war nicht weit, und hinter der Stadt gab es die Wüste, man sah die blauen Berge Moabs. In Jerusalem ging man auf die Straße und kam mit einer Geschichte zurück nach Hause.
Jaron nahm mich mit ans Tote Meer. Auf der Rückfahrt schlief ich ein, erschöpft von der Festung Massada, den kahlen Bergen, von Jericho und Jaron, der schön war, von den jungen Männern, die mich spöttisch und begehrlich musterten, von Hitze, in der sich alles auflöste. Wenn ich alleine schlief, träumte ich von Sebastian, der jetzt nicht mehr anrief.
Jaron war übermütig, leichtsinnig, er machte unklare Geschäfte in den Besetzten Gebieten und in Rußland, er verreiste und kam zurück, studierte Jüdische Geschichte, hatte zuviel oder auch gar kein Geld, wohnte zuweilen bei einem alten Onkel und dann bei mir, mit einer Tasche war er gekommen und verstand nicht, worüber ich weinte.
Ich wußte nicht, was ich ihm bedeuten sollte: eine blonde

Schickse, eine Herausforderung vielleicht oder eine Genugtuung, denn ich war auf ihn, den Israeli und Kibbuznik, angewiesen, ich, die aus Europa, aus Deutschland kam. Aber er war es, der über die Höhen sprang und die geheimen Gärten kannte. Er liebte an mir, was ihm unzugänglich war, Herkunft und Erziehung, die ich abzustreifen hoffte, lachte, wenn ich durch die Wohnung huschte, anklopfte, hinter mir alle Türen schloß, er öffnete die Türen wieder, ich liebte ihn dafür und weinte, weil ich Sebastian verloren hatte.

Seit Moshe mich mit Jaron gesehen hatte, begrüßte er mich, als käme ich geradewegs aus dem Bett meines Geliebten, er spottete, wie gut mit einem Mal mein Hebräisch sei, sprach mit mir eine Weile nur noch Hebräisch, fragte nicht mehr, was ich las und lernte und ob ich ins Café Atara käme. Das Vertraute wurde fremd, das Fremde war vertraut geworden, ich zerrissen zwischen beidem.

Die Zeit verging, du siehst aus wie eine Sabre, spottete Moshe, ich war sehr braungebrannt. Als ich ihm sagte, mein Stipendium sei verlängert, freute er sich. Batsheva hatte mir geholfen, den Antrag zu schreiben. Wochen und Monate sahen wir uns kaum, es war längst Sommer und schon wieder Herbst, ein Jahr war vergangen. Jaron war zu mir gezogen, wir mieteten das zweite Zimmer, er schnitt die Brombeerranken, ersetzte die Fliesen, die lose waren, abends aßen wir auf der kleinen Veranda unter der zerbrochenen Feuerleiter.

Schräg gegenüber lag Jasons Grab. Durchs trockene Gras huschten Eidechsen, die Straßenkatzen suchten unter der steinernen Kuppel Schatten, ein Eisengitter schützte den inneren Bereich vor Zudringlichen, im kleinen Vorhof stand zwischen Rosmarinsträuchern und Lavendel eine Bank. Niemand kam dorthin, die hellen Kalksteine leuchteten, eine Akazie spendete Schatten. Oft ging ich zu Jasons Grab wie zu einem Nachbarn, dem man höflich einen kurzen

Besuch abstattet, manchmal ging ich dorthin, um meinen Kummer zu verbergen. Sebastian schickte mir Briefe, die ich ihm schrieb, ungeöffnet zurück. Ich sehnte mich nach ihm, ich durfte ihn nicht anrufen.

Einmal überraschte ich dort Moshe, er saß sehr still in sich versunken, als ob er betete, ich dachte an das Holzkreuz auf seinem Nachttisch. Verlegen wollte ich mich entfernen, aber eine Katze, die ich erschreckte, sprang auf und fauchte, Moshe hob den Kopf.

Es war sein Gesicht, aber ich kannte es nicht, ein Gesicht, das nichts preisgab, keine Empfindung darin. Er sah mich an, als wäre es undenkbar, irgend jemanden, irgend etwas wiederzuerkennen.

Am Abend, da es kühle ward, ward Gottes Wirken offenbar.

Selbst an den heißesten Tagen wird es in Jerusalem abends kühl, das Licht – so stark tagsüber, daß Häuser und Straßen durchscheinend, wie haltlos scheinen – wird mild, um aus sich selbst leuchten zu lassen, was es übertrumpft hat. Der Jerusalemer Stein, heller Kalkstein, beinahe weiß in der Sonne, die dunklen Bäume mit ihren dichten Schatten, die Ausblicke allerorten, zu den Jerusalemer Bergen im Westen, in die Judäische Wüste östlich, selbst die gereizt hupende Betriebsamkeit, das Hasten der Passanten und die Orthodoxen in ihren Hüten, Kaftanen, die ewigen Bekanntmachungen, Aufrufe, selbst Ungerechtigkeit, Gewalt und Angst treten zurück, als gälte es, etwas Verborgenes sichtbar werden zu lassen. Zum Äußersten getrieben, hält die Stadt inne, um, was tagsüber tausendfach hin- und hergewendet wurde, erscheinen zu lassen wie einst am Tag des Gerichts, in einem Augenblick, in dem der Urteilsspruch ausgesetzt ist und Gott wartet. Der Himmel leuchtet, und die Zeit steht still.

Die Katzen waren lautlos im Gesträuch verschwunden, es duftete nach Rosmarin, die Hitze hatte nur ihre Gerüche zurückgelassen, Moshe sah mich noch immer an und streckte die Hand aus, um mich zu sich zu rufen.

Es war Ruths Todestag, von Jean war ein Brief eingetroffen. Jean hatte 1977 nicht geantwortet, als Moshe ihm schrieb, Ruth sei umgekommen. Zweimal schrieb Moshe, daß Ruth tot war, im Glauben, der erste Brief sei verlorengegangen. Dann glaubte er, Jean sei in einem anderen Kloster. Dann glaubte er, auch Jean sei tot. Dann rief er im Kloster an. Dann wußte er nicht weiter. 1991 erhielt er an Ruths Todestag einen Brief von Jean.
Ich wußte davon nicht. Wir saßen nebeneinander auf der Bank, Moshe hielt meine Hand, streichelte sanft mit dem Finger den Handrücken. Als ich aufstand, um zu gehen, schien er es kaum zu bemerken.

Mittags hatte Jaron von unterwegs angerufen und mich gebeten, um acht Uhr in Nachalat Schiva zu sein. Er war ein paar Tage in Tel Aviv gewesen, so hatte er gesagt. Nachalat Schiva ist eine kleine Straße im Stadtzentrum, die damals gerade zum Leben (zwei oder drei Läden, eine Bar) erwachte. Heute reiht sich dort ein Restaurant ans andere, ein Souvenir- oder sogenannter Kunstladen an den nächsten. »The Mad Headhunter« hieß die Bar, drei kleine Holztische in einem winzigen Raum. Es war sieben Uhr, als ich aufbrach, die dämmrigen Straßen waren voller Menschen, Schatten vermischte sich mit Dunkelheit, Fledermäuse flogen zwischen den Bäumen, das letzte Licht des Tages und das erste Lampenlicht fingen sich in den Gesichtern. Alte Leute und Liebespaare teilten sich die Bänke in den Alleen, aus den Gebetshäusern kamen vom Abendgebet Männer, in einem Park lagerte eine Gruppe arabischer Frauen, auf einem Esel ritt ein kleiner Junge, rief mit hoher Stimme. Ich war zu früh, näherte mich der Altstadt, Arm in Arm liefen junge Palästinenser zu zweit oder zu dritt, die Stadtmauer schimmerte noch hell, Pferdewagen klapperten vorbei, ein armenischer Mönch folgte mir, flüsterte etwas, folgte mir weiter. Ehe ich mich versah, war ich umringt von einer Gruppe grie-

chischer Pilger, schwarz gekleidet, mit müden, verwunderten Gesichtern schwatzten sie leise und unaufhörlich miteinander. Am Damaskustor packten Händler die letzten Waren ein, die Pilger verschwanden wie ein Vogelschwarm in langgestreckter Formation, es war Zeit, umzukehren. Durch die Straße der Propheten lief ich Richtung Zionsplatz, Richtung Nachalat Schiva. Jungen und Mädchen in Uniform standen in kleinen Grüppchen, tranken Cola, rauchten, wie eine Schulklasse wirkten sie, ihre Waffe trugen sie bei sich. Und da stand auch Jaron, inmitten junger Frauen, überragte sie um Kopfeslänge. Als er mich sah, löste er sich von ihnen und kam zu mir. Er trug ein weißes Hemd und eine helle weite Hose, er lachte, schüttelte die Locken, alle schauten zu uns her, ich trug ein weißes Hemd, trug eine helle Hose, war fast so groß wie er, er küßte mich.
Ich dachte an Moshe, der vielleicht immer noch bei Jason saß, als ob er wartete oder lauschte, wer weiß, auf was. Mir kam es vor, als hätte ich den allerersten, den gültigen Abdruck seines Gesichts gesehen, in dem seine Geschichte sich zusammenfaßte. Er hatte meine Hand gehalten. Ich lief an Jarons Seite, über der Altstadt war der Mond aufgegangen, und die Zikaden schrillten, Wind strich über den Rosmarin und trug den Duft zu uns, Jaron war groß und schön, ich dachte an Moshe, dachte an Sebastian, der nicht mehr mit mir sprach, wir liefen oberhalb des Hinnom-Tals, die Blätter der Olivenbäume schimmerten matt im Mondlicht, darüber die großen Steinquader der Stadtmauer. Hinter der Cinemathek sah man die Berge Moab, Jaron wollte mir einen alten Lieblingsfilm zeigen, wir saßen auf der Terrasse vor dem Kino und tranken, er küßte mich, und ich dachte, daß wir uns bald trennen würden.

Freitags ging ich jetzt wieder ins Café Atara. Inzwischen sprach ich Hebräisch fast ohne Akzent. Es wurde Winter, der Winter 91/92. Jaron reiste in unklarer Angelegenheit nach Rußland, rief alle Tage an und bat mich, seine Frau zu werden. Moshe besorgte mir einen Petroleumofen, »Perfection«, brachte mir alle paar Tage Öl, durch den Glaszylinder sah man das Feuer brennen. Ein zur Unzeit geborenes Kätzchen folgte mir eines Mittags so hartnäckig, daß ich es mit nach Hause nahm und fütterte. Moshe nannte es »Fennek«, weil es zu große Ohren hatte. Batsheva war in die USA gereist, Moshe fühlte sich so einsam wie ich. Er kam mit dem Ölkanister, er brachte dem Kater Fisch und auch für uns etwas zu essen. Er kam, um seine Tasche irgendwo abzustellen und zu erzählen, was sich tagsüber ereignet hat. Ich kochte Tee, deckte den Tisch, unter dem hohen Glaszylinder brannte gleichmäßig die Flamme, Fennek spielte mit einer toten Eidechse. »Im Sommer warst du traurig«, sagte Moshe, »und jetzt bist du es immer noch.« Geduldig hörte er sich an, was ich erzählte, von meiner Liebe dort und meiner Liebe hier, vom Zerrissensein zwischen zwei Orten, von der Angst, beide Orte zu verlieren. »Es ist ein Zwischenspiel«, sagte er mir, »irgendwann kehrst du zurück nach Deutschland.«

Ich weiß noch, wie ungern ich das hörte und wie gekränkt ich war. Schließlich lebte ich wie jeder andere in Israel und hatte längst beschlossen, daß hier mein Zuhause war. Und ich erinnere mich, daß Moshe aufstand, in meinem kleinen Zimmer auf und ab lief und sich am Ofen stieß, und Fennek rannte hinter seinen Füßen her.

»Es ist ganz falsch, an dem festzuhalten, was nur ein Zwischenspiel sein soll. Die das tun, straft das Leben, und Gott erbarmt sich ihrer nicht.« Er lachte, aber ich wußte nicht, daß und was er da zitierte.

»Du wirst zurückgehen nach Deutschland, vielleicht nach Berlin, dann besuche ich dich dort und zeige dir, wo ich aufgewachsen bin. Ruth war in Berlin, ich bin nicht mitgefahren. Dann wollte ich mit ihr nach Frankreich, dahin, wo ich in der Schule war, aber wir hatten wenig Geld, und Ruth hat

gesagt, ich solle aufhören, so viel an Frankreich und an Jean zu denken, weil wir in Erez Israel leben und die Vergangenheit vergangen ist.«
Er blieb abrupt stehen, die Katze rannte gegen sein Bein und maunzte. Im Zimmer war es sehr heiß geworden, ich begleitete Moshe hinaus. Da hatte es zu schneien angefangen, vom Jerusalemer Himmel fiel in dicken Flocken Schnee und taute nicht, sondern begann, Bäume, Straßen und Dächer zu bedecken. Die noch nicht schliefen, kamen aus den Häusern und bewunderten den Schnee, der dicht und dichter fiel. Auch Moshe freute sich, und ich staunte, wie alle staunten. Wir liefen los und immer weiter, bis zu Mischkenot Shaananim, um die Altstadt im Schnee zu sehen. Unterwegs begegneten wir Herrn Stein, der alt und klein geworden war und nachts nicht schlafen konnte, seit während des Golfkriegs seine Frau gestorben war.
»Vor Aufregung oder weil sie nicht mit mir nach Frankfurt zum Empfang des Bürgermeisters fahren wollte«, sagte Herr Stein, wie er es bei jeder Begegnung sagte, »denn man hat uns dahin eingeladen, von wo man uns vertrieben hat, und meine Frau sagte, daß es eine Schande ist, dahin zu fahren, wo sie einen umgebracht hätten, wenn man nicht weggefahren wäre. Dann ist sie gestorben, und es war Schiva, es waren die sieben Trauertage, und ich bin nicht gefahren.«
Er sah mich an: »Bist du nicht aus Frankfurt?« fragte er, verschwand im Dunkel und im Schnee. Wir kehrten um, Moshe brachte mich nach Hause, er sagte, am nächsten Mittag würde er mich abholen, denn Gericht und Universität blieben wegen des Schnees geschlossen, wir würden in die Altstadt gehen und dort Kaffee trinken.
Die ganze Nacht schneite es und stürmte, Bäume stürzten um und auf die Stromleitungen, in einigen Straßen fiel das Licht aus, und als ich morgens zum Briefkasten ging, war da keine Post, aber ich sah einen älteren Mann, der sich Skier aus Holz anschnallte. Die Busse fuhren nur sporadisch, in

dem Lädchen auf der Aza Straße gab es kein Brot mehr und keine Konserven, die Leute hatten eingekauft, als stünde eine Belagerung bevor. Die Universität bliebe geschlossen, meldete das Radio, gegen Mittag kam Moshe. In der Altstadt waren alle Läden zu, man hörte Rufe und Gelächter, Junge und Alte, die sich Schneeballschlachten lieferten, Juden und Araber in eins. Wir suchten Abu Salim, den Besitzer des Cafés gegenüber der Martin-Luther-Schule, eigentlich nur eine Nische in der dicken Mauer, doch der eiserne Rolladen war heruntergelassen. Das Licht blieb fahl, der Himmel bedeckt, und später fing es wieder an zu schneien. Wir haben uns jeden Tag getroffen. Viel später hat Moshe mir ein Foto von Jerusalem im Schnee gezeigt, die goldene Kuppel auf dem Tempelberg leuchtet inmitten der schneebedeckten Dächer, dahinter zeichnet sich blaß der Ölberg ab, weite, weiße Felder darum herum, und wären da nicht auf den Dächern hohe Antennen und Strommasten, könnte das Foto viel älter sein. Es wirkt melancholisch, und ich werde es, wenn ich es betrachte. Etwas Unbekümmertes ist verloren. Auf dem Platz des Tempelbergs sieht man winzige Gestalten. Endlich bin ich darauf gestoßen, was an diesem Foto melancholisch ist – nicht der nur schwache Gegensatz zwischen dem weißgrauen Himmel und der Erde, nicht das Licht, trübe und schon fast verloschen, sondern etwas anderes, etwas, das fehlt. Die Stimmen fehlen, die an diesen Tagen zu hören waren, von weit her, über die Stadt hinweg. Stimmen, die allen zu gehören schienen und keinem im besonderen. Auch Moshe und ich redeten und lachten laut, während wir einen Schneemann bauten, uns mit Händen voll Schnee bewarfen.

Er erzählte, daß er sich an den Pelzmantel erinnerte, den seine Mutter an kalten Tagen in Berlin getragen hatte, und daran, daß er mit seinem Vater einen Schneemann gemacht hatte, daß er die Nase, eine Mohrrübe, von einem Gemüsehändler geschenkt bekam. Moshe stapfte durch den Schnee, als wäre es ein halber Meter, er faßte mich unter, um mit mir über eine glattgetretene Fläche zu schlittern. Wir kauften in der Altstadt Brot und Käse, und als wir müde und durchgefroren waren, gingen wir in meine Wohnung, zündeten den Ofen an, der Strom war ausgefallen, ich hatte Kerzen, Fennek saß auf meinem Schoß. Moshe ging und kam mit einer Flasche Wein zurück. Ich vergaß Jaron und Sebastian und wo wir waren, ich glaube, Moshe vergaß es auch. Wir sprachen Deutsch und Hebräisch durcheinander und merkten nicht, ob es die eine oder die andere Sprache war. Wir saßen in meinem kleinen Zimmer, einer auf dem schmalen Bett, einer auf dem Stuhl. Kaum war er gegangen, vermißte ich ihn schon. Dann schmolz der Schnee. Ich fuhr zur Universität und rasch wieder nach Hause, ich wußte, daß es sinnlos war zu warten, aber ich kochte Suppe, ich dachte, daß er vielleicht doch kommen würde.

Batsheva und Jaron kehrten nacheinander von ihren Reisen wieder.

Moshe und ich telefonierten oft, wir trafen uns alle paar Tage und hielten es all die Jahre so, bis ich Israel verließ.

Moshe hatte recht gehabt: Es war ein Zwischenspiel gewesen. Unsicher und voller Trauer brach ich auf und übersiedelte nach Berlin, dorthin, wo Moshe geboren war. In Israel zu bleiben war nicht möglich, als Fremde erhielt ich weder Arbeits- noch Aufenthaltsgenehmigung. Rabin war ermordet, und was ich mit vielen gehofft hatte – ein palästinensischer Staat und Frieden und offene Grenzen –, schien zunichte.

Moshe kam aus Jerusalem nach Tel Aviv und brachte mich zum Flughafen. Es war Ende Januar und warm, er öffnete das Fenster, Orangen leuchteten zwischen den dunkelgrünen Blättern der Plantagen rechts und links der Autobahn.

»Hätte ich nur nicht gesagt, deine Zeit in Israel sei ein Zwischenspiel«, sagte er und sah mich lächelnd von der Seite an,

vielleicht würdest du dann bleiben. Wenn du willst, heirate ich dich, damit du eine anständige Aufenthaltsgenehmigung bekommst. Aber es ist richtig, daß du gehst. Wer weiß, was hier wird. Und schau mich an – dann siehst du einen, der lebenslang an einem Zwischenspiel festgehalten hat.«
»Was meinst du?« fragte ich und setzte die Sonnenbrille auf, weil das Licht blendete und meine Augen tränten. Aber Moshe winkte ab und bog ins Flughafengelände ein.

Nachts in Berlin dachte ich an ihn. Es ist wegen Jean, hatte er noch gesagt, während er meine Koffer zum Schalter trug.
In Berlin waren es fünfzehn Grad unter Null, durch die Straßen pfiff unbarmherzig der Wind. Anfang Februar gab es zwei Terroranschläge auf Autobusse in Tel Aviv, ich rief die Freunde an, dann saß ich neben dem Weltempfänger und hörte den Namen der Toten zu.
Es dauerte lange, bis ich mich einlebte. Moshe hatte gesagt, er würde kommen.

Im Januar 1999 begann Moshe eines Nachmittags aufzuräumen, was sich über Jahre in einer Kommode im Gäste- und Bücherzimmer angesammelt hatte. Er fand das Foto von Jerusalem im Schnee, mit der goldenen Kuppel im Zentrum des Bildes, darum herum die weißen Flächen der Dächer und der Felder. Er zeigte es mir, gab es aber nicht aus der Hand. Er stand, verärgert und verblüfft, vor dem Stuhl, auf dem ich saß. Ich sah zu ihm hoch und mußte mir das Lachen verbeißen, in seinen Augen war etwas von der Empörung eines Kindes, in der blaugrauen Iris funkelten gelbe Pünktchen, die ich vorher nie bemerkt hatte, und schließlich lachte er, immer noch empört. Er richtete sich auf, sehr gerade, als wollte er größer scheinen oder kräftiger, und sagte: »Siehst du, das ist Gott oder irgendeine Intrige – ein Blick, und alles ist Erinnerung. Wir dachten, es sei unsere Geschichte, dabei ist es nur ein Foto, das ebensogut eine Täuschung sein könnte. Erinnerst du dich, wie du nach Israel gekommen bist? Ich hätte gleich ein Foto von dir machen sollen. Du weißt gar nicht, wie du ausgesehen hast, in diesem Dufflecoat, ein bißchen zu lang und eingeschüchtert und ziemlich komisch.«

Moshe strich vorsichtig über meine Wange. Ich dachte, daß auch er sich verändert hatte, aber als ich ihn weiter anschaute, wußte ich, es war gleichgültig. Ich hatte ihn bewundert, hatte ihn nie einschätzen können, seltsame Blindheit, erst fremd und dann vertraut. Moshe gab mir das Foto und räumte weiter. Es waren Briefe von Jean dabei, er legte sie auf die Fensterbank. Sie raschelten im Luftzug, als wollten sie auf sich aufmerksam machen, Moshe legte ein Steinchen darauf.

Wir stehen im Dunkeln auf, hat Jean in einem Brief geschrieben, fast noch im Schlaf und schon im Gebet, ziehen die Kutte an, schlüpfen aus der Zelle auf den Gang hinaus, den die anderen entlanggehen auf dem Weg in die Kirche. Es ist ganz still, man hört nur die Schritte, die offenen Schuhe auf dem Steinfußboden, das Gebet wird lautlos gesprochen, Gegrüßet seist du Maria, bis in den Chor. Im Gottesdienst hörst du die Stimmen, die Sätze, die du zehntausendfach gehört und gesagt hast. Die Stimme verändert sich, wie ein Gerüst, Holzbalken, eine Brückenkonstruktion, ein Aufsteigen und Lauter-Werden, mit den Stimmen der anderen, bis deine und ihre Stimmen ununterscheidbar werden.

Wenn wir die Kirche verlassen, schweigen wir, und jeder zieht sich zu seinem Gebet zurück, man hört nur die Schritte, das Rascheln der Kutten, die Türen, leise, wenn sich jeder in seine Zelle zurückzieht, zu seinem Gebet und bis zum nächsten Gottesdienst.

Jean hat mir gesagt, ich solle mir das Schweigen vorstellen wie in der Musik eine Generalpause. Gäbe es das Schweigen nicht, wäre ich nicht Mönch geworden, sagte er. Die Vigilien, die Laudes und die Messe, die Terz, die Sext, die Non, Vesper und Komplet. »All das wird ihm helfen, durch das Schlüsselloch zu schauen, durch die Gitterstäbe zu spähen und der Spur jenes Lichtstrahls zu folgen, der ihm voranleuchtet.« Ich habe es mir nie wirklich vorstellen können, nicht einmal während ich bei ihm im Kloster war, obwohl ich es doch aus St. Croix kannte. Jean hat seine Kapuze auf, ich möchte sie zurückschlagen, damit ich sein Gesicht sehe, unser Gesicht.

In *Die Unsterblichkeit* verteidigt Milan Kundera die Episode gegen Aristoteles, er verteidigt, was folgenlos und in sich abgeschlossen existiert, unbekümmert um unsere Gesetze und Logiken. Ein Zwischenspiel dagegen pocht auf eine Fortsetzung als sein gutes Recht. Kaum hatte ich mich in Berlin eingelebt, liebäugelte ich damit, die Zeit in Israel als Episode zu betrachten: etwas, das kostbar war und gerade deswegen auf weitere Geltung verzichten konnte, ein Stück meines Lebens, aber ohne Konsequenzen. Ich wollte mich nicht länger zurücksehnen nach Tel Aviv. Erst als ich 1999 das Foto von Jerusalem im Schnee sah, begriff ich, daß es unmöglich war.

»Erinnerst du dich an meinen ersten Besuch in Berlin?«

Wir hatten einen Spaziergang durch Charlottenburg gemacht; als wir in die Carmerstraße kamen, nahm Moshe meine Hand, er war sehr still. Ich zählte die Stockwerke der Häuser und beobachtete die Passanten, die uns erstaunt musterten, ein ungleiches Paar, Hand in Hand. Mir fehlte der Mut, etwas zu sagen oder zu fragen, ich weiß bis heute nicht, in welchem Haus Feins in der Carmerstraße gewohnt haben.

»Ja«, antwortete ich.

Moshe schwieg. »Es war«, sagte er schließlich, »ein Bekannter aus Givat Brenner, der mir die Nachricht brachte, daß

Ruth tot ist. Und weißt du, wer mich nach dem Unfall aus dem Auto gezogen hat? Jaron.«

»Jaron?«

»Er ist bei der Polizei«, sagte Moshe, »vorher war er beim Mossad, wußtest du das nicht?«

»Irgendwann habe ich es herausgefunden, aber du?«

»Bin ich blind und taub? Ich habe es mir gleich gedacht, als du ihn anbrachtest, und dann habe ich in Givat Brenner Erkundigungen eingezogen.«

Jaron kommt aus Givat Brenner, dem Kibbuz, in dem Moshe die ersten Monate nach seiner Ankunft in Israel verbracht hat.

»Ich kannte seine Eltern«, sagte Moshe ungeduldig, »und hör jetzt zu.«

»Du erzählst so durcheinander, daß man es sich nicht merken kann und ganz wirr wird.«

»Still. Alles ist Durcheinander, Tohuwabohu, und wenn es ein Vorher und Nachher gibt, gerät es durcheinander, weil wir nicht den Verstand haben, zusammenzutun, was zusammengehört, und zu trennen, was getrennt gehört. Und um uns, die wir nicht unterscheiden können zwischen Hauptstück und Zwischenspiel, tauchen wie zum Spott Leute auf, als wären sie Erinnerungen, und die Erinnerungen tauchen auf, als wären sie Menschen. Vielleicht gibt es Zusammenhänge, vielleicht aber auch nur Täuschungen, vielleicht wachen wir mit leeren Händen auf. Du hast dich eingelebt, du hast in Berlin dein Zuhause gefunden, Sebastian ist zu dir nach Berlin gezogen, und ich beneide dich, weil du den Faden deiner eigentlichen Geschichte in die Hand genommen hast. Ich habe es verpaßt, und jetzt sind fast alle anderen tot, meine Eltern, Ruth, und Jean ist auch tot. Es ist zu spät«, sagte Moshe.

Ich hatte in all den Jahren nie erlebt, daß er klagte. Er tat es auch jetzt nicht, aber er war manchmal still und liebenswürdig, ein älterer Herr, höflich und zuvorkommend zu Bat-

sheva, mit mir liebevoll wie mit einer Tochter. Manchmal brach er nachts zu einem Spaziergang auf und ging durch die Straßen wie damals Herr Stein, den wir trafen, als es in Jerusalem schneite, und vor dessen Laden wir uns zum ersten Mal begegnet sind. Es gibt den Laden nicht mehr, nicht lange nach dem Schnee ist Herr Stein gestorben, wir sind bei seiner Beerdigung gewesen. Sein Enkel versucht, das Geschäft weiterzuführen, er versteht nichts von alten Büchern.
Nur noch die Hülle, sagte Moshe über den Buchladen.
Über Jean hat er nicht viel geredet, obwohl er wiederholt sagte: Schreib seine Geschichte auf. Ein paar Mal kündigte er an, daß er mir etwas erzählen oder zeigen würde (ein Foto etwa), und tat es nicht. Der Tumor, den man diagnostiziert zu haben glaubte, machte sich einstweilen nicht bemerkbar. Moshe wollte nicht mehr zum Arzt gehen. Aber er blieb zu Hause, weil er fürchtete, in der Kanzlei, in der er sich ein Zimmer behalten hatte, einen Schwindelanfall zu bekommen. »Du fixierst etwas mit den Augen, du bist deiner Sache sicher, und dann rutscht es weg. Die Hand streckst du aus, aber da ist nichts.«
Es kam vor, daß ich Moshe anrief, ein Mal, zwei Mal, ihn nicht erreichte. Es kam vor, daß ich beunruhigt Batsheva anrief, um zu fragen, ob alles in Ordnung sei.
Moshe war spazierengegangen, oder er war zu Hause und ließ das Telefon klingeln, antwortete nicht.
Es kam vor, daß ich zur Tür hereintrat und er auf dem schwarzen, abgeschabten Sessel saß, ohne aufzuschauen. Dann sah er mich verwundert an, als müßte er sich erst erinnern, wer ich sei. Als wäre das Bild unscharf, als fehlte die Umrandungslinie oder der Hintergrund, die Brechung des Lichts, denn es schien, als wollte er sich wieder und wieder umdrehen, um zu suchen, was verloren war, unstet und mit fahrigen Bewegungen. Es war ihm nicht recht, wenn man ihn anschaute.
Schreibe Jeans Geschichte auf.

2. Kapitel

Zu früh für eine Verabredung mit Moshe aus Tel Aviv am Jerusalemer Busbahnhof angekommen, lief ich zum ersten Mal seit Jahren alleine durch die Stadt, in einem großen Bogen über Mechane Jehuda, den Markt, zwischen den alten, niedrigen Häusern des Viertels Nachalat Achim hindurch und die Ussishkin Straße entlang, bis nach Rechavia und Talbie, am Haus der Leprakranken vorbei, durch die Deutsche Kolonie und Bak'a. Es war Freitagnachmittag, die Sonne neigte sich, einige liefen eilig, um vor Eintritt des Schabbats noch etwas zu erledigen, die meisten liefen gemächlich, viele Straßen lagen leer und still. Dann ging die Sonne unter, die Sirene tönte, um den Schabbat zu verkünden, die kurze Zeit, die auf hebräisch »zwischen den Dämmerungen« oder »zwischen den Abenden« heißt, begann. Das Licht zieht sich zurück, um Himmel und Berge leuchten zu lassen, die Helligkeit wird von Farben abgelöst, bis alles in dunklem Violett versinkt. Es ist, als wollte sich jeder Tag – und wie er vergeht – einprägen.

Was geschehen sei, fragte Moshe, als ich vor seiner Tür stand. Ich sagte lachend etwas, um seinem Spott zuvorzukommen, aber er spottete nicht, er setzte mich aufs Sofa, kochte mir Tee und betrachtete mich nachdenklich. Durchs Fenster hörten wir einen Vogel und den Wind. Die Vergangenheit ist manchmal so klar und deutlich, als wäre sie nicht Erinnerung, sondern Gegenwart, hatte er mir einmal gesagt. Als könnte er noch einmal aus dem Internat weg- und zu seinen Eltern laufen, zum letzten Mal. Dann strecke er die Hand aus und finde nichts mehr, nur eine Notiz des Gedächtnisses.

Als Moshe nach Jerusalem zog, verdiente er sich sein Studium mit Nachhilfestunden und als Nachtwächter. Von Anfang an wohnte er in Rechavia.

Rechavia ist das von Jecken, deutschen Juden, bevorzugte Stadtviertel gewesen, seit es in den dreißiger Jahren gebaut wurde. Moshe ist erst in ein kleines Zimmer in der Radak Straße, dann mit Ruth in die Wohnung Alfasi 21 gezogen. In den Augen der anderen war er ein Jecke, er war in Berlin geboren, sprach Deutsch, er war gebildet und wurde Rechtsanwalt. In Frankreich war er gewesen? Alle hatten fliehen müssen. In einer Klosterschule? Er hatte überlebt. Getauft worden war er? Was spielte das für eine Rolle.

Je besser er Hebräisch gelernt hatte, desto unbehaglicher war ihm geworden. Als man keinen Akzent mehr hörte, begann er sich fremd zu fühlen.

»Wozu sich erinnern? hat Ruth immer gesagt«, sagt Moshe. »Und Batsheva fragt: Erinnerst du dich, erinnerst du dich nicht? Ich war sieben Jahre alt, als wir Berlin verlassen haben. Den größten Teil meiner Kindheit habe ich nicht in Deutschland, sondern in Frankreich verbracht, als Christ. Ich soll ein Jecke sein?«

Auf einen der Notizzettel hat er geschrieben: *Ich bin sicher, daß Jean alles weiß, was ich vergessen habe, selbst Dinge, von denen er nicht wissen kann, weil ich sie nicht erzählt habe und weil er nicht dabei war. Trotzdem mache ich immer wieder denselben Fehler, ich will ihn anrufen und nach etwas fragen, das ich selbst vergessen habe, ich ärgere mich, daß ich ihn im Kloster nicht anrufen soll, und dann fällt mir ein, daß er nicht mehr im Kloster ist, daß er nicht mehr lebt.*

Ich hatte mir 1990 ein Zimmer in Rechavia gesucht, weil ich hörte, daß dort die deutschen Juden leben, und da ich kein Hebräisch konnte, hoffte ich, mich dort leichter zurechtzufinden. Wirklich ist man in Rechavia gut aufgehoben, es ist ein stilles, kultiviertes Viertel, die kleinen Gärten sind gepflegt, der Umgang auf der Straße höflich, man hupt nicht gleich und schreit nicht gleich, und einer macht dem anderen Platz auf den Bürgersteigen. Gibt es auch Fromme, so sind doch kaum Ultraorthodoxe darunter. Nachbarn grüßen einander, und hört man aus offenen Fenstern Musik, so ist es meist klassische Musik, vielleicht spielt einer selbst Klavier oder ein Streichquartett übt. Die Bäume wachsen, und die Häuser in Rechavia stehen da und bleiben, wie sie sind, nichts kommt hinzu, und nichts wird weggenommen – anders als in den anderen Vierteln, wo man an einer Brache vorübergeht, eine Woche später einen Rohbau sieht, eine unbebaute Straße entlangläuft, und zwei Wochen später stehen Häuser, wo vorher freies Feld lag.

»Von zehn Teilen Hochmut«, sagt Moshe, »sind neun auf Rechavia gefallen. Nirgendwo sonst wissen die Leute so genau, wer kultiviert ist und wer nicht.«

»Auch so ein Salz der Erde«, sagte Moshe einmal über Jaron. Ich war verletzt. »Salz der Erde« werden die jungen Kibbuznikim genannt, wenn sie in einer guten Armee-Einheit waren, Burschen vom Land sind, kräftig, breitschultrig, »neue Hebräer«, möglichst blond und blauäugig und mit dem Pflug in der einen, dem Gewehr in der anderen Hand.

»Wenn du ihn liebst«, sagte Moshe, »was schleppst du ihn dann nach Rechavia?«

»Ist er für deine Straße nicht kultiviert genug?« gab ich zurück.

»Nun hör schon auf«, brauste Moshe auf. »Soll er sich fremd fühlen? Damit du ihm hübsch überlegen bleibst?«

Über der Schulter eine alte Tasche, in Jeans und ausgewaschenem T-Shirt kam Jaron abends nach Hause, von wo auch immer, kam und ging. Oft hatte er auf dem Markt eingekauft, trug schwere Tüten in der Hand. Er war es, der kochte, das Gemüse putzte und schnitt, ich sah ihm dabei zu, hätte Stunden zuschauen mögen, wie seine langen, sehr schmalen Hände rhythmisch und ohne abzusetzen Tomaten, Gurken und Paprika in kleine Würfel schnitten, einen Fisch schuppten, und Jaron lachte, wenn silberne Schuppen auf seinen braungebrannten Armen glänzten oder in seinen

Haaren. Ich fragte nicht, ob er ein anderes Stadtviertel Rechavia vorgezogen hätte, vergaß Moshes Zorn, aber später begann ich zu verstehen. Wenn ich mir von Herrn Hamburger, unserem Vermieter, Bücher lieh, fragte er mich, was ich von Stifter hielte, empfahl mir, Mörike zu lesen, gab mir Gedichte von Dan Pagis, er sprach deutsch, sprach weiter deutsch, auch wenn Jaron dazukam.

Einmal lud Jaron Moshe und Batsheva zum Abendessen ein. Batsheva mußte eine kranke Freundin pflegen, so kam Moshe allein; ich habe ihn nie wieder so mürrisch gesehen. Schob es zunächst auf Eifersucht, aber das war nicht der Grund. »Diese Gesichter«, sagte er tags darauf, »schau dir doch ihre Gesichter an. Sabres, mein Gott, und wie ich sie geliebt habe! Mit stachelig hat das nichts zu tun. Immer derselbe Gesichtsausdruck, keine Gemütsbewegung, nichts, immer gefaßt und lässig – am besten in Uniform und mit einer Uzi. Und dann kommt einer wie der Herr Doktor Hamburger und hat ein Rechtsproblem, und in der Hand hält er Goethes Werther. Ein Wunder, wenn man noch bei Trost ist.«

Als Moshe 1948 in Israel ankam, wurde er in den Kibbuz Givat Brenner geschickt. In Givat Brenner sollte er Hebräisch lernen, eine militärische Grundausbildung erhalten. Er hat selten davon erzählt. Moshe hatte die jungen Sabres bewundert, ihre Entschlossenheit und ihren Mut, mit dem sie unbekümmert Entbehrungen und Gefahren auf sich nahmen. Nachts saßen sie ums Lagerfeuer und sangen. Er verließ Givat Brenner bald.

Auf mein Bitten hat mich Jaron einmal dorthin mitgenommen, damit ich seine Eltern kennenlerne. Viele Überlebende – von Auschwitz, Treblinka, Majdanek – leben dort. Jarons Vater Jizchak stammte aus Wilna. Über Grodno wurde er nach Minsk deportiert, dann nach Bełżec. Ein zarter Mann, dessen schlanke, schmale Hände unaufhörlich nach etwas griffen, einem Papier, einem Draht, um es zu formen. Für

seine Kinder hatte er, wenn sie aus dem Kinderhaus nach Hause kamen, Spielzeug gebastelt. Nach Hause – eine winzige Wohnung, anderthalb Zimmer. Als Jaron und ich dort eintraten, saßen Jizchak und seine Frau Esther erwartungsvoll an einem niedrigen Tisch, der mit Speisen überladen war. Beim Essen wurde kaum gesprochen, als wir fertig waren, zeigte Jizchak mir seine Werkstatt, einen Schuppen, in dem er noch immer Spielzeug und menschengroße Skulpturen aus Draht und Holz baute, filigrane Figuren, die zu tanzen oder halb bewußtlos um sich selbst zu kreiseln schienen.
Jaron führte mich zu dem früheren Kinderhaus, in dem er aufgewachsen war. Auf dem Weg durch den Kibbuz begegneten wir alten Männern und Frauen, die mich, groß und blond, lange ansahen, während sie mit Jaron ein paar Worte wechselten. Aus Deutschland, ja.
Als ich Moshe von unserem Besuch in Givat Brenner erzählte, hörte er zu, ohne mich zu unterbrechen. »Du machst dir keine Vorstellung, wie schön die jungen Männer waren, schöner als König Saul, der alle um Haupteslänge überragte. Ruth habe ich in Givat Brenner kennengelernt, aber einen Freund habe ich dort nicht gefunden«, sagte er, als ich fertig war. Dann erzählte er mir von Néris-les-Bains.

Nach der Flucht aus Paris blieben die Feins ein paar Wochen in Néris-les-Bains, einem kleinen Kurort unweit von Montluçon, einem gespenstischen Pendant Vichys: die zahlreichen Hotels und Pensionen und Zimmer, die sich um die Thermalbäder und ein Kasino drängten, lockten jüdische Flüchtlinge an. Feins mieteten ein Zimmer im höher gelegenen Teil des Ortes, in der Rue Marceau, nur ein paar Häuser von der Schule entfernt und oberhalb des kleinen, etwas staubigen Stadtparks. Theodor Fein wollte in Néris nicht bleiben; schließlich fand er in dem Dorf Villebret unweit von Néris Unterkunft für sie. Vielleicht glaubte er, sie wür-

den dort bleiben können, bis der Krieg zu Ende war. Sein Herz war nicht gesund, aber er schien aufzuatmen. Es gefiel ihm, auf dem Dorf zu sein. Er fand sich leicht mit der bäuerlichen, ebenerdigen Wohnung ab, die auf einen kleinen Hof mit Garten hinausführte, in dem die Hühner der Vermieter tagsüber scharrten. Weder die Mäuse noch das primitive Bad störten ihn, und auch die Möbel nicht, bunt zusammengewürfelt aus dem, was die jungen Delains nicht gewollt hatten: Es war das Altenteil, aus dem die Eltern Delain wieder ausgezogen waren, nachdem ihr Sohn gefallen und die Schwiegertochter in ihr Dorf zurückgekehrt war. Froh über den Verdienst, mischten sie sich in die Angelegenheiten ihrer Mieter nicht ein. Hinter dem Garten erstreckten sich bis zum Waldrand Felder, von Hecken unterteilt, aus denen Stare und Singvögel aufflogen, in die Kaninchen flüchteten, wenn ein Spaziergänger sich näherte.
Moses durfte auf dem Anhänger des kleinen Traktors von Monsieur Delain bei den Koffern sitzen, es war ein warmer Tag im Spätherbst, langsam bewegte sich das Gefährt hinter Néris den Hügel hinauf und durch den dichten Wald, das Tuckern des Motors klang lauter, wenn der Traktor um eine Kurve fuhr, und Moses wünschte, sie würden immer so weiterfahren. In Villebret, nicht mehr als zehn oder fünfzehn kleine Bauernhöfe und -häuser, warteten schon seine Eltern, sein Vater breitete die Arme aus. Moses bekam ein eigenes kleines Zimmer, in dem ein Bett stand und ein schmaler Tisch, direkt vor dem Fenster, für das seine Mutter ihm aus Stoffresten einen Vorhang nähte. Es gab eine Küche mit einem großen Herd auf Füßen, ein Schlafzimmer für die Eltern, eine Art Wohnzimmer mit einer Eckbank aus Holz, einem Ofen und einer schweren, häßlichen Konsole.
Am dritten Tag nach ihrem Einzug brach Moses' Mutter in Tränen aus. Er lief in den Garten, zu seinem Vater. Die vier Koffer aus Berlin, Lederkoffer mit Schlössern aus glänzendem Messing und dem Monogramm seines Vaters, standen

groß und fremd und leer neben der Eingangstür, und Moses staunte, als er sie sah, als wäre er aus einem Traum aufgewacht, als würde der Traum neben der Wirklichkeit fortbestehen.

Jeden Morgen fuhr Ruth Fein mit dem Bus nach Néris-les-Bains, wo sie zwei alte, zuckerkranke Schwestern pflegte, und bald führte sie ihnen den Haushalt: Mademoiselle Clothilde, Mademoiselle Claire.

Es roch nach Apfel in meinem Zimmer. Vielleicht hatte es vorher als Vorratskammer gedient. Die Wände waren weiß gekalkt, an der einen stand ein grobes Regal, wie man es im Keller oder der Speisekammer aufstellt. Äpfel, vielleicht auch Kartoffeln. Das Fenster war klein, damit es im Sommer kühl bleibt. Kein Ofen, aber den gab es auch im Schlafzimmer der Eltern nicht, nur im Wohnzimmer, und natürlich in der Küche den Herd.

Moses wich nicht von der Seite seines Vaters, der ihn morgens unterrichtete, ihm mittags das Essen zubereitete und nachmittags mit ihm spazierenging. Gegen Abend kehrte müde die Mutter zurück, manchmal mit Resten des Mittagessens der Mademoiselles Clothilde und Claire. Am Eßtisch saßen ihr Mann und ihr Sohn über einem Buch oder beim Diktat.

Ich erinnere mich gut an die Namen der Vögel, Rotschwänzchen, Goldammer, Dompfaff. Mein früher so unnahbarer Vater versuchte, mir Pfeile und einen Bogen zu schnitzen, und half, ein Baumhaus aus Zweigen und Reisern zu bauen. Wahrscheinlich hat er sich an die Ferien erinnert, die er bei seinem Onkel auf einem Gutshof in Brandenburg verbracht hat. Er spielte mit mir, als wäre er nicht gefangen, sondern auf der Suche nach seiner Kindheit. Eine Aussicht, Arbeit zu finden, gab es für ihn nicht, und vielleicht wußte er, wie krank er war. Mich machte er glücklich, aber Mutter ließ er im Stich, und ich sie mit ihm. Sie war plötzlich reizbar, sie haßte »diese primitive Hütte«, die ich so liebte.

Im Winter gingen sie in den Wald und sammelten Reiser für den Ofen. Sein Vater fing an, ihm Latein beizubringen. Im Winter verbrachten sie fast den ganzen Tag auf der Eckbank am Eßtisch, lernten und aßen zwischendurch und merkten kaum, wenn es draußen dunkel wurde.
Im März fingen sie wieder an, spazierenzugehen. Moses' Vater brach, als sie von einer kleinen Wanderung zurückkehrten, zusammen, saß auf der Türschwelle und war nicht dazu zu bewegen, ins Haus zu gehen. Heulend rannte Moses zu Delains, der Mann schleppte den Vater, der noch immer nicht aufstehen konnte, ins Wohnzimmer, legte ihn auf die Eckbank, Madame Delain lief ins Dorf, um den Pfarrer zu holen – sei es, weil es in Villebret keinen Arzt gab, sei es, weil sie an die letzte Ölung dachte. Gleichzeitig mit dem Pfarrer traf die Mutter ein; da hatte Theodor Fein sich schon erholt, saß blaß, den Jungen auf seinem Schoß, am Tisch.
»Immer, wenn ich an seine Herzanfälle denke«, sagte Moshe, »hoffe ich, daß er den letzten Transport nicht überlebt hat und der Gaskammer entgangen ist. Aber dann fällt mir Mutter ein, daß sie alleine gewesen wäre, und ich bin sicher, daß Vater durchgehalten hat, so wie er, als er in Mutters Gesicht die Angst sah, aufstand – ich rutschte von seinem Schoß und wäre fast gefallen – und ihr entgegenging, um sie, vor den Augen des Pfarrers, zu umarmen.«
Die glückliche Zeit von Villebret war mit diesem Abend zu Ende. Moses wurde früh zu Bett geschickt, Unruhe, eine rastlose Hoffnungslosigkeit beherrschte alles, die Einfachheit seines Zimmers, die Stille des Gartens, der Felder dahinter bis zum Wald, ein Nachtvogel oder ein leises Rascheln ließen ihn atemlos lauschen, aber nur solange seine Eltern wach waren, mit leiser Stimme besprachen, was zu tun sei; wenn sie zu Bett gegangen waren, verstummte mit ihren Stimmen, Schritten, dem letzten Knarren von Tür und Dielen alles. Hatte das Bett vorher geächzt, blieb es jetzt lautlos, nichts war zu hören, weder Wind noch Nachtvogel, noch

aus dem Dorf ein Ruf oder Motorengeräusch. Er war taub, schlimmer noch, er konnte nicht rufen. Bis zum Morgengrauen lag er, ohne sich zu rühren.

Morgens tauchte vor dem Fenster die Landschaft auf, viergeteilt, in der viergeteilten Dämmerung. Dann konnte er einschlafen.

Das Dorf – wie Spinnenbeine verteilten sich die Straßen von der Kirche die Hügel hinauf – lag hoch über Néris und Montluçon. In die Kindheit war kein Entkommen. Wach endlich auf! Wie lange willst du noch träumen? Fein hatte sich von seiner Frau nicht wachrütteln lassen, bis ihr sein Herz zur Hilfe kam.

Abbé Gérard gewann das Vertrauen beider. Er hatte die Delains überredet, an jüdische Flüchtlinge zu vermieten. Jetzt überredete er Theodor Fein, daß er seinen Sohn in eine Schule schicken müsse. Vielleicht stand er der Résistance nahe, vielleicht hatte er nur seine eigene Auffassung von Dingen. Sie müßten, erklärte er Feins, für ihren Sohn sorgen, wenn er nicht würde bei ihnen bleiben können. Als Fein sich hartnäckig weigerte, seinen Sohn in Néris einzuschulen, bot der Abbé an, ein Internat für ihn zu suchen.

Vater war schwach. Er hatte geglaubt, in Frankreich würden wir sicher sein. Jetzt, da ihm bewußt wurde, daß er uns nicht schützen konnte, bemühte er sich verzweifelt um eine pragmatische Tapferkeit und unterstützte Mutter, die längst begriffen hatte, daß es nur mehr ums nackte Überleben ging und letztlich nur noch um mein Überleben. Das war schon der Abschied.

Am nächsten Morgen nahm Ruth Fein ihren Sohn mit nach Néris, zu den Demoiselles. Mittags, als Kinderstimmen von der Straße zu hören waren, Kinder, die aus der Schule nach Hause oder zum Spielen liefen, schickte sie Moses hinaus und in den nahe gelegenen Park, damit er mit den anderen spielte. Alleine und verstört hockte er bis zum Abend hinter einem Gebüsch und schaute zu, wie eine Gruppe etwa gleich-

altriger Jungen mit einem Ball tobte. Tag für Tag wiederholte sich die Prozedur: vormittags eine langwierige Konversation mit zwei alten Damen, die sich langweilten und für jede Ablenkung, jeden Zuhörer dankbar waren, nachmittags quälende, demütigende Stunden im Park. Die Jungen hatten ihn bald entdeckt, lockten oder zerrten ihn aus seinem Gebüsch, lachten über seine Kleider, die fremdartig und schon etwas zu klein waren, und bald hatten sie herausgefunden, daß er ein jüdisches Flüchtlingskind war. Sie machten sich einen Spaß daraus, ihn bei seinem Namen zu rufen.
Dann kam seine Mutter, ihn abzuholen, auch sie rief ihn laut: Moses! und er rannte zu ihr.
Nachts, wenn er schlaflos lag, murmelte er den Namen vor sich hin und wußte nicht, ob es die Angst selber war oder Magie gegen die Angst. Bis zum Morgengrauen lag er wach und hoffte, daß es zu regnen anfinge, damit er nicht in den Park mußte.

Es gab nur eine Fotografie aus dieser Zeit. Theodor Fein wollte aus Néris keine Fotos, nicht einmal von seinem Sohn. Er haßte den Ort, die Pensionen und Hotels für Kurgäste, die jetzt ihr Geschäft mit den Flüchtlingen machten, ebenso wie die Cafés und das Kurhaus, in dem abends für die unfreiwilligen Gäste aufgespielt wurde. Er weigerte sich anzuerkennen, daß er einer dieser Flüchtlinge war. Das primitivste Dorf war ihm lieber als die Farce bürgerlichen Lebens, das längst eine tödliche Lüge war.
Ruth Fein führte ihren Sohn heimlich zum Fotografen, nicht weit von der Kirche, im oberen Teil der ansteigenden Straße, an der die meisten Geschäfte lagen, in weißen, hellgrünen und blaugrauen zweistöckigen Häusern. Eine kleine Flugzeugattrappe aus Pappmaché stand im Atelier, der Fotograf schimpfte, als Moses aus Versehen dagegenstieß. Dann mußte er sich neben dem Flugzeug aufstellen, mit gekreuzten Armen.

Vielleicht hatte Ruth Fein das Foto bei sich, als sie und ihr Mann deportiert wurden.

Fragte ich zu oft nach, wurde Moshe ungeduldig. »Rede ich unverständlich? Nein, im Gegenteil. Soll ich dir beschreiben, wie ich mich mit dem Gesicht nach unten ins Bett legte, weil ich dachte, kommt einer, so denkt er, es ist nur ein Kind, sieht er aber mein Gesicht und erkennt mich, dann beschimpft er meine Eltern, weil sie einen Juden zur Welt gebracht haben? Kann man das verstehen, kann man das begreifen? Natürlich. Lege dich mit dem Gesicht nach unten, und du wirst merken, wie schwer es ist zu atmen.« Immer wieder fragte ich nach Dingen, die er schon einmal erzählt hatte oder von denen er sagte, daß er sie erzählt hätte. Über einen Zeitraum von acht Jahren habe ich gehört, was ich jetzt aufzuschreiben versuche. Es ist, als würde man sich an eine Erinnerung erinnern, die zugleich eine fremde und eigene ist. So wie Moshe erzählt hat, taucht in meiner Erinnerung seine Geschichte wieder auf, manchmal bruchstückhaft, manchmal ausführlich, zuweilen ungeordnet. Dann wieder stockt sie, seine oder meine Erinnerung, allen Behauptungen und Aufforderungen Moshes zum Trotz versagt meine Vorstellungskraft, und ich verstehe nichts. Das Fotoatelier, ein Flugzeug aus Pappmaché, der Zehnjährige, bedrückt nach den schier endlosen Stunden im Park, vom Fotografen gescholten – er blickt gefaßt in die Kamera, denn für seine Mutter hat dieses Foto eine besondere Bedeutung. Als die beiden auf die Straße treten, nimmt die Mutter seine Hand. Zum ersten Mal, seit sie in Néris angekommen sind, teilen sie ein Geheimnis, und er fragt sich – aber er fragt nicht laut –, was sein Vater jetzt, da er alleine ist, in Villebret tut.

Vielleicht war es Einsamkeit, die angstvolle und so brüchige Isolation, die Theodor Fein sich an Abbé Gérard klammern ließ. Alle Tage ging er zu ihm, um sich mit ihm zu besprechen. War der Abbé in Néris, lief Fein zu Fuß dorthin. Was er dort suchte, wußte er wohl selber nicht. Er wußte, daß er keine Arbeit finden würde. Noch immer lehnte er es ab, in einem der Cafés Platz zu nehmen, in denen er Bekannte aus Paris und sogar aus Berlin sah. Sein braunes Haar, noch immer dicht, schnitt er selbst mit einer kleinen Schere, statt zum Friseur zu gehen. Schmal war er immer gewesen, inzwischen war er sehr abgemagert. Wenn Abbé Gérard zu tun hatte, durchsuchte Fein die Regale des Antiquars, der immer mehr deutsche Bücher zum Verkauf hatte. Die Bibel in der Luther-Übersetzung, *Berlin Alexanderplatz* und eine Sammlung chassidischer Erzählungen Martin Bubers brachte er mit nach Hause. Jeden Abend las er Moses einige der kurzen Geschichten vor.

Welche Geschichten er mir vorgelesen hat, weiß ich nicht mehr. Die große Sammlung der chassidischen Erzählungen gab es damals noch nicht. Aber wenn ich sie heute irgendwo aufschlage, höre ich Vater vorlesen, ich sehe die weißgekalkte Kammer, die dicken Holzbretter des kleinen Regals und das Fenster, hinter dem alles dunkel ist. Es riecht nach Kartoffeln, denn dank Abbé Gérard hat Vater eine Kiste mit Kartoffeln kaufen können, die in meinem Zimmer steht. Aber ich denke nicht an Abbé Gérard. Wir sind nicht in Frankreich, auch nicht in Berlin, wir sind in einem polnischen Dorf, irgendwo in der Nähe von Berditschew oder Lublin, an einem Ort, den weder mein Vater noch ich kennen. Und doch ist alles vertraut, die Namen, jede Wendung. Vater liest, ohne sich einmal zu verlesen, seine Stimme ist stolz, er lacht, er sitzt gerade aufgerichtet.

Dann steht er auf, wünscht mir eine gute Nacht, und als er zur Tür geht, ist er wieder der Mann, der Schmerzen hat und nicht weiß, was er tun soll. Das Buch von Buber nimmt er mit. Auf meinem Nachttisch läßt er die Bibel liegen, auf der ein Kreuz eingeprägt ist. Und er sagt, daß wir morgen früh zu Abbé Gérard gehen, der mich unterrichten wird, bis er eine Schule gefunden hat, die mich aufnimmt. Weil er so dünn ist, wirken seine Augen sehr groß.

Kamen die beiden, Moses und seine Mutter, nach Hause, wartete der Vater an der Tür, und er umarmte seine Frau, wie er es an dem Abend des Schwächeanfalls getan hatte. Weder in Berlin noch in Paris hatten sich die Eltern in seiner Gegenwart umarmt; verlegen schlüpfte Moses an ihnen vorbei ins Haus.

Vermutlich verschwieg sein Vater auch seiner Frau, wie weitgehend er im Sommer 1941 mit Abbé Gérard besprach, was mit Moses geschehen solle, wenn sie aus Néris fliehen müßten. Zerrissen zwischen der Angst, seinen Sohn zu verlieren, und dem Wunsch, ihn zu beschützen, las er mit ihm die chassidischen Geschichten und in der Tora, aber auch im Neuen Testament. Anfang September packte die Mutter einen Koffer (nur einen Koffer, daran erinnert sich Moshe, daß er es sah und, wie gelähmt, nichts zu fragen wagte, nur einen Koffer mit seinen Kleidern), und an einem frühen Morgen erschien Abbé Gérard, nahm Moses bei der Hand, fuhr mit ihm los, im Bus bis Néris, dann mit dem Zug nach Montluçon und weiter Richtung Lyon. Den ganzen Tag dauerte die Fahrt, und je länger sie dauerte, desto mehr wuchs Moses' Entsetzen, bis er schließlich wie in Trance auf seinem Platz vor- und zurückwippte. Der Abbé versuchte, ihn mit Butterbroten und hartgekochten Eiern zu trösten, und versicherte wieder und wieder, seine Mutter würde ihn schon nächste Woche besuchen. Abends, es war schon dunkel, trafen sie mit dem Bus in Beaujeu, einem Städtchen südwestlich von Macon, ein. Die erste Nacht schlief Moses in einem Zimmer mit dem Abbé. Es war ein kleines Internat, mit dessen Schulleiter Abbé Gérard befreundet war – sie stammten beide aus demselben Dorf im Burgund.

Am nächsten Morgen weckte der Abbé ihn, und sie gingen in die kleine Kapelle zur Messe. Es war noch früh, der frem-

de Geruch betäubte ihn. Danach wurde Moses vom Direktor in seine Klasse geführt. Etwa fünfzehn Jungen saßen dort hinter ihren Schulbänken und hoben kaum den Kopf, als der Direktor ihren Lehrer begrüßte und ihnen den neuen Mitschüler vorstellte.
In der Pause liefen die Jungen auseinander, innerhalb weniger Sekunden waren sie verschwunden, nur ihre Stimmen hörte er, zu verwirrt, um zu begreifen, wie die Gebäude angeordnet waren. Als es zum Pausenende läutete, fand er das Klassenzimmer nicht mehr und kam zu spät. Der Lehrer schalt ihn, diesmal hoben alle ihre Köpfe und schauten ihn an. Kein Laut war zu hören. Es blieb totenstill. Als schließlich Monsieur Marin etwas fragte, verstand er kein Wort, hörte nichts, sah nur, daß der Lehrer sich ihm näherte, die Lippen bewegte, und Moses bewegte die Lippen ebenfalls, aber kein Ton kam heraus. Er war immer zu Hause unterrichtet worden, von einem Privatlehrer zuerst, dann von seinem Vater.

»Sage nicht, daß du dir das alles nicht vorstellen kannst. Meinst du, ich könne es mir vorstellen? Alle möglichen Dinge müssen passiert sein – das Mittagessen und daß man mir meinen Platz im Schlafsaal zuwies, der Abschied von Abbé Gérard –, aber ich weiß nichts mehr davon. Ich merkte, und darüber war ich sehr erleichtert, daß ich den Stoff, den sie gerade durchnahmen, kannte. Absurd, nicht wahr? Vermutlich war es die Rechenstunde.«
Vielleicht, weil die Verknüpfungen und Bindungen zerrissen sind, bilden sich andere, wenn nicht in der Realität, so doch in der Erinnerung. Moshe erzählte, er habe während des ersten Monats in Givat Brenner plötzlich – nach all den Jahren – und mit kindischer Heftigkeit auf seine Mutter gewartet: heute, diese Woche komme sie, am Schabbat ganz bestimmt. Er schlief mit elf anderen in einem Zimmer, ein bunt zusammengewürfelter Haufen junger Männer, Sabres und

auch Neuankömmlinge wie er. Es gelang ihm nicht, sich die Topographie des Kibbuz einzuprägen. Man schickte ihn die Kühe füttern; bis er die Ställe fand, hatte ein anderer das schon getan. Er lief, in der Küche zu helfen – bis er die Küche fand, hatte man mit dem Essen schon begonnen. Im Kibbuz lebten damals über tausend Menschen, sie schienen ihm wie eine Schulklasse, die den Kopf kaum hob und ihn nicht beachtete. Ruth half ihm, sich zurechtzufinden.

In Rechavia kennt Moshe jedes Haus und jeden Stein. Da hat ein Herr Pomeranz gewohnt, da Frau Dyamant, die sieben Kinder hatte, und eines nach dem anderen ist ausgewandert, bis auf den Jüngsten, der im Jom-Kippur-Krieg umgekommen ist. Dort wohnt Paul, vor einem Jahr hat er im Lotto gewonnen, seither redet er nicht mehr mit Moshe, denn Moshe hat ihn immer ausgelacht, wenn er wöchentlich allen verkündete, diesmal würde er auf jeden Fall gewinnen. Hier wohnt die wunderschöne Melanie, die als junges Mädchen Ruth oft besucht hat und jetzt Mathematiklehrerin ist.

Wir gehen spazieren, ein Passant kommt uns entgegen, er grüßt Moshe. Es gibt in Rechavia schmale Gäßchen, Abkürzungen, Durchgänge, die Straßen verlaufen nicht geradewegs und parallel zueinander, sie machen unvorhergesehene Bögen, krümmen sich, öffnen sich unvermutet auf einen kleinen Platz. Es gibt die Bibliothek, vom Architekten Erich Mendelsohn gebaut, und eine kleine Insel von Betonhäusern aus der Bauhauszeit, die einzigen nicht mit Jerusalem-Stein verkleideten Häuser im ganzen Viertel. Es gibt einen Hügel, eine Senke und einen nächsten Hügel, ständig läuft man hinauf oder hinunter, wie man überhaupt in Jerusalem beständig hinauf- oder hinunterläuft. Die Zäune und Mauern vor den Häusern sind von Bleikraut überwuchert, man findet die kleinen, blaßblauen Blüten im Haar und an den Kleidern.

Wenn ich an die Zeit in Jerusalem denke, erinnere ich mich

an Rechavia als an einen behüteten Ort. Manchmal vergesse ich, daß Moshe nicht dort aufgewachsen ist. Die Erinnerung glättet die Brüche, sie scheint für täuschende Momente vollständig und unversehrt: als sei nichts Böses geschehen.

Die erste Woche in Beaujeu regnete es unaufhörlich, der unregelmäßig gepflasterte Hof verwandelte sich in ein kompliziertes System aus flachen und tieferen Pfützen. Er hatte kein passendes Schuhwerk. Seine Kleider mußte er nachts zusammengefaltet ans Fußende des schmalen Bettes legen. Morgens läutete die Schwester, dann sprangen die Jungen aus dem Bett, rannten in den Waschsaal, zogen sich an und liefen über den Hof zum Gottesdienst. Alles hing für Moses davon ab, daß er nicht in eine der Pfützen trat: ob er wieder nach Hause dürfe oder nicht. Er wagte nicht zu sagen, daß er nasse Füße hatte. Nach vier Tagen fieberte er. Man richtete ihm ein Bett im Krankenzimmer, auf der anderen Seite der Stube, in der nachts der aufsichtführende Lehrer schlief. Eine ältere Frau, Madame Ernestine, paßte tagsüber auf ihn auf. Sie war schwerhörig, und Moses fürchtete – denn das Wochenende näherte sich –, keiner würde seine Mutter hören, wenn sie käme und ihn riefe, und sie würde das Internat verlassen, ohne ihn gefunden zu haben. Wie schon in Villebret begann er, seinen eigenen Namen vor sich hin zu murmeln. Madame Ernestine wischte seine Stirn ab, türmte Decken über ihm auf, damit er schwitzen sollte, flößte ihm heißen Tee ein und machte ihm Wadenwickel. Im Fieber glaubte er, sie wäre seine alte Kinderfrau. Sie hatte seinen Namen nicht verstanden und nannte ihn Maurice. Als er nach acht Tagen wieder in den Schlafsaal wechselte, blieb ihm der Rufname Maurice. Seine Mutter war nicht gekommen.
In der dritten Woche schickte man ihn die Kühe hüten. Das Internat besaß einen Nutzgarten, einen Kartoffelacker, zwei Wiesen mit Apfelbäumen, auf die bei warmem Wetter nach dem Unterricht von einem Zögling die fünf Kühe getrieben

wurden. Man mußte achtgeben, daß sie nicht auf den zwischen beiden Wiesen liegenden Kartoffelacker liefen und im Herbst nicht die Äpfel von den Bäumen fraßen. Das Kühehüten war eine der beliebtesten und leichtesten Arbeiten. Vielleicht wollte der Direktor Moses aufmuntern.
Die eine Wiese lag hinter den Wirtschaftsgebäuden und der Wäscherei, dahinter sah man die allmählich ansteigenden Hügel, über der Stadt den Kirchturm von St. Nicolas, dahinter die Schloßruine der Grafen von Beaujeu.
Nach drei Wochen kam seine Mutter. War Moses' Zustand anfangs eine Mischung aus Warten und Apathie gewesen, so überwog nach seiner Krankheit die Apathie, eine betäubte Fügsamkeit. Die anderen Kinder quälten ihn nicht. Nach seinen Erfahrungen im Park von Néris war er dankbar, daß sie ihn in Ruhe ließen. Es war, als existierte er nicht. Spielten sie, stand er in einer Ecke des Hofs. Er war froh, wenn man ihn mit den Kühen auf die Wiese schickte. Ende Oktober war es damit vorbei, die Kühe blieben im Stall. Ende November besuchte seine Mutter ihn ein zweites Mal. Es war das Wochenende nach seinem Geburtstag. Man hatte ihn für zwei Tage entlassen. Sie wartete im Hof auf ihn.
»Es war in Beaujeu das letzte Mal, daß ich zwei Tage mit ihr alleine verbrachte. Sie führte mich in eine Konditorei, ich durfte Kuchen essen, soviel ich wollte, und da das Wetter schön war, liefen wir zur Schloßruine hinauf. Am nächsten Tag läuteten die Kirchenglocken, ich dachte an meine Kameraden, die in St. Nicolas die festliche Messe besuchen würden. Als Mutter einen Spaziergang vorschlug, fürchtete ich, wir könnten ihnen begegnen. Sie wollte mich umarmen. Willst du gar nicht wissen, wie es Vater geht? Ich nickte. Im nachhinein klingt es makaber, aber wir langweilten uns. Wir hatten uns nichts zu sagen.«

Meine Zeit in Rechavia, die geborgene, glückliche, war nicht so glücklich, wie meine Erinnerung vorgeben will. Ich schämte mich, wenn Jaron und ich die Miete nicht pünktlich zahlen konnten, das Telefon abgestellt war. In Jarons Geschäften gab es Undurchschaubares, und was ich mit Deutschunterricht verdiente, war lächerlich. Zweimal klingelte um sieben Uhr früh der Gerichtsvollzieher, aber da war nichts, was er hätte mitnehmen können. Doktor Hamburger lieh mir keine Bücher mehr, er vermied es, Jaron zu grüßen, und traf er mich alleine an, fragte er sorgenvoll, ob meine Verbindungen im Land für ein junges Mädchen wie mich geeignet wären. Moshe hatte recht gehabt. Jarons verschlossenes Gesicht wurde noch verschlossener, er schlug vor, in eine kleine Ansiedlung aufs Land zu ziehen. Lief ich durch die Straßen, machte ich um den Lebensmittelladen und die Wäscherei einen Bogen, denn wir hatten Schulden, und sah man mich, rief man mir laut hinterher. Als ich mit Moshe über Jarons Idee sprach, aus Jerusalem weg und aufs Land zu ziehen, lachte er und spottete, es würde aus mir zweifelsohne eine glückliche Kibbuznikit werden, die sich auf Legebatterien und Kühe verstünde. Tags darauf fand ich im Briefkasten einen Scheck über zwei Monatsmieten.

In meinem dritten Jerusalemer Winter wurde, was neu gewesen war, vertraut, die Ängste und Überraschungen des Anfangs waren abgetan. Sich in einem fremden Land, in einer fremden Sprache zurechtzufinden war ein Triumph gewesen; dann verflog der Zauber, und alles wurde seltsam fern und gleichgültig, die Stadt, die Sprache und auch Jaron. Noch ferner war das Vorangegangene, die Studienzeit, die alten Freunde. Erst läßt man die Vergangenheit zugunsten der Gegenwart verkommen, dann die Gegenwart für nichts. Lustlos kramte ich in alten Papieren, ohne etwas zu finden, das mir geholfen hätte. Ich war mir selbst abhanden gekommen.

Moshe rief an und kam vorbei und nahm mich mit. Er nahm mich zum Fischhändler Blaustein mit, der seinen Konkurrenten Nachmias beschuldigte, ihm verdorbenes Fischfutter verkauft zu haben. Trauernd saß Blaustein zwischen trüben Aquarien, sah den kranken, sterbenden Guppys und Skalaren zu, bei schwachem Licht im düsteren Laden, tagaus, tagein, und hätte ihm seine Frau nicht Brot und Suppe gebracht, wäre er selber krank geworden.

Moshe führte mich durch winternasse Straßen zum Ehepaar Jarkoni in Mea Schearim. Die Plakate, Aufrufe, Bekanntmachungen, zehnfach übereinandergeklebt, waren grau vom Regen, und man mochte denken, der zehnte Teil der Heiligen Stadt sei aus Papier erbaut. Frau Jarkoni öffnete in Kopftuch und Schlafrock, rief »Oi!« und stürzte behende durch den Flur davon, während er aus einem Zimmer schimpfte, aus einem anderen sechs blasse Kinder quollen. Jarkonis Bruder, der in Safed lebte, hatte ohne Wissen der anderen Brüder das gemeinsame Geschäft verkauft, um nach New York auszuwandern.

Bestellte Moshe seine Mandanten ins Café Atara, saß ich stumm dabei und hörte zu, eine Übersetzerin (so stellte er mich vor), die ins Lautlose übersetzt. Moshe glaubten die Mandanten alles, sie nickten mir ernsthaft zu und fingen an, zu sprechen und zu erklären, verborgene Aspekte ihres Falles aufzuzeigen, Einzelheiten zu erläutern. Die Bedienung des Cafés brachte unaufgefordert Milchkaffee und immer wieder Wasser. Wir saßen am Fenster, das sich auf die Ben Yehuda Straße öffnete, und ich beobachtete die Passanten, die vorsichtig über das von Nässe glatte Pflaster hinauf- oder hinuntereilten. Es war kalt. Frau Katz brachte mir ein Kleid, schwarz und weiß kariert, aus dicker Wolle und mit großen Knöpfen vom Kragen bis zum Saum. Geweret Katz sah mich darin und seufzte, als trüge ich zu Lebzeiten das Kleid für ihr Begräbnis. Der Rechtsfall, seufzte sie, bringt mich ins Grab, und vielleicht war sie die einzige Mandantin, die auch Moshe seufzen ließ. Ein Makler hatte sie raffiniert betrogen, ihre lang ersparte Wohnung schien verloren. »Al-

le Kinder Israels sind Gefährten, um so mehr im Lande Israel«, zitierte Moshe höhnisch den Talmud.
Geweret Katz lud mich mehrmals in ihre Wohnung ein, die jetzt für eine wertlose Lebensversicherung verpfändet war. Eine Zwei-Zimmer-Wohnung in der Rotenbergstraße, vollgestopft mit alten Möbeln, Porzellanfiguren, springenden Fischen, tanzenden Knaben, Flötenspielern, mit Hausgreueln aller Art, und darin saß sie auf einem kleinen Sessel, trug Handschuhe und ein Kopftuch, denn sie fürchtete die Stromrechnung, wenn sie heizte. Ich besuchte sie, brachte ihr vom Markt Obst und Kuchen, sie kochte uns Tee. In diesem Winter unterrichtete ich an der Hebräischen Universität Deutsch, mein Stipendium war ausgelaufen, aber als Lehrkraft durfte ich umsonst studieren. Ich studierte nicht und hatte mehr als genug Zeit. So saß ich bei Paula Katz oder begleitete Moshe. Geübt in Fremdheit, begriff er lange vor mir, warum ich mutlos war.
Am 24. Dezember, kündigte er mir an, würden wir essen gehen, und er bestellte einen Tisch im legendären American Colony. »Sei hungrig und mache dich hübsch«, befahl er mir.
Wir hatten gegessen, als aus der Küche der Weihnachtsmann auftrat. Es war der Koch, unter dem roten Mantel schauten die karierten Hosenbeine hervor. Er verteilte an die Gäste – ein paar Touristen, christliche Palästinenser, ein Ehepaar aus dem Libanon, mit dem wir ins Gespräch kamen – Bonbons und sang ein Weihnachtslied. Die anderen fielen ein. Moshe sah mich neugierig an.
Als endlich alle Bonbons verteilt waren, atmete ich erleichtert auf. »Warum wolltest du Weihnachten mit mir feiern?«

Im Dezember fuhr Moses in Begleitung eines Lehrers bis Montluçon, dort holten ihn sein Vater und ein Fremder ab. Es war Herr Himmelstein, ein neuer Bekannter seines Vaters. Zum Abschied wünschte der Lehrer dem Jungen ein frohes Weihnachtsfest.

Es war schon dunkel, als sie in Villebret eintrafen. Einen Augenblick glaubte Moses, es sei schon Weihnachten. Der Tisch war festlich gedeckt, ein Kerzenleuchter mit acht Kerzen stand darauf. Frau Himmelstein fing an zu singen, ihr Mann fiel ein und winkte Moses' Eltern aufmunternd zu, unsicher summten die beiden Melodien, die sie zum letzten Mal bei ihren Großeltern gehört hatten. Moses stand am Kopfende des Tisches, vor dem Platz, auf dem, schön verpackt, ein Geschenk lag.

»Plötzlich waren da diese Himmelsteins, ein schnaufender dicker Wiener und seine Frau. Mutter erzählte ihnen, wie sie mich zum ersten Mal besucht und unter den Apfelbäumen zwischen weißen Kühen gefunden hatte, in einem graubraunen, halblangen Kittel und mit einem großen Stock in der Hand, dazu Bienengesumm und Vogelgezwitscher, und im Hintergrund die mittelalterliche Schloßruine. Himmelstein hat sich fast totgelacht, er bekam einen Hustenanfall, Tränen traten ihm in die Augen, und er lief puterrot an, so daß Vater aufsprang und ihm auf den Rücken klopfte. Ich erschrak, es mußte etwas Schreckliches sein, und dann kamen mir auch die Tränen, vor Kränkung und weil ich verwirrt war – endlich war ich wieder bei meinen Eltern in Villebret, aber da waren Fremde, und plötzlich hatte ich Sehnsucht nach Beaujeu und nach den Kühen. Es waren weiße, etwas zottige Kühe, wie man sie überall im Burgund sieht, die sanftmütigsten Geschöpfe, zu denen ich oft in den Stall gelaufen war, um sie zu umarmen und zu weinen. Während der ersten Wochen in Beaujeu war ich überzeugt gewesen, meine Eltern seien tot und ich würde sie nie wiedersehen. Nicht einmal die Besuche meiner Mutter hatten mich überzeugt, daß sie noch lebten.«

Nach dem Essen verließen wir das American Colony zu Fuß und wanderten durch Ost-Jerusalem, zur Salach-ha-Din Straße und weiter, Richtung Jaffa Straße. Es war eine kalte Winternacht, kaum ein Mensch noch unterwegs, Mitternacht schon vorüber. Von all dem Gehörten und dem Wein müde und aufgeregt zugleich, erinnerte ich mich, wie meine Großmutter jedes Jahr eine Schuppe des Weihnachtskarpfens in Silberpapier gewickelt und unter die Teller gelegt hatte, von dort wanderten sie in unsere Geldbörsen: damit wir das ganze Jahr über Geld hätten. Meine Großmutter war seit acht Jahren tot, aber meine Mutter hielt an diesem Brauch fest, wo auch immer sie war, sie trieb für jeden von uns eine Fischschuppe auf, wickelte sie fest in Silberpapier und schickte sie uns mit der Post. Jaron war für ein paar Tage zu seinen Eltern nach Givat Brenner gefahren, zu Hause würde ich alleine sein, und ich war froh darüber, erwartungsvoll, als hätte ein neues Jahr angefangen, als würde in den Papieren und Büchern, die ich lange vernachlässigt hatte, die Antwort auf eine Frage zu finden sein, die ich noch nicht kannte.
»Ach, wenn wir uns selbst fehlen, fehlt uns doch alles!« zitierte Moshe. Spöttisch betrachtete er mich von der Seite: »Man sieht, daß dir Weihnachten guttut. Oder ist es der Wein? Oder meine rührende Geschichte? Ein bißchen fremdes Leid muntert doch auf«, stichelte er. Einen Moment blieb ich stumm, überrumpelt und gekränkt. Warum fiel er plötzlich über mich her? Als ich mich gefaßt hatte und ihn anschaute, lächelte er beschwichtigend und nahm liebevoll meinen Arm. »Um deine Frage zu beantworten, warum ich dich heute abend eingeladen habe – ich bin an Weihnachten nicht gerne allein.«
Unruhig und vergeblich wartete ich die nächsten Tage auf seinen Anruf. Er hat, dachte ich enttäuscht, anderes zu tun, als auf mich aufzupassen. Aber Moshe war krank geworden – eine fiebrige Erkältung zwang ihn ins Bett, erzählte mir nach vier Tagen Martha Weltfreund. Ich lief die Straße hin-

auf und klingelte. Er trug einen dicken Morgenrock und winkte ab, als ich ihm Obst und Blumen zeigte. Offenkundig fühlte er sich gestört, mürrisch forderte er mich auf hereinzukommen und legte sich aufs Sofa, während ich langsam Äpfel und Apfelsinen schälte, Bananen in Scheiben schnitt und wartete, daß er etwas sagte. »Siehst du, da sitzt du und wartest, daß ich dir etwas erzähle. Sind wir geflohen, damit ihr ein paar hübsche Geschichten zu hören bekommt? Ich habe aber keine Lust, sie zu erzählen.«

Nachdem er etwas Obstsalat gegessen hatte, besserte sich seine Laune. Er fragte nach Jaron und erzählte, daß Paula Katz plötzlich wie eine Furie zu dem betrügerischen Makler nach Hause gerannt sei, um ihn vor Frau und Kindern »zur Minna zu machen«, wie Moshe sagte. Am folgenden Tag habe der Makler bei seiner, Moshes, Sekretärin angerufen und um einen Termin nachgesucht. »Wer weiß, vielleicht geht es gut aus. Das ist besser als bei den Sachen, die man erzählt. Man erzählt und weiß schon, wie es ausgeht. Eines zieht das andere hinter sich her. Wenn es Gott gäbe, müßte er sich schämen. Aber es gibt Gott nicht, und deswegen schämt man sich selbst.«

Ich verstand nicht, was er meinte, ich war nur froh, daß er wieder mit mir redete. Als ich gespült hatte, verabschiedete ich mich und ging nach Hause.

Nachdem die traditionellen Lieder gesungen waren, nachdem Frau Himmelstein und seine Mutter Latkes, Kartoffelpuffer, das ebenso traditionelle Chanukka-Essen, aufgetragen hatten, brachte man ihn, der am Tisch einzuschlafen drohte, ins Bett. Das Geschenk legte sein Vater neben das Kopfkissen. Als Moses im Morgengrauen aufwachte, riß er das Papier auf.

Es war das Buch, aus dem sein Vater ihm vorgelesen hatte. Er schlug es auf, aber es war noch zu dunkel, um die Buchstaben zu entziffern. Dann schlief er wieder ein.

Im Wohnzimmer roch es nach Fettgebackenem, seine Mutter stand in der Küche, wusch das Geschirr vom Vorabend. Sie hörte seine Schritte nicht und drehte sich nicht um. Auf dem Tisch im Wohnzimmer stand ein Glas Milch, er trank davon. Aus dem Schlafzimmer der Eltern kam ein Geräusch. Moses schlich näher, öffnete die Tür einen Spalt. Auf dem Bett lag sein Vater, schlief, das Gesicht sehr blaß, er stöhnte im Schlaf. Oder schlief er nicht? Moses rief leise. Er rief seinen eigenen Namen.
»Welchen Namen?« fragte ich, »Moses, Maurice?«
»Ich weiß nicht mehr. Mutter fand mich in meinem Zimmer. Sie trat leise hinein, besorgt, daß ich so lange schlief, setzte sich auf den Bettrand und streichelte mein Haar. Ich konnte ihr nicht in die Augen sehen, alles war in Unordnung.«
Er sehnte sich nach Beaujeu zurück und wachte morgens pünktlich zur Messe auf. In Villebret war etwas, das er nicht greifen konnte, die Blicke seiner Eltern, Gespräche, die er hörte, ohne sie zu verstehen, Gespräche, die leise und hinter Türen geführt wurden, und eines Morgens ging sein Vater los, wollte ihn nicht mitnehmen, obwohl Moses bettelte, mitkommen zu dürfen.
Seine Mutter war in Néris, bei den alten Demoiselles, sein Vater ging zu Abbé Gérard. Es geschah selten, daß er das Haus verließ. Sein Herz war besser, aber jede Bewegung wurde ihm beschwerlich, auch wenn er sich nichts anmerken lassen wollte. Nur einmal während dieser Zeit sah er glücklich aus – als Moses bat, er möchte ihm abends wieder aus den *Chassidischen Geschichten* vorlesen.
Lange nach dem Krieg berichtete Abbé Gérard Moshe von diesem und anderen Besuchen: daß Fein im Pfarrhaus, sogar in der Kirche nach ihm gesucht, wieder und wieder gefragt habe, was er tun solle. Seinen Sohn würde er verlieren, seinen Sohn sich ihm entfremden und sich entfernen sehen, in die Welt, die sie alle bedrohte. Die Ängste, die er vor seiner Frau und auch vor Himmelsteins verbergen wollte, gestand

er dem Priester, dem einzigen, der helfen konnte, Moses zu verstecken – um den Preis, daß er getauft würde.

»Himmelsteins kamen während dieser Ferien alle zwei oder drei Tage zu uns. Sie brachten zu essen mit, brachten mir sogar Schokolade, Glocken waren es, Kirchenglocken, wie man sie an Weihnachtsbäume hängt. Vater hatte sie kennengelernt, ausgerechnet Vater, der nie mit jemandem sprach. Sie hatten sich im Antiquariat getroffen, Himmelstein zog aus einer Kiste ein schwarzes Heft des Verlags »Der jüngste Tag«, es war die Erstausgabe von Kafkas *Das Urteil*. Er war so aufgeregt über den Fund, daß er Vater ansprach und ihn fragte, ob er Franz Kafka kenne. Himmelstein, der dick war, ebenfalls Herzbeschwerden hatte und Asthma dazu, der so viel lachte, daß er immer wieder fast erstickt wäre, liebte Kafkas Bücher über alles. Sein Vater war in Wien Rabbi gewesen, er selbst hatte als Kind Talmud gelernt, er war ein Gottesleugner, und er redete mit Gott, um ihm, der ausgespielt hatte, Gesellschaft zu leisten wie einem, der zum Strang verurteilt ist und darauf wartet, geholt zu werden. Er war wie einer der Chassiden des Rabbis Jissachar Bär von Radoschitz, der sagt: *Meine Lehre ist – kann man nicht drüber weg, muß man eben doch drüber weg.* Himmelstein schloß Vater sofort ins Herz, Mutter verehrte er, die schöne Ruth, sagte er, und seine Frau Frieda adoptierte uns drei, als wären wir ihre eigenen Kinder.«
Die Himmelsteins hatten alles an Geld und Einfluß drangegeben, ihre zwei Töchter nach Palästina zu schicken. Jetzt blieb nichts übrig, als auch auf ein Zertifikat für sie selbst zu hoffen, und so lange halfen sie Feins, wo sie nur konnten. Frieda Himmelstein war ein Genie darin, den Bauern Lebensmittel abzukaufen. Selbst mit Delains, die seit ein paar Monaten immer unfreundlicher wurden, kaum noch grüßten, murrten, wenn Ruth Fein bei ihnen klopfte, die Miete zu bezahlen – selbst mit ihnen stand Frieda Himmel-

stein sich gut, kaufte von ihnen Eier und ein wenig Gänseschmalz. Und sie gewann Moses' Vertrauen, indem sie aus Pappe ein Memory-Spiel bastelte und ihm abends aus *Gullivers Reisen* vorlas, dann bei ihm sitzen blieb, bis er eingeschlafen war.

»Ich sehe sie erst rückblickend, für den Chanukka-Abend muß ich sie sozusagen ausschneiden und einfügen: Friedas rundliches Gesicht mit den braunen runden Augen und dem weichen Flaum auf den Wangen. In Wien waren sie reich gewesen, was jetzt an Schmuck übrig war, trug sie unter den hochgeknöpften Wolljäckchen versteckt: zwei fein gearbeitete Goldkettchen und eine Perlenkette. War die Tür hinter ihr ins Schloß gefallen, schlüpfte sie aus dem Pelzmantel und öffnete die oberen Knöpfe des braunen oder beigen Jäckchens, bis man den Spitzenbesatz eines Unterhemdes sah. Aber auch ohne das hätte man sich vorgestellt, wie sie spätvormittags in einem hübschen Nachthemd und mit einem Bettjäckchen darüber auf dem Diwan lag und las und zerstreut dem Dienstmädchen Anweisungen fürs Mittagessen gab.«

Den Vater drängte sie zu essen, die Mutter fragte sie über die alten Demoiselles aus, bis sie die beiden täuschend nachahmen konnte, den Vater schimpfte sie einmal so laut, daß Moses in seinem Zimmer aufwachte und an die Tür schlich, lauschte. Über den Katechismus stritten sie, den der Abbé Vater mitgegeben hatte, damit Moses in den Ferien darin lernen und sich auf den Religionsunterricht vorbereiten konnte. Und Frieda ereiferte sich: Ob das Leben ihrer Töchter in Palästina mit Kibbuz und Kühen und Nachtwachen weniger fremd sei als ein Leben mit Katechismus und Jesus Christus, wer denn wisse, was gerecht, was besser sei, besser jedenfalls ein fremder Lebender als ein vertrauter Toter. Ein Kind! rief Frieda laut, und Salomon Himmelstein beruhigte sie. Die Stimmen seiner Eltern hörte Moses nicht. Doch als Theodor Fein ihn am nächsten Morgen zum Unterricht rief,

hielt er ein schmales Bändchen in der Hand, den Katechismus.
Keiner war, der er zu sein schien, keiner war, der er zu sein vorgab.
Nachmittags saß Moses in der Küche, wo es am wärmsten war. Im Schlafzimmer lag sein Vater, er schlief, und wenn er schlief, sich nicht beherrschte, stöhnte er, leise und manchmal laut. Frieda hatte *Gullivers Reisen* für Moses dagelassen, und er las. Wenn es schon dunkel wurde, kam seine Mutter, und jeden Abend war es, als stünden sie alle von den Toten auf. Sie zündete die Lampen an, heizte den Ofen, Lichter und Schatten musterten die weiß gekalkten Wände, die Dinge verwandelten sich wieder in Töpfe, in einen Tisch zum Essen, was starr vor Schreck gewesen war, wurde eine Suppenkelle oder ein Pfannenstiel, die Messer schnitten Zwiebeln und Kartoffeln. Dann fragte sie ihn, was er gelernt habe, und Moses sagte ihr aus dem Katechismus auf: »Gelitten unter Pontius Pilatus, gekreuzigt, gestorben und begraben.«

»Ich habe dir genug erzählt«, sagte Moshe. »Sag nicht, daß du es vergessen hast. Ich vergesse ebenso wie du. Ich erinnere mich nicht einmal, ob mir Frieda damals schon den dicken Pullover und die guten Schuhe von diesem Jungen gebracht hatte, der seinen Eltern unter den Händen weggestorben ist. Ich erinnere mich nur, wie wir in der Küche standen, und keiner sagte ein Wort.«
Immer wieder erzählt man dieselbe Geschichte, jedenfalls kommt es mir so vor, jede Woche, jeden Tag dieselbe Geschichte. Frieda gleitet wie ein dicker Fisch durchs Wohnzimmer und schwebt über dem Eßtisch, um alle zu ermahnen, sie sollen essen. Wie lang diese drei Wochen waren! In Beaujeu hatte ich teilnahmslos geschehen lassen, was geschah, und getan, was man von mir verlangte, als wäre ich nicht ich und auch kein anderer. Aber die anderen waren wenigstens, was sie zu sein schienen. In Villebret war alles Unordnung und

Unsicherheit. Manchmal kam es mir vor, als warteten meine Eltern darauf, daß ich wieder abreiste.
Beim Abschied brach seine Mutter in Tränen aus. Der Vater hatte nicht aufstehen können, Salomon Himmelstein blieb bei ihm in Villebret, während Frieda Ruth und ihren Sohn in Néris traf und sie bis Montluçon begleitete. Frieda hatte eine Schachtel voller Nüsse und Kuchen, die sie Moses »für seine Freunde« mitgab. Als Moses sie ansah, lächelte sie verschwörerisch und nickte. Am Bahnhof trafen sie den Lehrer, der Moses auf dem Hinweg in Montluçon dem Vater übergeben hatte. Er sah die Mutter weinen, den Jungen wie gelähmt danebenstehen und eine korpulente Dame in einem kostbaren Pelz.
»Von diesem Lehrer, dessen Namen ich vergessen habe, kann ich dir erzählen. Er war jünger als Mutter, großgewachsen, ein gutaussehender Mann, der vielleicht zu Weihnachten von seinen Eltern den neuen Anzug geschenkt bekommen hatte, er sah elegant aus. Er küßte Mutters Hand und sagte ihr, daß mir kein Leid geschehen würde, er selbst würde auf mich, Maurice, achtgeben. Warum Mutter wieder anfing zu weinen, als sie den fremden Namen hörte, verstand er vermutlich nicht, sie weinte lautlos, aber die Tränen tropften auf seinen Mantel, als er sich erneut lange über ihre Hand beugte. Ich stand daneben, als würden die beiden zusammen abreisen und mich zurücklassen, mit Frieda, die loslief, um eine Zeitung und für mich eine Süßigkeit zu kaufen. Oder wir drei würden gemeinsam reisen, Mutter, dieser Mann und ich. Ich sah, daß Mutter ihm gefiel, und ich glaubte, seine Bewunderung und sein Versuch, sie zu trösten und zu beschützen, gefielen ihr. Zum ersten Mal begriff ich, daß Mutter auch mit anderen Männern als meinem Vater sprechen oder sogar mit ihnen mitgehen konnte. Plötzlich gab es eine Verbindung zwischen Beaujeu und meinen Eltern, und ich mißtraute diesem Lehrer, der meiner Mutter schöntat.«

Als sie ankamen, war es schon dunkel, die Gassen lagen still, im Mondlicht sah man die hellen Sandsteinfassaden der dreistöckigen Häuser, die großen Hauseingänge, Holztüren mit imposanten Türgriffen und Klopfern, sah über den Häusern im kahlen Wald die Burg aufragen und den Kirchturm von St. Nicolas sich hoch in den Himmel strecken. Aus ein paar Schornsteinen quoll Rauch, hing dick und weiß in der windstillen Kälte, und auf dem Pflaster hörte man lange nur ihre Schritte, bis fern ein Motor ansprang, Stimmen laut wurden. Eine Gruppe Männer in langen Mänteln kam ihnen entgegen, der Lehrer nahm Moses' Hand und grüßte laut. Moses fühlte die neuen festen Schuhe an seinen Füßen, die Schachtel voller Kuchen und Nüsse drohte aus seinen Armen zu gleiten. Er freute sich, als er das Tor des Internats am Ende der Straße sah. »Wir sind da!« Man hatte sie erwartet. Madame Ernestine war in der Küche und kochte heißen Tee, sogar ein Stück Brot gab es noch. Die anderen Jungen schliefen längst, doch er saß in der Küche, die zu betreten streng verboten war, und Madame Ernestine fragte ihn, was er zu Weihnachten bekommen habe, und strich ihm Honig auf sein Brot.

Damit er niemanden wecke, ließ man ihn in der Krankenstube schlafen. Als er morgens zur Messe in die Kapelle lief, sahen die anderen ihn, der drei Tage zu spät gekommen war, neugierig an, und später, im Arbeitssaal, drängten sich alle um ihn, denn er hatte Kuchen und Nüsse auszuteilen. Er erzählte seinem Bettnachbarn Pierre, daß er zu Weihnachten ein Märchenbuch, neue Schuhe und einen neuen Wollpullover bekommen hatte.

Frieda hatte einen ganzen Koffer mit Kinderkleidern zu Feins gebracht. Der Sohn ihrer Bekannten, kaum zwei Jahre älter als Moses, war an Lungenentzündung gestorben. Es waren Kleider auf Zuwachs. Moses' Mutter nahm sie nur zögernd an. Sie war nicht abergläubisch, aber sie dachte an den Tod des Kindes und daran, wie sorgfältig dessen Mutter

den dicken Pullover gestrickt, wie sie herumgelaufen war, bis sie die warmen, guten Schuhe gefunden hatte.
Ein dunkelblauer Pullover, rechtsmaschige und linksmaschige Quadrate, kein kindisches Muster, kein Ball darauf wie auf dem roten, der Moses fast schon zu klein war: der Pullover eines Schülers, der bald aufs Gymnasium gehen würde.
Frieda Himmelstein erzählte, daß die Eltern des Jungen geplant hatten, nach Wien zurückzukehren. Schon in Paris waren sie verhaftet worden.

Als ich Moshe 1999 bat, noch einmal von jenem Winter zu erzählen, weigerte er sich. »So, habe ich dir davon erzählt?« fragte er nur und schwieg. Wir saßen in der Cinemathek, das Wetter war scheußlich. Eine Weile saßen wir einander schweigend gegenüber. Der Winter hat an manchen Tagen etwas Trübes und Unheimliches in Jerusalem. Das Licht, sonst ein Teil der Stadt selbst, fehlt, durch die Täler hastet Nebel in unheimlichen Fetzen und mit den Wolken um die Wette. Emek Refa'im, das Tal der Geister, der Name einer Straße zwischen dem kleinen Jerusalemer Bahnhof, in dem nur zwei Züge am Tag verkehrten, und der Deutschen Kolonie, taugt plötzlich als Name für die ganze Stadt.
Moshe starrte durch die Fenster, wo nur hin und wieder ein Stück Stadtmauer sich zeigte, der sonst so helle Stein dunkel vom Regen. Er wies hinaus. »Siehst du, wir haben den Golem mitgenommen. Unsere gesamte Geschichte nehmen wir mit, das da draußen ist der Prager Nebel. Kennst du die Geschichte vom Baalschemtow, der dem gelehrten Mann sagt: *Ihr grübelt, ob da ein Gott sei. Ich bin ein Narr und glaube.* Aber der wichtigste Satz der Geschichte ist ein anderer: *Der Baalschemtow merkte aus der Ferne die Qual des Grüblers, da setzte er sich in seinen Wagen und kam mit seiner wundersamen Macht, die den Weg ihm entgegenspringen machte, im Nu.*«

Daß sein Vater ihm die Erzählungen vom Baalschemtow zu Chanukka 1941 geschenkt hatte, wußte ich, aber Moshe schien irgendeiner anderen Erinnerung nachzuhängen. Manchmal folgt man mühelos jemandes Gedanken und Erinnerungen, errät sie fast ohne Hinweis, manchmal geht man in die Irre. »Denkst du an Jean?«
Moshe schüttelte den Kopf. Ich fühlte mich, als hätte ich von der falschen Seite ein Haus betreten, dessen Bewohner tat, als hörte er mich nicht, und nur seine unwillige Verlegenheit zeigte an, daß er von meiner Anwesenheit wußte. Wenn ich glaube, was Moshe erzählt, sei mir bekannt und vertraut, täuscht mich oft die Vertrautheit mit seinen Bewegungen und Gesten, seinem Gesicht. Oft täuscht mich die Wiederholung – es kommt mir vor, als würde ich selbst mich erinnern.
»Ich denke an Vincent.«

Moses versuchte, sich den anderen anzuschließen. Sie sammelten Holz für die Küche und die Wäscherei, am Wochenende wurde im Kamin des Speisesaals Feuer gemacht, und sie saßen dicht gedrängt darum herum. Äpfel gab es in Hülle und Fülle. Die Ställe mußten gereinigt werden, in den dunklen, verdreckten Holzverschlägen standen trübselig und verschmutzt die Kühe. Ließ die Witterung es zu, gingen die Kinder spazieren, zu zweit Hand in Hand die Straße entlang, im Wald als ein loser Haufen, der sich nach links und rechts in kleinen Grüppchen verstreute. Dichtes, kahles Buschwerk drängte sich unter den Bäumen, und die letzten braunen Blätter zerfielen in großen Pfützen. In den neuen, schweren Schuhen spürte er den Boden unter seinen Füßen nicht. Der einzige, der in seiner Nähe blieb, war Vincent, ein schmächtiger Junge mit strähnigem blonden Haar und einem hübschen, mädchenhaften Gesicht. Sie gingen still nebeneinander, hielten sich an den Lehrer und beobachteten die Spiele der anderen, scheinbar unbeteiligt, heimlich neidisch, ausgeschlossen und einander gleichgültig. Moses war inzwischen der beste Schüler. Der Kuchen und die Nüsse waren längst aufgegessen. Um ihn war wieder leerer Raum. Sie riefen ihn, wenn sie ihn riefen, Maurice. Meist riefen sie ihn nicht. Sie liefen um ihn herum, stießen ihn nicht einmal aus Versehen an, eher war es Vincent, der ihre Bahn zu stören schien, wenn er sich in Moses' Nähe drängte. Oft stahl Moses sich in den Stall, um den Kühen vom Frühling zu erzählen und ihnen die Namen der Vögel vorzusagen: Rotschwänzchen, Goldammer, Dompfaff. Briefe, die er von seinen Eltern bekam, trug er tagelang mit sich herum, bevor er sie öffnete. Die meiste Zeit verbrachte er im Arbeitssaal. Er versuchte, sich Villebret vorzustellen, das Haus, die Küche, in der seine Mutter hin und her lief und ihm zuhörte, das Wohnzimmer, in dem er am Tisch mit seinem Vater saß und lernte, sein Zimmer, die weiß gekalkten Wände und die Dunkelheit dort. Er konnte darüber nicht sprechen. Die anderen erzählten von ihren Eltern, Geschwistern, von den Spielen, die sie zu Hause spielten, und schon näherten sich Ostern und die Osterferien. In ihren Briefen schrieben seine Eltern, daß sie versuchen wollten, nach Beaujeu zu übersiedeln. Daß sie ihn in den Osterferien besuchen würden. Schon vor Ostern käme seine Mutter, um eine geeignete Unterkunft zu suchen. Er könnte dann als Externer die Schule besuchen und sogar zum Mittagessen zu Hause sein. Aber Moses wußte, daß auch die Externen mittags in der Schule aßen. Man konnte sich nicht auf das verlassen, was in den Briefen geschrieben stand. Dann kündigte seine Mutter an, sie würde den jungen Lehrer bitten, eine Unterkunft für sie zu finden.

Ostern rückte näher.

Die Krokusse blühten, die Osterglocken, und die Knospen der Obstbäume brachen auf. Moses saß im Arbeitssaal, während draußen die Sonne schien und seine Klassenkameraden über den Hof tollten, er hörte ihre Stimmen, sie lachten und schrien. Der blasse Vincent kauerte auf dem Brunnenrand, sie umringten ihn und bewarfen ihn mit etwas. »Sie haben ihn mit Gänseblümchen beworfen und verhöhnt«, sagte Moshe. »Ich wich vom Fenster zurück, setzte mich und hoffte, daß sie mich in Ruhe lassen würden. Ein Straucheln, irgendeine Kleinigkeit genügt, und sie quälen mich erbarmungslos, so wie sie Vincent quälten, weil er wie ein Mädchen aussah. Sie schrien, er solle doch ein Kleid anziehen. Ebenso trügerisch wie die beruhigenden Briefe meiner Eltern war die Gleichgültigkeit meiner Mitschüler. Es war alles nur eine Frage der Zeit. Mir kommt es vor, als hätte ich damals zu mir selbst gesagt: Es ist eine Frage der Zeit, bis das Unglück eintrifft. Ich war nicht ahnungslos, ich hatte Angst. Vielleicht würde der junge Lehrer mit meiner Mutter weggehen und mich alleine lassen. Vielleicht wollte mein Vater sie nicht zu mir lassen, damit sie diesen Lehrer nicht wiedersähe. Ich wartete, und gleichzeitig wünschte ich, die Zeit stünde still. Aber die Zeit war aufgewacht und rannte los und hatte nichts anderes zu tun, als Unglück über Unglück anzuhäufen.«

Kurz vor Ostern bricht Moses' Vater sich das Bein. Ein komplizierter Bruch, der nur schwer heilt, er liegt im Bett, das Herz macht ihm zu schaffen, er kann nicht aus dem Haus und kann nicht reisen. Ruth Fein hat in Beaujeu endlich eine Unterkunft gefunden, doch will sie ihren Mann nicht alleine lassen. Der junge Lehrer fährt nach Marseille, er wird Moses diesmal nicht nach Montluçon begleiten. Frieda Himmelstein will helfen, aber das Zertifikat aus Palästina soll jeden Tag eintreffen. Die beiden alten Fräulein setzen sich in den Kopf, in Kur zu fahren, sie fahren nach Vichy, Ruth Fein muß sich eine neue Arbeit suchen. Die anderen Schüler reden von den Ferien, Moses weiß nicht, wo er sie verbringen wird. Nachts liegt er wach, und morgens bei der Messe schläft er ein, ihm ist vom Weihrauch schwindlig. Er kann nicht frühstücken, im Unterricht ist er unaufmerksam, gibt falsche Antworten oder hört seinen Namen nicht, die anderen lachen schon, der Lehrer verliert die Geduld und ruft: Moïse! Moïse! ruft ein Junge, und die anderen fallen ein.

Der Ruf gab das Signal. Als hätten sie jetzt begriffen, was in der ersten Woche nur ein fremder Name gewesen war. »Maurice« hatte es verdeckt, Maurice haben sie hingenommen, über Moïse fallen sie her.

Ein paar Tage später stellen sie ihn im Arbeitssaal: Er soll das Apostolische Glaubensbekenntnis aufsagen. Moses beginnt und stockt. Fünf oder sechs Jungen stehen mit ernsten Gesichtern um ihn herum. Als er nicht weiterweiß, nicken sie und verschwinden. Abends, als sie zur Andacht laufen, stößt ihn einer von ihnen so heftig, daß Moses mit dem Kopf gegen die Wand schlägt.

Am Tag darauf schien die Sonne, man schickte ihn die Kühe hüten. Er freute sich, es war das erste Mal in diesem Jahr, die fünf Kühe reihten sich im Stall eine hinter die andere und traten ungeduldig auf der Stelle. Draußen blühten Apfelbäume. Sein Kopf tat weh, er hockte sich ins Gras und sah den Kühen zu. Plötzlich zuckte eine, muhte und sprang zur Seite. Er fuhr hoch, noch ehe er aufspringen konnte, rannte eine zweite los, stand still, rannte weiter. Da sah er, daß hinter einem Busch zwei seiner Klassenkameraden hockten, mit Steinen in der Hand. Er stürzte auf sie zu, ihm drehte sich der Kopf, der nächste Stein traf ihn.

Im Schlafsaal raunte sein Bettnachbar Pierre ihm zu, er solle es nicht wagen, sich bei den Lehrern zu beklagen. Und Moses sagte nichts. Er fing an schlafzuwandeln. Der Lehrer, der nachts die Aufsicht hatte, merkte es, von da an glaubte er, die Beulen und blauen Flecken an Moses' Armen und seinem Kopf kämen daher, daß er nachts im Schlaf zwischen den Betten bis in den Gang lief und sich stieß. Tag und Nacht vermischten sich, er schlief im Unterricht und in der

Messe ein, nachts konnte er nicht schlafen. Dann begannen die Osterferien. Die anderen wurden von ihren Eltern abgeholt. Die Lehrer waren abgereist, nur der Direktor und Madame Ernestine waren noch da. Zu dritt aßen sie in der Küche. Moses durfte im Krankenzimmer schlafen.

Als auch der Direktor abreiste, holte Madame Ernestine ihn zu sich nach Hause. Ein kleines Haus am Rand der Ortschaft, in dem sie, seit ihre Tochter fort und ihr Mann gestorben war, alleine lebte. Moses schlief in einer kleinen, weiß gekalkten Kammer, es war fast wie in Villebret. Konnte er nachts nicht schlafen, sagte er halblaut das Glaubensbekenntnis vor sich hin: *Ich glaube an Gott, den allmächtigen Vater, Schöpfer des Himmels und der Erde, und an Jesus Christus, seinen eingeborenen Sohn, unseren Herrn ...*

Nach Ostern kam Abbé Gérard und holte ihn.

Noch einmal gingen sie ins Internat und packten die restlichen Sachen. Im Hoftor drehte sich Moses um und brach in Tränen aus. Als der Zug in den Bahnhof von Montluçon einfuhr, weinte er wieder.

Das Frühjahr 1993 war sehr schön. Im Januar hatte es oft geregnet, im Februar überzog ein grüner Schimmer die Berge der Judäischen Wüste. Jaron und ich wußten, daß unsere Zeit bald vorbei sein würde. Wir bangten umeinander, gingen liebevoll und fremd miteinander um, sahen täglich, wie wir uns voneinander entfernten, jeder in eine andere Richtung.

Moshe arbeitete viel, dann fuhr er mit Batsheva nach Italien. Ende März gingen wir zu viert essen. Tags darauf begegnete ich Moshe in der Stadt. »Was ist los mit euch?« fragte er. Ich zuckte die Achseln. An der Universität kämpfte ich mit einer Klasse von fünfundzwanzig Studenten, die fast alle aus der ehemaligen Sowjetunion kamen und kaum Hebräisch sprachen. Sie lernten ebenso behende, wie sie voneinander abschrieben. Mein eigenes Studium hatte ich aufgegeben. Von

Moshe empfohlen, redigierte ich für einen Fischendokrinologen einen historischen Roman, in dem Hannibal Karl dem Großen einen Elefanten schenkte. Ich arbeitete viel und starrte den Rest der Zeit ins Leere, bis irgendein Freund oder Bekannter anrief und mich beredete, mit ins Café zu gehen. Jaron war unterwegs, oft tagelang, er kam zurück und küßte mich und ging bald wieder.
Blindlings tauchte ich in die Gegenwart, wartete auf Klärung, ohne selbst etwas zu klären. Ich kaufte mir eine Vespa, dann ließ ich mir das Haar kurz schneiden und kurvte durch die Stadt, lang und dünn und braungebrannt.
Die Erinnerung gab nichts her, sie legte keine Spur und keinen Köder aus. Das Lärmen, die helle Hast der Stadt war unwirklich.
Plötzlich vermißte ich Herrn Stein. Der Buchladen war verwaist, ein Teil meiner Jerusalemer Geschichte war schon verschwunden.
Ich ging wieder häufiger zu Jasons Grab. Moshe fand mich dort und bat mich, ihn auf seinen Spaziergängen zu begleiten, nach Talbie, am Theater vorbei, am Haus der Leprakranken, über die Brache, auf der jetzt ein modernes College seine Sportplätze angelegt hat. Es war Frühsommer, die Jahreszeit, in der Jerusalem vom Chamsin heimgesucht wird, gelber Staub, gelber Sand in jede Ritze dringt und die Gedanken lähmt. Ich ertrug es in diesem Jahr nicht und begann, ab und zu nach Tel Aviv zu fahren. Als Jerusalemer sah Moshe das nicht gerne und führte mich samstags zu Abu Salim, wo wir Humus aßen, den ein kleiner Junge auf einem großen Tablett von Abu Shukri holte. Moshe drängte mich, Agnon zu lesen. »Sonst kennst du Jerusalem nicht, und was man nicht kennt, soll man nicht verlassen.« Ich las ein paar Seiten und ließ es wieder bleiben. In Tel Aviv begann ich, mich nach einer Wohnung umzuhören. Moshe führte mich spazieren, um mir den Abschied schwerzumachen.

»Madame Ernestine wollte ich unbedingt wiedersehen. Ich bat Jean, sie ausfindig zu machen, das war Anfang der siebziger Jahre, und natürlich war es unmöglich. Ich wußte nicht einmal ihren Nachnamen. Jean schrieb und telefonierte nach Beaujeu, ich bin sicher, er wäre sogar hingefahren. Aber es gab das Internat nicht mehr, und wahrscheinlich war sie längst tot – sie wäre wohl über neunzig Jahre alt gewesen. Ich wollte sie um jeden Preis wiedersehen, wollte, daß sie sich an mich erinnert, als hinge mein Leben davon ab! Wenn das Leben von so etwas abhängt, weiß man nicht, was das Leben ist. Ruth und ich haben damals gestritten, es war keine gute Zeit. Ich arbeitete bei Rachamim in der Kanzlei. Ruth warf mir vor, daß ich es nicht ertrage, wenn die Dinge sich zum Guten fügen. Warum sollte ich es auch ertragen? Wenn die Dinge sich zum Guten fügen, nehmen sie Anlauf, um in tausend Stücke zu zerspringen. Ich schrieb Jean und bat ihn, Madame Ernestine zu finden. Wie so oft, antwortete er zunächst nicht. Aber dann forschte er nach, er wußte, ich wäre sofort gekommen, hätte er sie gefunden.«
Und wenn sie sich nicht erinnert hätte? Es ist, wie wenn man an einem Baum einen Zettel hängen sieht. Man überlegt, was darauf geschrieben stehen mag, aber man ist eilig oder auch nur zu träge, hinzugehen und nachzusehen. Auch ein zweites Mal geht man daran vorüber, und dann grübelt man plötzlich nach, was mit diesem Zettel ist. Beim dritten Mal ist der Baumstamm nackt, kein Zettel, nur die Rinde und vielleicht noch der Reißnagel. Vielleicht war es eine wichtige Nachricht? Wenn man die Augen schließt, sieht man den Zettel am Baum, und noch im Schlaf versucht man, sich ihm zu nähern, um endlich zu lesen, was darauf geschrieben steht.

Kaum in Villebret angekommen, wurde er krank, als wäre Krankheit der einzig mögliche Übergang von der einen in die andere Welt. Man brachte ihn ins elterliche Schlafzimmer. Tagsüber saß sein Vater am Bett, das gebrochene Bein auf einem Stuhl hochgelegt, nachts schlief neben Moses die Mutter und wusch ihm Stirn und Brust, wenn er im Fieber schwitzte. Himmelsteins Stimmen waren aus dem Wohnzimmer zu hören, Salomons oder Friedas Stimme, beschwichtigend, beruhigend, Stimmen, die ihren eigenen Ort und ihre eigene Zeit hatten, und wenn er sie hörte, glaubte er, sie seien bei Himmelsteins in Wien und Frieda würde ihn gleich mit ihren Pelzen zudecken.

»Ahnst du, wohin die Himmelsteins gezogen sind? Sie sind nach Rechavia gezogen. Sie haben dann in Rechavia gelebt, als wären sie hier zur Welt gekommen. Wir haben uns auf der Straße getroffen, so wie du und ich. Ich war wie versteinert, als ich sie das erste Mal sah, ich folgte ihnen bis zu ihrem Haus, ohne sie anzusprechen. Ruth drängte mich, sie zu besuchen. Sie hatten einen Jungen bei sich, ihren Enkel. Er war so alt, wie ich damals gewesen war, elf Jahre alt.«

Als er wieder aufstehen konnte, paßten ihm seine Kleider nicht mehr, sie hingen lose um seinen mageren Körper. Er bewegte sich vorsichtig, hielt sich an einem Stuhl oder am Tisch, und obwohl Frühsommer war, verließ er ungern das Haus. Plötzlich hing er an seines Vaters Rockzipfel und bettelte, er möge ihm vorlesen. Kam seine Mutter aus Néris nach Hause (sie putzte bei mehreren Familien), starrte er sie an, antwortete auf französisch, wenn sie zu ihm sprach. Von Beaujeu weigerte er sich zu erzählen, er weigerte sich, seine Mutter nach Néris zu begleiten. Aber er war wieder gesund, Frieda Himmelstein tat das ihre dazu, sie brachte Milch und Eier, sie buk – die Mutter mit gestikulierenden Armen und lachendem Gesicht aus der Küche jagend – Pfannkuchen und bestreute sie mit Zucker, und ihr erzählte Moses schließlich von Beaujeu, von den Quälereien der Jungen, vom Schlafwandeln, von Madame Ernestine.

Es war längst Zeit, ins Internat zurückzukehren, aber die

Eltern zögerten. Wieder lief sein Vater – an einem Stock – zu Abbé Gérard, um seinen Rat einzuholen.

Was für entsetzliche Wiederholungen. Diese ganze Zeit, das Hin und Her zwischen Beaujeu und Villebret hat etwas Mechanisches, etwas Idiotisches und Beleidigendes. Man schickt mich nach Beaujeu, ich kehre zurück, verstockt, verstört, man beratschlagt und plant, versucht mich festzuhalten, fortzuschicken, phantasiert, mich mit Himmelsteins nach Palästina zu schmuggeln, mich als ihren Sohn auszugeben, man gibt mir das Neue Testament zu lesen und liest mir chassidische Geschichten vor, man ermuntert mich zu beten, aber sagt mir nicht zu welchem Gott. Mein Vater läuft und humpelt zu Abbé Gérard, spricht wieder und wieder mit ihm durch, was längst vorbereitet und beschlossen ist, um mich zu retten. Ich habe es Abbé Gérard und Himmelsteins lange nicht verziehen – als trügen sie Schuld an der Irrfahrt meiner Eltern, an ihrer Unsicherheit, die ich spürte und unter der ich litt.

Moses' Abreise kam eine andere zuvor: Himmelsteins erhielten das Zertifikat aus Palästina, binnen weniger Tage mußten sie sich in Marseille einschiffen. Ruth blieb über Nacht in Néris, um Frieda beim Packen zu helfen; Moses weigerte sich, seine Mutter zu begleiten.

Dann kam das Abschiedsessen. Wieder war der Tisch festlich gedeckt, wieder stand Moses am Kopfende, doch diesmal lag dort kein Geschenk. Auf dem Tisch brannten Kerzen, der Vater saß auf der Eckbank, in einem dunklen Anzug, abwesend und stumm. Die Mutter machte sich in der Küche zu schaffen, aber das Essen war längst fertig, es gab nichts mehr zu tun. Sie warteten eine Stunde lang. Dann schlug das bedrückende Warten in Sorge um. Die Kerzen brannten, und zweimal wollte Moses' Mutter sie ausblasen, unterließ es aber. Sein Vater sprach kein Wort, als wäre es etwas Endgültiges, was er vor sich sah. Die Blicke seines Sohnes, der noch immer am Kopfende des Tisches stand, mied er, ebenso die seiner Frau, die aus der Küche kam und den Mund öffnete, um etwas Beschwichtigendes zu sagen, und doch nichts sagte, als sie dieses Gesicht sah, das kein Zeichen gab und jedes Einverständnis von sich wies. Von draußen drang nur das leichte Rascheln von Blättern herein und, aus einem nicht weit entfernten Teich, das Quaken von Fröschen. Eine endlose Zeit stand der Junge da, als sollte er eine Rede halten, die er auswendig gelernt und jetzt vergessen hatte. Er wagte nicht, sich vom Fleck zu rühren. Mit jeder Minute, die verstrich, spürte er, wie etwas näherkam, eine Entscheidung, ein Beschluß, den weder sein Vater noch seine Mutter fällte, sondern eine Macht, die über alles hinwegging, was sie miteinander verband.

Endlich war irgendein Lärm aus der Dunkelheit zu hören, und Schritte näherten sich der Tür, es klopfte, Himmelsteins kamen herein, aufgeregt und erschöpft. Man setzte sich gleich, hastig trug Ruth Fein die Suppe auf, als wollte sie verhindern, daß Groll und Verlassenheit sich wie ein Schatten über alles legten. Himmelsteins waren so gut wie in Sicherheit.

Man sitzt am Tisch, die Suppe dampft in den Tellern, aber keiner greift nach Brot und Löffel, alle warten schweigend und mit gesenktem Blick, daß einer etwas sagt. »Komm Herr Jesu und sei unser Gast und segne, was du uns bescheret hast«, durchbricht eine Kinderstimme das Schweigen, die Erwachsenen sitzen wie gefroren; dann beginnen sie zu essen. Nur das Kerzenlicht brennt, und auf den Wänden schwanken mit dem Luftzug jeder Bewegung die Schatten. Allmählich beginnen sie zu reden, leise und über Gleichgültiges. Den Wein, den Salomon Himmelstein mitgebracht hat, rührt keiner an.

»Dann sagte er den Segen, *baruch ata adonaj, bore pri hagefen, gesegnet seist du Herr, der die Frucht des Weins erschafft.* Die Erwachsenen sagten Amen und tranken, Himmelstein gab mir sein Glas, und ich trank auch einen Schluck.

Er stand dabei auf, setzte sich aber gleich wieder und murmelte etwas. Ich glaube, er wollte mich segnen, aber er ließ es bleiben, denn er schämte sich.«
Nach einer Stunde schon brechen Himmelsteins auf. Eine Autotür schlägt zu, eine zweite, Motorengeräusch, in der Nacht verklingen die Geräusche. Auf dem Tisch stehen schmutzige Teller, Gläser, ein Brot, nicht angeschnitten, liegt im Korb. Sie stehen um den Tisch, die Eltern schicken ihren Sohn zu Bett. Er wäscht sich an diesem Abend nicht. Am Bettrand sitzt seine Mutter, sein Vater steht in der Tür. Noch immer quaken in der warmen Nacht die Frösche. Es ist schon Anfang Mai. Längst müßte Moses wieder in der Schule sein. Nach der Abreise von Himmelsteins, haben seine Eltern gesagt. Moses schläft ein.
Als er am nächsten Morgen aufwacht, ist die Mutter schon in Néris, in der Küche wäscht sein Vater ab, dann ruft er seinen Sohn ins Wohnzimmer, auf dem Tisch liegt ein Rechenbuch und ein Buch über die Napoleonischen Kriege. Die Wochen vergehen, Moses wird nicht mehr nach Beaujeu geschickt.

Im Garten des Hauses der Leprakranken ließ sich manchmal durchs Gitter der weiße Pfau sehen, der im hohen Gras, zwischen verwilderten Sträuchern, sein Rad schlug. Die Gebäude selbst – ein großes Haupthaus und Nebengebäude – standen mit verschlossenen Fenstern, und nie war dort jemand zu sehen. Unweit der Mauer, die den abschüssigen Garten umgab, stand eine Bank, auf die sich Moshe setzte.
»Warum willst du nach Tel Aviv ziehen?« fragte er zum hundertsten Mal. »Es wird dort genauso sein wie hier. Solange du dort fremd bist, ist es eine Herausforderung für dich. Dann wird es vertraut, weil du es so willst, und du bist dir fremd.«
In die Mauer war seitlich eine niedrige, grün gestrichene Tür eingelassen, Anemonen blühten davor und zeigten an, daß

niemand hier ein und aus ging. Vor dem Tor, am unteren Ende des Grundstücks, lagen Mülltüten und alte Schuhe, seltsam kurze und hohe Schuhe, eher für Hufe als für Füße geformt. Manchmal meinte ich, ein Glöckchen, das Glöckchen der Aussätzigen zu hören, aber das war nur eine Ausgeburt meiner Phantasie.

Moshe und ich saßen auf der Bank, sahen über dem Tal (auf dem gegenüberliegenden Hügel war ein Kloster, dessen Namen ich vergessen habe) die Sonne untergehen und stiegen dann hinab nach Emek Refa'im, um im Café Moment etwas zu trinken und zu essen, bevor wir nach Rechavia zurückkehrten.

Vor einigen Jahren ist das Café Moment in die Aza Straße, nach Rechavia, umgezogen, vor wenigen Monaten hat dort ein Selbstmordattentäter eine Bombe gezündet.

»Erst sind wir von Land zu Land getrieben worden, jetzt bleiben wir in einem Land und ziehen uns selbst den Boden unter den Füßen weg. Wir sind eingewandert, aber das Land, in das wir eingewandert sind, existiert schon nicht mehr, und sein Name verhöhnt uns und unsere Geschichte. Lebte Jean, würde ich ihn am Ende bitten, mir einen Platz in seinem Kloster zu finden. Aber er hat ja seinen Platz in beiden Welten, dieser und der kommenden, verspielt und muß froh sein, daß man für ihn ein Grab geschaufelt hat. Und außerdem bin ich Zionist.«

Damals schien die Landschaft friedlich, und man konnte glauben, es würde Frieden geben.

»Mit Frieda Himmelstein habe ich einmal hier gesessen. Viel von dem, was ich dir erzähle, hat Frieda mir erzählt, erst danach habe ich mich wieder selber erinnert. Du hörst mir zu und denkst, es ist meine Erinnerung, aber zum Teil ist es die von Frieda. Wir gingen nicht weiter nach Emek Refa'im, weil es dort damals noch kein Kaffeehaus gab. Ich wollte mit Frieda Himmelstein auch gar nicht im Kaffeehaus sitzen. In Villebret haben wir zu Abend gegessen, nach dem Essen sind sie aufgestanden, haben mich und meine Eltern ein letztes Mal umarmt und sind gegangen. Sie sind nach Palästina gefahren, meine Eltern nach Auschwitz. Aus Marseille haben sie noch einmal geschrieben, bevor sie sich einschifften. Der Briefträger gab den Brief mir, denn ich saß gerade draußen, im Hof, auf einem alten Traktorreifen. Weder waren meine Eltern nach Beaujeu gefahren, noch hatten sie mich dorthin geschickt. Mittlerweile war es Juni. Vaters Bein war geheilt, sein Herz war nicht geheilt. Ich trug den Brief ins Haus. Vater lag auf dem Bett und schaute mich traurig an. Er unterrichtete mich nicht mehr, er las mir auch nicht mehr abends vor. Den Brief nahm er, riß ihn auf und legte ihn mit einem Stöhnen neben das Kopfkissen, so wie er mir an Chanukka mein Geschenk neben das Kopfkissen gelegt hatte.

Frieda erzählte alles, was sie wußte. Sie hatte ein gutes Gedächtnis. Wenn man ihr zuhörte, glaubte man, mit eigenen Augen zu sehen, was sie erzählte. Vielleicht weiß ich deshalb nicht genau, was meine eigene, was ihre Erinnerung ist. Dann wollte sie wissen, was nach ihrer Abreise geschehen war. Ich sträubte mich, doch schließlich begann ich zu erzählen. Weit kam ich nicht. Nach ein paar Sätzen unterbrach sie mich und sagte, mein Vater habe nach Marseille einen Brief geschrieben, der sie noch erreichte, weil Schwierigkeiten aufgetreten waren und das Schiff später als geplant auslief. Frieda wußte von dem Plan Abbé Gérards und meiner Eltern, mich taufen zu lassen und in ein Internat der Sodalität zu geben. Den letzten Brief haben meine Eltern an Himmelsteins geschrieben, und Frieda hat diesen Brief während der Überfahrt oder später verloren. Ich war so empört, daß ich aufstand und ohne ein Wort ging. Ich ließ sie einfach hier sitzen. Als ich etwa zwanzig Meter gegangen war, hörte ich ihre Stimme. Sie schrie auf und schrie mehrmals meinen Namen, wie eine Verrückte. Damals hat sie nicht geschrien, und plötzlich war mir, als hörte ich aus ihrem Mund meine Mutter schreien, bevor man sie in den Zug stieß, der sie nach Auschwitz brachte.«

Am 16. Juli 1942 begann in Paris die große Razzia. Zunächst wurden ausländische Juden im Vel-d'Hiv, einer Radsporthalle, zusammengetrieben. Etwa dreizehntausend. Einige Tage später wurden aus der »freien« Zone die ersten fünftausend Juden deportiert.
Abbé Gérard nahm alles in die Hand. Seine Idee war einfach: Man würde Moses taufen und in einem streng religiösen Internat verstecken, möglichst nicht allzuweit von der Schweizer Grenze entfernt, über die seine Eltern fliehen wollten. Gelang ihnen die Flucht, konnte man versuchen, Moses nachkommen zu lassen, mißlang sie, würde in einem katholischen Internat niemand nach ihm suchen. In Tournus, nahe der Demarkationslinie und nicht weit von der Schweizer Grenze, fand der Abbé die geeignete Schule, St. Croix, ein kleines Internat der Sodalität, eines weltlichen Ordens, streng katholisch, antisemitisch und pétainistisch. Madame Clemenceau, die Direktorin, war eine Freundin der Mutter des Abbé. Sie ging auf seinen Vorschlag ein: Die Schule würde ein jüdisches Kind verstecken und sich damit das Verdienst erwerben, dem Herrn eine Seele zu retten. Theodor Fein willigte ein, seinen Sohn taufen zu lassen, und verpflichtete sich, ihn im katholischen Glauben zu erziehen, falls er ihn wieder zu sich holen könnte.
Das Haus in Villebret leerte sich. Koffer standen offen, Koffer standen am Eingang, Kisten wurden gepackt und nach Néris, zu den Demoiselles Clothilde und Claire, die aus Vichy zurück waren, gebracht. Nichts blieb übrig. Es war, als hätte sie nie etwas mit diesem Ort verbunden. Hinter den Vorhängen des alten Hauses sah man die Delains den Abtransport der Kisten aufmerksam verfolgen. Sie machten keinen Hehl daraus, daß sie den Auszug dieser Mieter gerne sahen. Dann war alles bereit. Moses war allein. Sein Vater lag nicht mehr auf dem Bett, er hatte in Montluçon zu tun, die Mutter in Néris. Tagsüber strich Moses durch den Wald und suchte das Baumhaus, das er mit seinem Vater gebaut

hatte. In der Augusthitze hafteten die Schatten wie dunkle Flecken am Boden. Er fand hinter dichtem Gebüsch einen Unterschlupf, den er mit abgerissenen Zweigen abdichtete, den Boden befreite er vom trockenen Laub und legte ihn mit frischen Blättern aus. Von hier aus konnte man die Ebene überblicken, in der Montluçon lag. Dort hockte er stundenlang und lauerte den Deutschen auf.

Am letzten Abend kam er nicht nach Hause. Er hatte nicht bemerkt, wie spät es geworden war. Die Deutschen hatten ihn nicht entdeckt; er war eingeschlafen. Die Rufe seiner Eltern weckten ihn, es war längst dunkel. Schlaftrunken und erschreckt stolperte er aus dem Gebüsch. Er hörte, wie Zweige unter seinen Füßen barsten, seine Schritte stampften laut durch die Dunkelheit. Die Rufe entfernten sich, wurden leiser, schließlich verstummten sie ganz. Dann waren nur noch seine eigenen Atemzüge zu hören. Sie hatten ihn zurückgelassen. Er starrte in den Wald, der sich zu rühren begann, aus den Sträuchern lösten sich Schatten, über ihm raschelte es, er duckte sich, ein schwerer Körper glitt auf ihn zu.

»Es muß ein Nachtvogel gewesen sein. Aber ich war sicher, die Deutschen, die ich am Nachmittag besiegt hatte, hätten mich aufgespürt und meine Eltern wären vor ihnen geflohen, ohne mich. Tränenblind rannte ich los, Zweige peitschten mir ins Gesicht, ich stürzte der Länge nach, rappelte mich hoch und rannte weiter, immer weiter, bis ich den Waldrand erreichte. Als ich am Froschteich vorbeikam, stieß ich gegen einen Körper, ich riß meinen Vater mit mir, und wir fielen beide ins Gras. Er hatte dort alleine gesessen, am Rand des Teichs, während meine Mutter ins Dorf gelaufen war, in der Hoffnung, den Abbé Gérard zu finden. Sie fürchteten, ich sei ertrunken. Mein Vater packte mich schweigend am Arm, und so gingen wir Mutter, die den Abbé nicht angetroffen und nicht gewagt hatte, Delains um Hilfe zu bitten, entgegen. Sie trug eine lange Stange in der

Hand, ihr Gesicht war aschfahl. Keiner sprach ein Wort. Sie führten mich nach Hause, ohne zu fragen, wo ich gewesen sei. Ich war sicher, daß sie mich zu Hause bestrafen würden. Doch Mutter gab mir ein Glas heiße Milch zu trinken und schickte mich ins Bett. Am nächsten Morgen forderte mein Vater, ich solle mich entschuldigen. Aber ich schwieg trotzig. Ich glaubte ihnen nicht. In ihrer Angst und ihrem Zorn spürte ich das schlechte Gewissen. Sie würden mich alleine lassen.«

Tags darauf reisten Feins aus Villebret ab.

Moshe sagt, daß er sich weder an die Reise (sie müssen mehrmals umgestiegen sein) noch an die Ankunft in Tournus erinnert. Was bleibt, sind Auskünfte, Orte und Daten, eine Pension, ein paar Tage, verschwiegene Erledigungen seiner Eltern, lange Stunden allein in einem engen Hotelzimmer, überfüllt mit Koffern. Ich frage Moshe, Moshe antwortet. Er hat keinen Grund zu zögern, er erinnert sich nicht. Was ich erfahre, ist zu spärlich, um sich ein Bild zu machen. Der Umzug in einen kleinen Ort unweit von Tournus. Eine weitere Pension – oder nur ein möbliertes Zimmer, vor dessen Fenster Geranien blühten. Die Geschäftigkeit seiner Eltern, die langen Stunden ihrer Abwesenheit, in denen er sich langweilte. Unrast, eingesperrt in ein kleines Zimmer. Das Sofa, auf dem Moses schlief, am Fußende des elterlichen Betts. Die Abende, und wie schweigsam seine Eltern waren.

Es erinnerte mich an Paris. Das Zimmer ist leer, irgendein Zimmer. Vom Korridor fällt durch den Spalt unter der Tür ein schmaler Streifen Licht. Schritte nähern sich, ein Schlüssel klappert, eine Tür wird ins Schloß gezogen. Später kommen meine Eltern, sie ziehen sich leise aus, um mich nicht zu wekken. Ich stelle mich schlafend und warte, daß sie sich über mich beugen, bevor sie selbst zu Bett gehen. Danach lausche ich auf ihre Atemzüge. Ob sie schlafen? Mein Vater atmet unregelmäßig, meine Mutter kaum hörbar. Schlafen sie? Ich liege starr, wenn ich sie nicht hören kann, fürchte ich, daß sie tot sind oder sich davongestohlen haben. Man hat mich im ungewissen darüber gelassen, was geschehen soll. Und obwohl ich erst elf Jahre alt bin, überlege ich, ob ich Angst habe oder nicht. Aber auch das weiß ich nicht.

Als Moshe mir von diesen Tagen erzählte, war er noch nicht wieder in Tournus gewesen. Nicht um sich zu erinnern, sondern Jeans wegen fuhr er 1998 dorthin, zuerst nach Tournus, von dort in das Dorf, in dem seine Eltern die Tage vor ihrer Abreise verbracht hatten. Er sei, hat er mir später gesagt, wider besseres Wissen immer überzeugt davon gewesen, daß Jean all das wußte. Er habe sich nicht vorstellen können, daß Jean nicht dabeigewesen sei. Als wären seine Erinnerung und Jean unauflösbar aneinander gebunden.

»Ich habe dich nicht gebeten, über mich zu schreiben, ich habe dich gebeten, über Jean zu schreiben«, sagt Moshe. »Wenn du über die Tage in diesem Dorf – es heißt Gigny-sur-Saône – etwas wissen willst, mußt du es erfinden. Ich erinnere mich nicht daran, punktum. Vor dem Fenster blühten Geranien. Reicht das nicht aus? Man weiß sowieso nicht, was ausreicht und was nicht. Du weißt ja, wie Geranien aussehen.«

In gewisser Weise bin ich froh, daß Moshe über diese letzten Tage mit seinen Eltern nichts sagt. Wo er nichts sagt, muß ich nichts schreiben. Jede Erzählung wiederholt, was geschehen ist. Daß Moshe sich an diese Tage nicht erinnert, ist keine Frage seines Gedächtnisses.

Geranien blühen auch vor den Fenstern des Hauses der Leprakranken. Früher hat ein Doktor Nansen dort gewohnt und praktiziert, deswegen wird das Gebäude auch Nansenklinik genannt. Vielleicht hat er oder seine Frau Geranien gepflanzt, und sie überleben, struppig, zäh. Wahrscheinlich gießt sie einer der Patienten oder Schwestern nachts, von Passanten unbeobachtet.

Die Tage vor dem Abschied lassen sich nicht rekonstruieren. Auf den Rat Abbé Gérards hatten Feins Tournus, wo Moses bald das Internat besuchen sollte, verlassen, um ihre Flucht in dem nur wenige Kilometer entfernten Gigny-sur-Saône vorzubereiten. Man sollte Moses nicht mit ihnen, einem deutschen Ehepaar, in Verbindung bringen. Ruth Fein bemühte sich vergeblich, in der Umgebung ein Versteck für sich und ihren Mann zu finden. Die meisten Bauern waren Anhänger des Marschall Pétain. Sie hörten sich das vorsichtig vorgebrachte Angebot der jungen Frau (Ruth Fein war gerade vierunddreißig Jahre alt geworden) nicht bis zu Ende an. Einige beschimpften sie. Dann erklärte sich eine ältere Frau bereit, sie für kurze Zeit aufzunehmen. Theodor Fein plante ihre Flucht über die Schweizer Grenze.
Man erwartete die Ankunft des Abbé. Ein Teil der Anstrengung richtete sich schon darauf, keine Spuren zu hinterlassen. Sprich leise. Sprich Französisch. Warte hier auf uns. Bleib im Zimmer, bis wir zurück sind.
Stundenlang sitzt Moses' Mutter über Strümpfen, Hemden und Pullovern, bessert aus, näht Knöpfe fester an, näht Flikken auf Ellenbogen, die kaum abgewetzt sind, läßt aus Hosen, die noch passen, den Saum heraus, um sie länger zu machen.
Sie packt jeden Tag seinen Koffer neu.
Als Abbé Gérard kommt, ist alles bereit. Zu viert stehen sie in dem kleinen Zimmer. »Danach«, sagt Moshe, »habe ich sie nur noch ein Mal gesehen. Abbé Gérard nahm mich bei der einen, den Koffer in die andere Hand und brachte mich nach St. Croix. Ich habe mich nicht umgedreht.«

3. Kapitel

Es war ein regnerischer Tag, der Sandstein naß und dunkel, als Moses das Internat St. Croix zum ersten Mal sah. Die eigentlich hellen Gebäude kamen ihm abweisend vor. Unglücklich in ihren Proportionen und ihrer Lage zueinander, bildeten sie einen unregelmäßigen Hof, das Haupthaus mit der großen Treppe war wie versehentlich nach links gerutscht, so daß Küche und Speisesaal dem schmiedeeisernen Eingangstor gegenüberlagen. Ein ungeschickt von Steinen umrandetes Rondell mit kümmerlichen Blumen sollte den gepflasterten Hof herrschaftlich erscheinen lassen. Hinter den Gebäuden befand sich der Park, eine Wiese eher, auf der alte Bäume weit, wie vergessen auseinanderstanden. Nach Kriegsausbruch war dort ein kleiner Gemüsegarten angelegt worden, es gab einen Schuppen und ein Gehege für Hühner.

War Beaujeu ländlich und ein wenig primitiv gewesen, so spürte man in St. Croix Selbstzufriedenheit. In der Eingangshalle standen prächtige Eichenschränke, das andere Mobiliar war abgenutzt und einfach. Lange, nach Bohnerwachs riechende Gänge verbanden die Unterrichtszimmer und den Speisesaal, sie zogen sich bis zur Kapelle, die zwischen dem Haupthaus und dem Seitentrakt lag und deren blaue, mit goldenen Sternen übersäte Decke feierlich scheinen sollte. Die Schlafsäle und großen Arbeitsräume befanden sich im rechten Seitenflügel, dort, wo früher die Wohnungen der Bediensteten und das Büro des Verwalters gewesen sein mochten.

Das große Holzkreuz mit dem mageren, leidenden Christus – eine gotische Schnitzerei, die irgendwie ihren Weg nach St. Croix gefunden hatte – war das erste, was er bewußt wahrnahm. Warte hier und bete, bis ich wiederkomme, wies der Abbé ihn an. Moses wartete. Er wartete lange, kein Laut war zu hören, die Kapelle schien nirgendwo hinzugehören und mit nichts verbunden, Teil einer beängstigenden Stille.

»Ich war in eine andere Welt geraten, ein dämmriges Zwischenreich zwischen Leben und Tod. Wie betäubt hatte ich den Abschied von meinen Eltern hingenommen, ohne mich zu wehren, ohne zu fragen, wann sie mich wieder abholen würden. Es mußte irgendeinen Zusammenhang mit der Nacht im Wald geben, vielleicht war es die Strafe dafür, daß ich nicht rechtzeitig nach Hause gekommen war, vielleicht glaubten meine Eltern, ich hätte weglaufen wollen, und waren enttäuscht von mir. Ich saß auf der Holzbank und überlegte verzweifelt, was mir aufgetragen war. Endlich fiel es mir wieder ein: Warte und bete, bis ich wiederkomme. Ich starrte auf die Wunden des ausgemergelten Körpers am Kreuz und kniete nieder. Mein Kopf war leer, das *Vaterunser*, alles war weg, so angestrengt ich mich auch zu erinnern versuchte. Dann kam das *Glaubensbekenntnis* über meine Lippen. Ich flüsterte es in die Stille, und als nichts geschah, sprach ich lauter und hob den Kopf zu dem gekreuzigten Christus, als wäre er der einzige, der mir helfen könnte, und schließlich fing ich an zu weinen. Nach einer Weile spürte ich, daß jemand mich ansah. Neben der Bank stand ein Junge, so alt wie ich, mit einem schmalen Gesicht und großen braunen Augen, die sich mit Tränen füllten. Ich schluchzte immer noch, wie Kinder selbstvergessen weiterschluchzen, obwohl schon etwas Neues ihre Aufmerksamkeit gefesselt hat, da schob sich der Junge in die Bank, kniete neben mir nieder und umarmte mich. Abbé Gerard hatte mich mit Bedacht in der Kapelle warten lassen – er wollte, daß Madame Clemenceau mich dort zum ersten Mal sähe, vor dem Kreuz, ins Gebet vertieft, einen kleinen Heiden, der sich nach dem Heiland sehnt. Das Bild, das sich bot, übertraf seine Erwartungen. Madame Clemenceau schloß mich sofort in ihr Herz, und in gewisser Weise bildete sie sich wohl ein, mich ›gefunden‹ zu haben, wie die Prinzessin Moses gefunden hatte. So blieb ausgerechnet bei ihr die Erinnerung an meinen ursprünglichen Namen lebendig, den sie schleunigst änderte.«

Am Strand von Tel Aviv gibt es ein Café, das »Eskimo Limon« heißt und vierundzwanzig Stunden geöffnet ist. Gelbe unbequeme Plastikstühle versinken im Sand, aus großen Lautsprechern dröhnt Musik, der Service ist so schlecht wie der Kaffee. Wie ich mit Moshe dort hingeraten bin, weiß ich nicht mehr – vielleicht war es spät, vielleicht war es heiß, vielleicht wollte Moshe ans Meer.

Wir saßen nebeneinander, wandten unsere Gesichter den Wellen zu, die eifrig den Strand hinaufleckten, wieder zurückwichen, dünne Schaumränder in die Dunkelheit zeichneten. Ich hatte mich schnell in Tel Aviv eingelebt, nach Jerusalem fuhr ich nicht, auch nicht Moshe zuliebe, er mußte mich besuchen. In Tel Aviv gefiel mir alles, sogar dieses schäbige Café, die unangenehme Musik, das grelle Scheinwerferlicht, das die gelben Stuhlreihen beleuchtete, die Flugzeuge im Anflug auf den Ben Gurion Flughafen, die warme, feuchte Luft, die vom Wasser heraufstrich.

Moshe, in weißem Hemd und Jackett, in Kleidung und Habitus leicht als Jerusalemer erkennbar, saß unbequem auf dem tief eingesunkenen Stuhl, mürrisch verwundert darüber, sich um diese Stunde am Tel Aviver Strand wiederzufinden. Ich trug ein ärmelloses T-Shirt, man sah mir an, daß ich oft an den Strand ging. Unvermittelt erzählte Moshe von jenem ersten Tag in St. Croix. »Deinen Namen umänderte? Nannte sie dich nicht Maurice?« Moshe sah mich an.

»Nein, Maurice war nur mein Rufname in Beaujeu. Mein richtiger Name, mein Taufname ist Jean Marie. In St. Croix wurde ich auf den Namen Jean getauft. Du weißt doch, daß ich getauft bin.«

Ich wußte es, aber Moshe war für mich Jude und Israeli und

seine Taufe eine Zwangstaufe. Als er sagte, »du weißt doch, daß ich getauft bin«, fiel mir der Abend in Jerusalem wieder ein, der Abend während des Golfkriegs, an dem ich auf seinem Nachttisch das Holzkreuz gesehen hatte.
Moshe winkte der Kellnerin, die ungelenk durch den Sand stapfte, und bestellte eine Flasche Wein. »Ich habe dir noch nie von Jean erzählt.«
So tauchte Jean auf, der in Moshes seltenen Bemerkungen und Anspielungen immer schemenhaft und geheimnisvoll gewesen war wie eine Schattenfigur oder Erfindung.
Ein zwölfjähriger Junge, hübsch, für sein Alter ernst und vielleicht altklug, über die Maßen empfindsam und unglücklich, obwohl er bei seinen Mitschülern angesehen und ein Liebling der Direktorin und der Lehrer war. Man hatte ihn vor Schulbeginn ins Internat geschickt: Sein Vater hatte ihn nicht gern um sich, wenn er nur wenige Tage zu Hause auf Urlaub war. Jeans Mutter mußte einwilligen, es war der Preis dafür, daß ihr Sohn in einem katholischen Internat erzogen wurde, nicht in einer faschistischen Eliteschule, wie ihr Mann es wünschte, der seinen Sohn für verweichlicht hielt. Wahrscheinlich war es der eigene Kummer, der Jean für Moses' Verzweiflung so empfänglich machte.
»Madame Clemenceau war Mitte fünfzig, ihre Haare verbarg sie vollständig unter der schwarzen Haube, und ihr Gesicht schien mir riesig und furchteinflößend. Als sie ihre Lippen zu einem Lächeln auseinanderzog, faßte ich Jeans Hand und umklammerte sie. Du bist also der kleine Mosès – so sprach sie es aus – Fein. Das ist ein schöner Name, aber wenn du bei uns bleiben willst, mußt du einen anderen Namen bekommen. Sie kam mir vor wie eine Kindsräuberin, sie wollte mir meinen Namen wegnehmen, damit meine Eltern mich nie wieder finden sollten – ich stammelte, es sei aber doch mein Name, ich hieße Moses, wie Moses Mendelssohn. Unzufrieden schüttelte sie den Kopf und wiederholte: daß ich diesen Namen vergessen müsse. Ich fing wie-

der an zu schluchzen, du mußt dir vorstellen, daß ich noch immer kniete, an Jean geklammert, und sie anbettelte. Abbé Gérard wollte eingreifen, er zog ein Taschentuch aus seinem Habit, vielleicht wollte er Madame Clemenceau vorschlagen, mich doch Maurice zu nennen, wie in Beaujeu. Aber Jean kam ihm zuvor. Er legte seinen Arm um meine Schulter und sagte, ich könne seinen Namen haben, ich könne heißen wie er. Jean. Er sagte das mit fester Stimme, als wäre dann alles gut, ich müßte nicht mehr traurig sein. Und wirklich hörte ich auf zu weinen. Ich hatte noch nie einen Freund gehabt, ich war ja immer zu Hause unterrichtet worden, nur in Berlin waren manchmal Freunde meiner Eltern zu uns gekommen, die ihre Kinder für ein paar Stunden mitbrachten, das war alles. Sie waren meine Spielkameraden, aber Freunde waren es nicht. Madame Clemenceau warf Abbé Gérard einen Blick zu. Ich nehme an, er war triumphierend: welch ein Beispiel von Nächstenliebe bei einem ihrer Zöglinge. Damit war beschlossen, daß ich Jean heißen würde, Jean Marie Ferrin, denn auch mein Familienname sollte möglichst französisch klingen.«

Ich drehte mich um, als ich die Sirene einer Ambulanz hörte, und sah die Bürohäuser der Textil-Börse, weiter südlich das Minarett, einziger Überrest einer alten Moschee, und den großen Komplex des Dan Panorama-Hotels.

Moshe schwieg. Die Sirene verstummte, von fern sah man das blau kreisende Licht, dann gesellte sich ein zweites dazu. Sie hatten Jaffa fast erreicht. Ich beobachtete sie, indem ich den Kopf nach links wandte. Ich war verlegen. Moshe schien mich und wo er war und saß vergessen zu haben, trank stumm von seinem Wein, etwas in seinem Gesicht war fremd, ich hätte ihn gern umarmt.

Trotz der späten Stunde machte er keine Anstalten aufzustehen, die Kühle schien er nicht zu bemerken und auch nicht die Musik, die stumpfsinnig ihren Rhythmus hämmerte. Der Stuhl, auf dem er saß, sank tiefer in den Sand, ich registrierte das Flutlicht und aus den Augenwinkeln die große Straße, die nach Jaffa führt, die Lichter dort, noch immer Blaulicht an einer Kreuzung unweit der Polizeistation. Schließlich fing Moshe wieder an zu sprechen, nicht laut, aber ich konnte ihn zwischen den Bässen und den lebhafter gewordenen Wellen mühelos verstehen.

Eine Woche lang schliefen sie allein im großen Schlafsaal, lernten morgens nebeneinander, Latein der eine, der andere den Katechismus, saßen an großen Holztischen beim Fenster, dahinter im Spätsommerlicht der leere Schulhof, der bald von sechzig Schülern bevölkert sein würde. Sie aßen, unter der Aufsicht einer der Schwestern, mit der Köchin und dem Hausmeister in der Küche und wurden nachmittags entlassen, im Hof oder im Park zu spielen. Das Internat lag am äußersten Rand von Tournus, etwas oberhalb der Stadt, durch eine große Straße von der Kathedrale, dem Zentrum und dem Fluß getrennt. Bis zur Saône waren es etwa fünfzehn Fußminuten. Jean zeigte Moses hinter dem Misthaufen und dichtem Gebüsch einen Durchlaß, unbemerkt schlüpften sie zwischen zwei auseinandergebogenen Gitterstäben hindurch, liefen südlich der Stadt bis zum Ufer der Saône, dahin, wo die Flußbänke unbefestigt waren. Der Fluß war unendlich breit. Sie lagen nebeneinander im Schatten von Weidensträuchern, beide bemüht zu vergessen, daß ihre Eltern sie weggeschickt hatten, und für diese wenigen Tage verblaßte ihr Kummer, sie waren glücklich in ihrer neuen Freundschaft und in der schweren Hitze, die von dem träge fließenden Wasser gelindert wurde.
»Seit damals liebe ich Flüsse. Ich liebe Flüsse mehr als das Meer hier oder irgendein anderes Gewässer, breite, langsame Flüsse, deren Ufer nicht reguliert sind. Zu Ruth habe ich oft gesagt, daß wir später an einen Fluß ziehen würden, daß unser Haus nahe an einem Fluß liegen müßte, so daß man vom Fenster sehen kann, wenn ein Schiff vorbeifährt

oder Angler mit ihren Eimern und Stühlen kommen und stundenlang reglos dasitzen. Aber Ruth erwiderte, daß es im Land Israel keine Flüsse gibt. Als ich den Jordan zum ersten Mal sah, war ich bitter enttäuscht. Damals spielten wir, die Saône sei der Jordan, und Jean Johannes der Täufer, der mich taufte. Jean erklärte mir, ich hätte – wie auch er – zwei Mütter, meine Mutter und die Muttergottes. Er führte mich in die Schulkapelle, in der seitlich eine fast lebensgroße Marienfigur mit einem weiten blauen Mantel stand, unter dem wir alle in ihrer Liebe geborgen waren. Wir knieten vor ihr und beteten. Das *Ave Maria* kannte ich auswendig, ebenso wie den Katechismus, den ich in Beaujeu schon gelernt hatte. Madame Clemenceau willigte in Abbé Gérards Bitte ein, mich noch vor Schulbeginn taufen zu lassen, damit ich den anderen als ihr Mitschüler Jean Marie und als Christ entgegenträte. Samstags, bevor die anderen Schüler eintrafen, wurde ich dann getauft. Ich erinnere mich nicht an die Zeremonie. Madame Clemenceau, die Köchin – sie erinnerte mich an Madame Ernestine – und seltsamerweise auch der Pförtner, Monsieur Cherrol, ein buckliger Mann mit einem riesigen, kahlen Schädel und einer immensen schwarzen Brille, waren da, und Jean, der mich an der Hand hielt. Abbé Gérard war mein Taufpate. Vor der Taufe flüsterte er mir zu, daß wir später zu meinen Eltern gehen würden. Ich hatte Angst.«

Der Weg, nicht länger als zehn Minuten, kam ihm endlos vor. Sie liefen in der mittäglichen Stille über den verlassenen Marktplatz, durch die engen Straßen, an St. Philibert vorbei, zwischen den Wehrtürmen hindurch und bis zum Bahnhof. Das Café war leer, im Garten saßen zwischen lauter freien Tischen seine Eltern, als warteten sie schon auf die Abfahrt des Zugs, sorgfältig gekleidet und angespannt saßen sie nebeneinander. Abbé Gérard blieb einen Augenblick stehen, ohne sich ihnen zu nähern, dann gab er Moses einen leichten Klaps auf die Schulter und schob ihn auf die beiden, die auf-

gestanden waren, zu. Jean, sagte er, würde später kommen, um Moses abzuholen. »Wir waren alle drei zu warm angezogen, ich, weil man mich in meine besten Kleider gesteckt hatte, dunkelblaue Hosen und eine Winterjacke, sie, weil sie am Leib trugen, was nicht in den einzigen Koffer paßte, den sie mitnahmen.« Der Koffer stand neben ihnen, seine Beschläge glänzten in der Sonne, das braune Leder knarrte, als sich Moses darauf setzte, wie er es früher, in Berlin, gerne getan hatte, als wäre der Koffer ein Pferd oder ein fliegender Teppich, der ihn dorthin trüge, wohin sein Vater reiste.
Die Kellnerin nähert sich über den Kies, fragt nach den Wünschen, notiert Kaffee und Limonade, denn Kuchen gibt es nicht, die Eltern tauschen einen Blick, eine junge, patzige Person, die auf das Kind im blauen Anzug blickt, als verstünde sie nicht, was das Kind hier zu suchen hat. Aber als sie Kaffee und Limonade bringt, steht auf dem Tablett ein Teller, den sie behutsam vor Moses stellt, eine dünne Scheibe Kuchen, die mit einer glasierten Kirsche verziert ist, und sie lächelt ihn an, legt einen Finger auf ihren Mund: Pst! Noch immer reitet Moses auf dem Koffer, die Stimmung hat sich verändert. Rechts und links von ihm sitzen seine Eltern und beugen sich hinunter, so daß ihre drei Köpfe auf gleicher Höhe sind, und sie erzählen Moses flüsternd, daß sie die Rückkehr nach Berlin vorbereiten, die Rückkehr in ihre Wohnung, in der Moses ein größeres Zimmer, das Zimmer eines Gymnasiasten, bekommen wird, wenn sie ihn, und bald schon, zu sich holen, dann wird er alles finden, wie es früher war, und schöner noch. Sie flüstern, flüsternd fragt Moses, welches Zimmer er bekommen und ob das Fräulein, seine Kinderfrau, wieder bei ihnen wohnen wird, und seine Mutter streichelt sein dunkelblondes Haar.

Am Telefon sagte mir Moshe neulich, er erinnere sich nicht an den Abschied von seinen Eltern. Weder an die Taufe noch an die mittagsstille Stadt oder das Café, an all die Requisiten, die ich aufzählte, die zu warmen Kleider, den Koffer, das schmale Kuchenstück mit der glasierten Kirsche. Ich beschrieb ihm den Abend in Tel Aviv, die laute Musik und die warme Nacht, wie wir durch den losen Sand stapften, bis wir die feuchte, feste Oberfläche am Wasser erreichten, hinter uns die Flutlichter, die gelben Stühle, das Meer, das in der Morgendämmerung bleiern dalag. Moshe hörte mir zu, anscheinend irritiert. »Wie heißt das Café?«

Ich hatte ihn angerufen, Mitte April 2002. Die Sonne schien in Berlin, es roch nach warmem Asphalt. Israelische Truppen waren in Bethlehem einmarschiert. Alle zwei oder drei Tage telefonierte ich mit Moshe, ich fragte ihn, ob er nicht nach Berlin kommen wolle. Seine Stimme klang deprimiert. »Die Zeitung kannst du selber lesen«, erwiderte Moshe, wenn ich ihn fragte, was in Israel passiert.

Als wir das nächste Mal telefonierten, sagte er plötzlich: »Den Kuchen hat die Kellnerin nicht mir, sondern Jean gebracht, als er mich abholte, um Punkt vier Uhr kam er in den Garten gerannt. Er war wohlerzogen, und er war hübsch, hübscher als ich. Vielleicht waren meine Eltern froh über die Unterbrechung. Noch mußten sie sich nicht beeilen. Aber um fünf Uhr sollten sie Abbé Gerard am Bahnhof treffen.«

»Weißt du noch, worüber ihr gesprochen habt?«

»Ich habe ihnen nicht geglaubt – ich wußte ja, daß in Berlin die Nazis waren. Daß es nicht mehr lange dauern würde, sagten sie, nur noch wenige Wochen. Warum waren sie nicht vormittags in die Kirche gekommen, zu meiner Taufe? Warum fragten sie nicht, wie es gewesen war? Sie vermieden, mich mit meinem Namen anzusprechen. Woran ich mich erinnere? An den Kies in dem Gartencafé – groben, hellen Kies. An die Kirsche auf Jeans Kuchen und daran, wie meine Eltern schwiegen. Als hätten sie die vergangenen Tage kaum ein Wort gewechselt, beim Kofferpacken nicht und nicht auf ihrem Weg nach Tournus. Ich war braungebrannt von den Nachmittagen an der Saône, ich hatte einen Freund, am Vormittag war ich getauft worden. Mein Vater, sah ich, hielt in der Hand das Buch mit den chassidischen Geschichten. Er hat es mir gegeben, ich weiß nicht mehr, wann und wie, was er zu mir gesagt hat, als er es mir gab. Auf dem Koffer saß ich, aber mitnehmen würden sie mich nicht. Nach Berlin. Verstehst du? Woran soll ich mich erinnern? Kann man sich an etwas erinnern, das man nicht verstanden hat und nicht versteht? Jean sagte, als wir ins Internat zurückgingen, daß meine Mutter sehr schön sei. Sie sprach mit ihm, während mein Vater mich umarmte.«

Er zog mich auf seinen Schoß, wie in Villebret nach seinem Herzanfall. Und ich brach in Tränen aus. Irgendwann bricht man immer in Tränen aus. Jedenfalls scheint das in solchen Fällen die Erinnerung zu komplettieren. Kein Abschied ohne Abschiedsschmerz. Aber ich kann mich nicht daran erinnern. Schließlich schickten die Eltern uns los. Sie sahen Jean flehend an. Er mußte mich bei der Hand nehmen und über den Kies zwischen den leeren Tischen hindurch aus dem Garten führen, so hat er mir später erzählt. Ich trottete neben ihm durch die Stadt, er hatte seinen Arm um meine Schulter gelegt. Er kannte es ja, hat er gesagt, seine Eltern schickten ihn immer weg, in die Ferien oder ins Internat. Jean war größer als ich. Er brachte mich zum Internat zurück, so wie Abbé Gerard es ihm aufgetragen hatte. Er war bei mir.

Und dann sein Brief, nach all den Jahren. Ich weiß nicht einmal, ob ich seiner Wahrheit oder seiner Unwahrheit glauben soll. Wenn er mich verraten hat, dann hat seine Lüge unser beider Leben bestimmt. Warum jetzt noch die Wahrheit? Er war ein Kind.

Im Kloster hätte Jean hundert Jahre alt werden können, nun ist er vor mir gestorben und hat mich mit den Bruchstücken der Erinnerung zurückgelassen, mit dem, was er zertrüm-

mert hat. Und alles scheint zu Bruch zu gehen. Israel geht zu Bruch. Eine einzige große Revision. Mein Gott, wozu?

In Tel Aviv fühlte ich mich nach wenigen Wochen zu Hause. Die baumbestandenen Straßen, die verwahrlosten Häuser und Brachen, die Lebhaftigkeit der Läden, in deren Schaufenstern von Sonne und Zeit ausgebleichte Kleider, Kartons, altmodische Geräte sich türmten, die leicht gekleideten Passanten und ihr Schlendern, die Straßencafés und dann der Strand, das alles begeisterte mich. Anfangs besuchte mich Jaron, wir trafen uns im Café und stritten, endlose Streitereien eines Paares, das längst keines mehr ist und sich der Trennung doch widersetzt, um irgend etwas kämpft, um das Recht, die letzten Reste des vertrauten Gegeneinanders zu zerstören, um das Recht zu gehen. Du hast damals gesagt ... Wolltest nicht du in Rechavia wohnen?
Jaron war in Rechavia geblieben. Wir standen auf und zahlten, gingen in meine Wohnung, schliefen miteinander; danach wartete ich, daß er gehen würde. Und schließlich erschien er zur verabredeten Zeit nicht im Café Tamar, ich saß alleine in der Sonne, erst wütend, dann erleichtert. Ein junger Mann näherte sich, lächelte mich an und fragte, ob der Platz an meiner Seite frei sei. Er hieß Shaj, das bedeutet »Geschenk«. Alles war damals leicht. Ich fand einen Job an der Uni und überall Freunde, traf sie auf der Straße, am Strand, im Kino oder im Café, nach kurzer Zeit trat ich aus dem Haus und traf jemanden, der ebensowenig Dringendes zu erledigen hatte wie ich. Wir waren mit uns selbst beschäftigt und damit, wo man den Abend, den nächsten Vormittag verbringen würde, mit wem die nächste Nacht. Ich streifte stundenlang durchs alte Tel Aviv, durch Florentin, durch Newe Zeddek, erkundete die Straße der Schreiner, der Drucker, der Stoffhändler, durchwühlte Antiquariate, kaufte auf dem Carmel-Markt Datteln, die billiger als in Jerusalem waren und von denen man sich mühelos ernähren

konnte, klebrige Früchte, braun, verschrumpelt und süß. Und ich ging ans Meer, Tag für Tag. Im Sommer schwamm ich frühmorgens, war es zu kalt, ging ich spazieren oder saß am Jerusalem Beach hinter den großen Glasscheiben des Cafés. Wenn kein anderer mich begleitete, begleitete mich Shaj. Shaj war immer da. Er war da, wenn ich es wollte, und er ging wieder, zu jeder Tages- oder Nachtzeit, um mich mir selbst oder jemand anderem zu überlassen.

Wenn ich mich an dieses Jahr erinnere, ist es immer Sommer und sehr warm, oft ist es Nacht, der feuchte Wind vom Meer streicht durch die Straßen, über die nackte, feuchte Haut, die Glieder bewegen sich träge, aber mühelos. Im Mund habe ich den Geschmack von Datteln, von Gin und Rauch. Das Vergangene war abgetan. Ich wollte nichts sein, als was ich war: schlank und braungebrannt, nackt im Bett und an sehr heißen Tagen nackt am Schreibtisch, wo ich für ein Tel Aviver Institut Aufsätze und Vorträge übersetzte, bis ich keine Lust mehr hatte und hinausging oder einer klingelte, um zu mir zu kommen. Jerusalem, Freiburg und woher ich kam war vergessen, das Studium vergaß ich und Jaron und meine große Liebe auch. Ich sprach und las fast nur Hebräisch, ins Deutsche übersetzte ich. Selbst mit Moshe sprach ich oft Hebräisch.

Moshe vergaß ich nicht. Er rief an, er kam, wir trafen uns im Café Tamar, er ärgerte sich über den Schmutz, den Lärm, den schlechten Kaffee, die schäbigen Häuser und vulgären Läden, darüber, daß ich an jeder Straßenecke jemanden traf und grüßte, darüber, daß es fast nur Männer waren. Er musterte mich, grantig und achselzuckend, er musterte meine nackten Arme, nackten Schultern, studierte meine Füße, gebräunt und dreckig in ausgelatschten Sandalen, er wollte abschätzen, was all das für mich bedeutete, Tel Aviv, Hitze und Feuchtigkeit, die langen Nächte, die Vertrautheit, mit der mich manche meiner Bekannten umarmten, küßten. Fragen stellte er nicht. Moshe ist nicht indiskret. Er verabscheut Unklarheit – das, was er Schlamperei mit sich selbst nennt. Die Menschen, die ihm nahe sind, will er besser kennen und verstehen als sie sich selbst: Er will ihre Entscheidungen kennen, bevor sie sie treffen. Er will von Entscheidungen nicht überrascht werden. Was mich und »meine jungen Männer«, wie Moshe sie nannte, betraf, waren keine Überraschungen zu erwarten. Einzig nach Shaj erkundigte er sich, nach Shaj und seiner unerschütterlichen Freundschaft, nach unseren stundenlangen Gesprächen zwischen Mitternacht und Morgendämmerung, in Cafés, in meiner oder seiner Wohnung, auf seinem oder meinem Bett, und ohne daß wir miteinander schliefen. Auf Affären war Moshe nicht eifersüchtig, auf diese Freundschaft doch. In Jerusalem hatte er mich beschützt, in Tel Aviv beschützte mich Shaj. Vielleicht verdanke ich es dieser Eifersucht, daß mich Moshe trotz seines Widerwillens gegen Tel Aviv besuchte. Er war von der Harmlosigkeit unseres Begehrens fasziniert und davon, wie anders wir waren, so anders als er und Ruth im gleichen Alter. »Mir kam es vor«, sagte er viel später, »als hättest du versucht, deine Pubertät und Adoleszenz nachzuholen, das, was du verpaßt hast in den Jahren, in denen du, statt zu flirten und Jungs zu küssen, Kant gelesen oder Brahms gehört hast.« Er fügte hinzu: »Und du warst sehr hübsch.«

Kam er nach Tel Aviv, tranken wir einen Espresso, gingen auf den Schuk essen und danach, wenn es Abend wurde, ans Meer, um auf der großen, eben fertiggestellten Promenade nach Jaffa zu spazieren oder am Strand zu sitzen. Er fragte nach meinen Übersetzungen, nach Shaj, meinen Plänen, ich hatte keine, er erzählte von Jerusalem, Batsheva, seinen Mandanten, von Paula Katz, und er erzählte von St. Croix.

Moses erschrak, als sie durch das Tor und in den Hof des Internats traten: ein Gewimmel von Kindern, Jungen im

Alter zwischen zehn und siebzehn Jahren, rennend und schreiend, in kurzen Hosen, einer undurchsichtigen, aber strengen Hierarchie gehorchend, an deren Spitze ein langer kräftiger Junge zu stehen schien, um den die anderen herumrannten, einer den anderen übertönend mit den Geschichten und Heldentaten der großen Ferien, während er ruhig an der Mauer lehnte, seinen Koffer noch neben sich, den Mantel überm Arm. Moses spürte die Angst wie eine heftige Kontraktion, er sah neugierige, herausfordernde Blicke seinen zu warmen dunklen Anzug streifen, sah, daß er zu den Kleineren gehören würde, sah zwei Jungen sich prügeln, andere einen Kreis um sie bilden, sah zwei, von den anderen isoliert und unbeachtet am Haupteingang, wie fluchtbereit, und einen dünnen Jungen mit vogelartigem Flaum auf dem Kopf, der weinend auf einer Stufe kauerte. Keiner der Lehrer oder Schwestern ließ sich blicken, die Kinder blieben sich selbst und den Aufregungen von Abschied und Ankunft überlassen. Der Lärm war größer, als Moses es aus Beaujeu kannte, einer versuchte den anderen zu übertrumpfen, den Langen ausgenommen, der noch immer an der Mauer lehnte, das Getümmel betrachtete und hin und wieder ein Wort mit einem der Gleichaltrigen wechselte, die sich in Hörweite hielten.

So – oder so ähnlich – war es jedesmal nach den Ferien, nach den Sommerferien vor allem, ein Gerenne und Geschrei, Neuigkeiten, die hin- und herflogen, Angebereien im Ton von Siegesmeldungen. Schon am Abend, mit dem ersten Gottesdienst, war das vorbei, von seltenen Ausbrüchen und Prügeleien abgesehen. Aber nach den Ferien, an diesem einen Samstag (die Schulzeit begann sonntags mit einem feierlichen Gottesdienst), überschlugen sich die Stimmen, bevor sie zu dem steten Gemurmel herabsanken, das in St. Croix üblich war.

Dieses Geschrei sei das erste, was ihm einfalle, wenn er an den Krieg denke, sagt Moshe, noch vor den Radiosendungen und leisen Bemerkungen seiner Eltern oder den Schlagzeilen der Zeitungen, dieses Geschrei und die seltenen und heftigen Faustkämpfe, die im Ton von Wochenschauen, von Kriegsberichterstattern kommentiert wurden. Daß er vor St. Croix zweimal oder dreimal Krieg gespielt und – wie an dem Abend, an dem er im Wald eingeschlafen war – sich vorgestellt habe, er kämpfe gegen die Deutschen. In St. Croix allerdings kämpfte man gegen die Bolschewisten und gegen Stalins gottlose Herrschaft.

Er habe sich gefürchtet, sagt Moshe, als er an dem Tor stand und in den Hof blickte, und gleichzeitig die anderen beneidet um ihren Übermut und ihre Wiedersehensfreude, weil sie tobten und den Abschied von ihren Eltern überspielten.

Immer blieb etwas von dieser Furcht zurück, auch nachdem ich längst Teil von ihnen war oder doch jedenfalls beinahe, denn sie hatten Eltern, und ich war Waise – in ihren Augen, denn auf eine unklare Weise hoffte ich, daß meine Eltern lebten und eines Tages zurückkehrten. Vielleicht deswegen die Furcht, weil mich niemand besuchte, weil ich keine Familie hatte. Vielleicht aber auch, weil ich – obwohl ich mich bald unbedingt als Christ fühlte – wußte, daß ich Jude war.

Seltsamerweise ähnelt diese Erinnerung nicht einer Fotografie oder gar einem Film, sondern einem gemalten Bild, auf dem Knaben in der Kleidung einer vergangenen Zeit zu sehen sind. Und wie in einem Spiegel wiederholt sich, in einigen Wandlungen, die Szene im nahen und noch einmal im ferneren Hintergrund, wieder und wieder, bis wir, Kinder und Halbwüchsige, wie unheimliche Schatten unserer selbst in unseren Posen erstarrt sind.

Einer der Kleineren rannte zu Gilbert – Jean flüsterte Moses den Namen des Langen, der noch immer an der Mauer lehnte, ins Ohr – und zeigte auf die beiden. Gilbert blickte zu ihnen hin, wieder legte Jean seinen Arm um Moses' Schulter und schob ihn vorwärts, über den Hof. Die anderen wichen geschickt aus. Dann standen sie vor Gilbert. Er heißt auch Jean, Jean Marie, sagte Jean, und Gilbert gab beiden die Hand.

»Er tat es wie jemand, der um seine Stellung weiß und die anderen bittet, ihm diese – ungewollte – Stellung nicht zu verübeln. Alle bewunderten ihn, und auch mein Herz klopfte, als er mir die Hand gab. Ich hatte begriffen, welche Rolle seine Begrüßung, sein Wohlwollen spielen würde, aber es war mehr als das. Man mußte ihn mögen, weil er aufrichtig und großmütig war. Nie hat er ausgenutzt, daß alle zu ihm aufblickten. In St. Croix, das engstirnig katholisch und prätentiös war, hob er sich von den anderen durch seine Offenheit und seinen Mut ab. Siehst du, ich denke immer noch voller Bewunderung an ihn. Und ich hatte Glück. Gilbert mochte Jean und übertrug seine Zuneigung auf mich. Er gab mir die Hand und behielt uns bei sich, bis die Glocke zum Abendgebet rief. Das war genug. Keiner der anderen Jungen tat mir etwas zuleide.«

Was Moshe erzählte, wurde Teil unserer Spaziergänge durch die schäbigen Straßen Tel Avivs. Ein größerer Gegensatz war kaum denkbar – Moshe sprach von den Gottesdiensten, von seiner Liebe zur Muttergottes, in Moshes Geschichte Frömmigkeit und Angst und Andacht, hier Lärm, Zerstreuung, Vergänglichkeit. Ich hörte ihm zu, während ich in den Schaufenstern der Allenby Straße die Abendkleider aus Kunstseide mit ihren Pailletten und Federn und Spitzen bestaunte oder auf der King George Straße die bleichen Verpackungen altmodischer Küchenmaschinen und Bügeleisen mit dem Namen Alaska. Dinge, zu denen man sich keinen Käufer denken konnte und die auf geheimnisvolle Weise nur sich selbst oder Gott zu gehören schienen.

Wenn Moshe von St. Croix sprach, veränderte sich seine

Stimme, sie klang vorsichtig. Er wird alt, dachte ich, er ist bewegt, und dachte nicht daran, daß die Straßen laut, die Fahrten von Jerusalem anstrengend waren. Er wollte die Fragen begreifen, auf die sein gegenwärtiges Leben die Antwort sein mußte.
St. Croix war ein Gewirr dämmriger Gänge, die von vier Schülern jeden Abend gekehrt und zweimal wöchentlich gewischt wurden, mit groben Lappen und riesigen Wassereimern, die sie aus der Küche holten. Auch die Schlafsäle und Arbeitsräume, die Klassenzimmer und die Kapelle putzten die Schüler, nur der Speisesaal und die Küche wurden von den Küchenmädchen saubergemacht. Es war ein Gewirr halbdunkler Gänge, durch die einer hinter dem anderen die Schüler liefen, wobei sie leise das *Salve Regina* vor sich hin murmelten. Stunden und Tage waren durch ihre Pflichten und die Gebete fest ineinander verhakt und liefen wie eine Kette um das Zahnrad des liturgischen Jahres.

Als die Glocke läutete, steigerten sich auf dem Hof Lärmen und Rennen für wenige Augenblicke, dann liefen alle, plötzlich verstummt, in die Schlafsäle, räumten eilig aus Koffern und Taschen die Kleider in ihre Fächer und wuschen sich, um in die Kapelle zur Vesper zu eilen. Jean zog Moses an der Hand hinter sich her. Die Schüler stellten sich der Größe nach auf, die beiden wurden getrennt. Moses starrte ängstlich vor sich hin. Gilbert, der als größter den ersten Platz in der zweiten Bank – hinter den Schwestern, den Lehrern und Seminaristen – einnahm, drehte sich um und nickte ihm zu.
»Wahrscheinlich war ich leichenblaß, ich erinnere mich, daß ich Angst hatte, mich übergeben zu müssen. Die anderen sangen, ihre Stimmen klangen hell und immer heller, und ich wagte nicht, den Mund zu öffnen. Mir war, als stürzte ich in einen Schacht, es war schwarz und heiß, eine

erstickende Hitze, und ich wußte, daß ich mitsingen mußte, um mich zu retten; wenn ich nicht mitsingen würde, stürzte ich tiefer und tiefer in diesen Abgrund und müßte ersticken. An meine Eltern dachte ich nicht. Ich dachte an Beaujeu, an die Nacht im Wald von Villebret, ich hatte Angst, daß Jean mich zurückweisen würde, wenn er merkte, daß die anderen nichts mit mir zu tun haben wollten, um keinen Preis wollte ich wieder alleine sein. Der Messe konnte ich nicht folgen, mechanisch kniete ich mit den anderen und stand wieder auf, ich starrte den Priester an, den Altar und die Muttergottes. Irgendwann öffnete sich mein Mund, und ich sang mit den anderen. Zum Glück hatte ich eine gute Stimme, jedenfalls sagte das später der Musiklehrer. Es kam mir vor, als würde ich Ton um Ton aus diesem dunklen Schacht heraussteigen. Danach war ich erschöpft, so erschöpft, daß ich beim Abendessen einschlief.«

Nach dem Essen verteilten sich die Schüler auf die beiden Schlafsäle. Bei den Kleineren schlief Gilbert, er vertrat die Aufsichtsperson im Schlafsaal und im Arbeitsraum, wenn sie ihre Hausaufgaben machten und lernten.

Beim Abendessen war Moses eingeschlafen, im Bett lag er wach. Jean hatte ihm gezeigt, wie er sich ausziehen mußte, jetzt, da sie nicht mehr alleine waren: zuerst Hemd und Unterhemd, die ordentlich über den Stuhl neben dem Bett gehängt wurden. Dann streifte jeder das Nachthemd über, ein langes Nachthemd, verwaschen und grau. Erst wenn man Bettuch und Decke über die Beine und bis über die Taille gezogen hatte, durfte man die Hose ausziehen, mußte sie sitzend zusammenfalten und ebenfalls auf den Stuhl legen. Gilbert rief die zur Ordnung, die ihre Kleider nicht sorgsam genug zusammenfalteten oder laut wurden. Schließlich ging von Bett zu Bett die Schwester, die nebenan in einer kleinen Kammer schlief, deren Tür immer einen Spalt offenstand. Man mußte auf dem Rücken liegen, die Hände auf der Brust gefaltet. Moses lag atemlos da, wieder wagte er nicht, den Mund zu öffnen, diesmal aus Furcht, er könnte zu singen anfangen. Er sah die Schwester – es war Schwester Hermine, die nachts in der Kammer schlief – flehentlich an, doch als sie ihn freundlich fragte, ob ihm etwas fehlte, preßte er die Lippen zusammen und schüttelte den Kopf. Die Töne sammelten sich in seinem Hals und in seiner Mundhöhle, er wollte sich auf den Bauch drehen und das Gesicht gegen das Kopfkissen pressen, aber er wußte, daß er auf dem Rücken zu liegen hatte, um jeden Preis. Das Licht verlosch, neben ihm murmelte leise Jean etwas, dann war alles still. Er hoffte, einschlafen zu können. Unter seinen Händen spürte er, wie das Herz klopfte. Der Stoff des Nachthemds war rauh, ihm war, als berührte er etwas Fremdes, ein Tier, das er abschütteln und wegstoßen wollte. Jede Bewegung war laut genug, alle zu wecken. Die Zeit – ihm schien, es vergingen Stunden, und doch wurde es nicht hell – häufte sich wie schwere nasse Erde auf seinem Brustkorb, und er bildete sich ein, schmale Lichtstreifen zu sehen, Lichtstreifen, die unter einer, dann einer zweiten und dritten Tür hervorschimmerten und eine ungeheure Bedeutung hatten. Er wußte, daß die Lichtstreifen zu bestimmten vertrauten Geräuschen gehörten, aber nur der Herzschlag war zu hören, und obwohl seine Hände auf seinem Brustkorb lagen, war er nicht sicher, ob es sein eigener Herzschlag war. Er wollte irgend etwas anderes berühren, das Gesicht oder die Haare, doch das war verboten.

Morgens wachte er in der Haltung auf, in der er eingeschlafen war. Das Läuten einer Glocke hatte ihn geweckt, das Bett neben ihm war leer, die anderen Betten waren leer, er war der letzte, in der Tür stand Gilbert und rief: Jean Marie! Noch immer tönte in seinen Ohren die Glocke, nur er konnte sie hören. Er sprang auf, die Hände noch immer gefaltet, verhedderte sich mit den Füßen im langen Nachthemd und stürzte, erstaunt, ohne den mindesten Schmerz zu empfinden.

Eine Glocke hatte geläutet, die Schüler waren aus den Betten gesprungen und in den Waschraum gelaufen, sie kehrten in den Schlafsaal zurück, um sich anzuziehen, und liefen in die Kapelle zum Morgengebet.
»Jeden Morgen war es dasselbe: Ich erwachte, wenn die anderen schon im Waschraum waren, rannte los, wenn die ersten zurückkehrten, ich verhedderte mich und drohte zu stürzen oder fiel tatsächlich hin, die Entfernungen spielten ein bösartiges Spiel mit mir und täuschten mich, und ich beeilte mich so sehr, daß ich, schneller als alle anderen, als erster vor der Kapelle stand, denn mir schien, daß unendlich viel Zeit vergangen war, seit ich die Glocke gehört hatte. Zu meinem Glück begriff der erstaunte Gilbert – ich stürzte und merkte nicht einmal, daß ich eine Beule hatte oder aus der Nase blutete –, daß ich nicht störrisch, sondern hilflos war, und er erlaubte Jean, mir zu helfen. Erst wenn der Gottesdienst begann, kehrte das Gefühl für Entfernungen und für die Zeit zurück, es war, als lernte ich jeden Morgen aufs neue anhand der Gebete und ihrer genauen Länge, anhand des Gesangs, daß die Zeit unterteilt ist, daß sie Anfang und Ende hat und einer Ordnung, einem Gesetz folgt. Wahrscheinlich gab es niemanden, der eifriger und ängstlicher betete als ich.«
Nach der Morgenandacht am Sonntag bekamen die Schüler einen Becher Malzkaffee und ein Stück Brot mit Marmelade, dann stellten sie sich im Hof auf, um gemeinsam mit allen Schwestern und Lehrern zur feierlichen Messe nach St. Philibert zu gehen. Nachmittags begrüßte die Direktorin die Schüler und ihre Eltern zum neuen Schuljahr. Sie sprach von Gehorsam und Frömmigkeit und den nationalen Pflichten in dieser schweren Zeit, vom Marschall Pétain, dessen Foto in allen Räumen hing. Unter ihrer Haube richtete sich ihr breites Gesicht in die Höhe, zu Gott und zu dem Marschall, der Frankreich zu ewigem Ruhm führen würde. Danach sang man »Maréchal, nous voilà«.

Die Eltern einiger Schüler waren über Nacht in Tournus geblieben, sie aßen mit ihren Söhnen im Speisesaal, um sich danach im Besuchszimmer, dem sogenannten Salon, oder auf dem Hof von ihnen zu verabschieden. Jeans Eltern waren nicht gekommen. Er zog Moses in den Park, zu ihrem Versteck hinter dem Misthaufen, wo das dichte Gebüsch sie und ihren heimlichen Durchschlupf im Zaun verbarg, und vertraute ihm an, daß er Trappist werden würde. »Ich glaubte damals, sein Geheimnis – denn es war ein Geheimnis – sei, Mönch werden zu wollen. Er sprach davon mit solcher Überzeugung, daß ich keinen Moment anzweifelte, was er sagte, und sowieso hatte ich keine Vorstellung, was das bedeutete. Jean erklärte mir, die Familie eines Mönches seien nicht die Eltern, sondern der Abt und die Mitbrüder, sein Zuhause sei das Kloster. Das interessierte mich natürlich auch. Er sagte, wenn ich ebenfalls Mönch würde, blieben wir für immer Brüder und würden uns nie trennen. Was das Geheimnis war, begriff ich erst später. Anders als die meisten unserer Mitschüler wollte er nicht Jesuit, sondern eben Trappist werden. Aber solche Unterschiede spielten für mich noch keine Rolle.«

Am nächsten Morgen begann der Unterricht.
Vor der Unterrichtsstunde wurde ein kurzes Gebet gesprochen. Danach nahmen die Schüler ihre Hefte heraus und sahen den Lehrer – es war ein junger Mann, einer der Seminaristen – aufmerksam an. Moses war der einzige, der nicht wußte, was von ihm erwartet wurde. Er fing an zu schreiben, da die anderen zu schreiben begannen. Er wußte nicht einmal, was für ein Fach gerade unterrichtet wurde, er schrieb die Sätze auf, wie er sie hörte und ohne sie zu verstehen, erst nach einer Weile bemerkte er, daß es lateinische Sätze waren, also versuchte er, sie zu übersetzen, er schrieb, so schnell er konnte. Die nächste Stunde unterrichtete Madame Dutour, eine der Laienschwestern. Wieder zogen seine

Mitschüler ein Heft hervor, wieder schrieben sie in ihre Hefte. Keiner stellte eine Frage. Madame Dutour sprach von Baumarten und Dachbalken, zeichnete etwas an die Tafel, die Schüler zeichneten es ab. Moses kopierte Linien und Winkel, die seltsamen Zeichen einer fremden Sprache ähnelten. Dann zeichnete Madame Dutour ein Blatt neben jeden Buchstaben und schrieb die Namen der Bäume dazu. Sie rief die Schüler ans Fenster und zeigte auf die Bäume im Park, der still in der noch morgendlichen Sonne lag, und es war etwas Lustiges zu sehen. Alle lachten, auch Jean, der neben Moses stand. »Im nachhinein«, sagte Moshe, »grenzt es an ein Wunder, daß ich nicht der schlechteste Schüler war. Ich habe die ersten Wochen jeden Tag erwartet, vor die Klasse gerufen zu werden und meine Unwürdigkeit vor allen verkündet zu hören. Doch nichts dergleichen geschah. Und als nach dem ersten Monat eine Liste von den Klassenletzten bis zu den Klassenersten an eine Tafel in der Eingangshalle angeschlagen wurde, war ich einer der ersten in meiner Klasse.«

Er hatte ein ausgezeichnetes Gedächtnis. Die Schüler waren angehalten mitzuschreiben, was der Lehrer sagte oder an die Tafel schrieb. Moses behielt auswendig, was er einmal geschrieben hatte. Es war ihm nicht bewußt, daß er ein gutes Gedächtnis hatte. Er sah an dritter oder vierter Stelle seinen Namen, Jean Marie Ferrin. Der Name gewann eine mysteriöse Bedeutung: Wegen dieses Namens stand er dort auf jener Liste, und es war tatsächlich sein Name, man rief ihn, und er antwortete. Manchmal rief man nur »Jean«, und er und sein Freund drehten sich um. Er betete, am meisten betete er zur Jungfrau Maria. Heimlich schlich er sich in die Kapelle, manchmal war dort Jean, und sie gingen in den Park, in ihr Versteck, das außer ihnen keiner kannte. Kamen an den Besuchssonntagen die Eltern der anderen Kinder, schlichen sie sich ans Ufer der Saône und sahen der Strömung zu.

Ich muß nur die Augen schließen, um die Saône vor mir zu sehen, das flache Flußtal, von langen Pappelreihen durchzogen, die sich in der Ferne verlieren, und in der Ferne die Hügelketten. Wenn einer der Jünger oder der Heiland selbst gekommen wäre und uns aufgefordert hätte, ihm zu folgen, hätten wir uns nicht gewundert. Wir stellten uns vor, das Ufer wäre des Ufer des Sees Genezareth. Wir waren die Trauernden, die um der Gerechtigkeit willen verfolgt wurden. Wir waren bereit, alles für Ihn zu erleiden. Über unseren Kummer sprachen wir nicht. Wir fanden ein altes Boot, das leck war, auf der Ruderbank saßen wir nebeneinander, es roch nach fauligem Holz, ich ekelte mich, es zu berühren, während Jean ohne Scheu die dicken Holzwürmer und Kellerasseln in die Hand nahm. An der Uferböschung wuchsen Weiden, deren Blätter mir in der Erinnerung sehr blaß erscheinen, blaßgrün, silbern. Manchmal sah man im Wasser langsam Fische gleiten. Wir schworen, uns nie zu trennen. Vielleicht war es ein warmer Herbst, vielleicht auch nicht. Ich erinnere mich an einen endlosen milden Herbst. Aber das sind wahrscheinlich mehrere Jahre, die zu einem verschmelzen. Jean sprach nicht über seine, ich nicht über meine Eltern. Ich erinnere mich, daß seine Eltern ihn noch zu Beginn des Schuljahres besucht haben. Was mir in der Erinnerung unschuldig schien, all die Jahre über, war es nicht. Ruth hat mir einmal, in den ersten Jahren unserer Ehe, gesagt, ich benähme mich wie einer, der weiß, daß er schuldig wird. Am Ende wollte sie sich von mir scheiden lassen, doch ich war es, der von Anfang an sicher war, daß er sie eines Tages verlassen würde. Sie hat recht gehabt. Für dich, hat sie gesagt, ist die einzige Möglichkeit, an die Zukunft und an die Vergangenheit zu glauben, die Schuld. Wenn du dich nicht schuldig fühlst, verlierst du deine Vergangenheit und glaubst nicht, daß es für dich eine Zukunft gibt. Damals fand ich das ungeheuer blödsinnig. Jetzt denke ich an Jean, an das, was er mir verschwiegen hat, an das, was wir damals voreinander verschwiegen. Angst, Verlassenheit, Schuld.

Eine Woche nach Schulbeginn erschienen – obwohl es kein Besuchssonntag war – Jeans Eltern. Sein Vater, in der Uniform eines Polizeioffiziers, trat in die Tür des Speisesaals und rief laut seinen Sohn. Alle erschraken, es war, als würde Jean verhaftet werden. Als Jean, sehr blaß, zu ihm ging, sprang Moses auf. Madame Dutour hielt ihn zurück.
Später, im Hof, rief ihn Jean und stellte ihn seinen Eltern vor.
»Ich gab dem großgewachsenen Mann meine Hand widerwillig und sah ihn empört an. Ich wußte ja, daß er Jean von seiner Mutter trennte und ihn vor Schulbeginn ins Internat schickte, zur Strafe dafür, daß sie an Gott glaubten, zur Strafe dafür, daß Jean sich weigerte, St. Croix zu verlassen. Daß St. Croix für Monsieur Clermont fast eine Schande war, hatte Jean mir erzählt, so, als würde er sitzenbleiben oder Mädchenkleider anziehen. Also stand ich trotzig vor ihm. Aber er war sehr freundlich zu mir, ich schien ihm zu gefallen. Vielleicht gefiel ihm mein Trotz oder daß ich fast blond war und kräftiger, nicht so empfindsam und ernst wie sein Sohn. Jeans Mutter war eine kleine, zarte Frau, Jean wuchs ihr mit seinen zwölf Jahren schon über den Kopf. Sie hatte ihr aschblondes Haar streng zurückgebunden und trug ein schwarzes Kleid, als sei sie in Trauer. Das Schönste an ihr waren die großen dunkelbraunen Augen und die feinen dunklen Augenbrauen, die Jean von ihr geerbt hat. Gesagt hat sie nichts. Nachdem sie mir die Hand gegeben hatte, eine leichte, traurige Hand, war ich entlassen.«
Moses hörte die anderen im Park spielen und lief in die Kapelle. Die dämmerige Stille erstickte ihn, er konnte nicht knien und nicht beten. Er saß auf der Bank und fuhr, so fest er konnte, mit den Fingern über das stumpfe Holz, bis sich ein Splitter in seinen Finger bohrte. Jean kam nicht. Er war beim Abendgebet noch nicht zurück, aber als die Jungen in den Schlafsaal liefen, lag er in seinem Bett und schlief oder stellte sich schlafend.

All die Stunden, die sie zusammen verbrachten, fragte keiner den anderen nach den Eltern. Auch später, sagt Moshe, hätten sie nie darüber gesprochen.
»Du mußt wissen«, hat Moshe mir damals erzählt, »Jean ist nicht nur Mönch, er ist Trappist geworden. Die Trappisten schweigen. Natürlich unterhalten wir uns, wenn wir uns sehen, seit dem letzten Konzil sind ihre Regeln weniger streng. Aber das Schweigen spielt eine große Rolle. Jean behauptet, daß er nicht gerne spricht, er fordert mich auf, ihm von Jerusalem und von meinem Leben dort zu erzählen. Nur wenn ich ihn dränge, antwortet er. Ich wollte später, als wir uns 1966 wiedertrafen, über St. Croix sprechen, und danach wieder. Ich wollte über meine Eltern sprechen, über seine Eltern, über unsere Kindheit, auch über unseren Glauben. Darüber sprach er gern, aber sonst antwortete er ausweichend, und seinen Vater hat er gehaßt, auch wenn er es nicht zugibt, weil er Mönch ist, ein Christ. Aber er war froh, daß damals, als sein Vater starb, der Orden nicht zuließ, daß man zur Beerdigung eines Verwandten fuhr. Seine Mutter ist erst vor ein paar Jahren gestorben.«

Als Shaj mich eines Tages fragte, ob ich glücklich sei, war ich überrascht. Für diese Frage war ich nicht erzogen, ich hatte nie darüber nachgedacht. Shajs Eltern waren Shoah-Überlebende. Seine Mutter war mit ihren Eltern von Bologna nach Polen deportiert worden, sein Vater hatte südlich von Siena bei Bauern ein Versteck gefunden, nachdem vor seinen Augen sein Vater erschossen worden war. Die Padovas waren religiös, sie hielten streng die Gebote ein, die Küche war koscher, am Schabbat stand das Essen auf Wärmeplatten, und das Licht brannte die ganze Nacht. Selbstverständlich ging Shajs Vater jeden Morgen und Abend ins Bethaus. Es war etwas Besonderes an ihrer Religiosität, eine Zurückhaltung und anmutige Liebenswürdigkeit, die mich anzog. Man bemerkte zunächst nicht, daß man sich in einem orthodoxen Haus befand. Jede Geste, jedes Gebet, die festlichen Mahlzeiten, das Anzünden der Kerzen, der Segen, alles geschah mit solcher Natürlichkeit, daß man die strenge Ordnung nicht empfand. Ebenso natürlich wie Shajs Eltern die Gebote einhielten, stellten sie mir als ihrem nichtjüdischen Gast frei, es ihnen gleichzutun oder nicht. Sie stellten mir frei, am Schabbat ein Streichholz anzuzünden und zu rauchen. Doch in ihrer Nähe hätte ich nur aus Unwissenheit ein Gebot nicht beachtet.

Die 613 Gebote einzuhalten war für sie der Akt, in dem sich ihre Freiheit manifestierte, ihre Freiheit vor Gott und die Freiheit jedes Menschen, seine eigene Wahl zu treffen. Das Gesetz bildete die Grundlage souveränen Handelns. »Du weißt doch«, erklärte mir einmal Shajs Vater Leon, »was der Talmud lehrt: Jeder Mensch kennt vor seiner Geburt alle Gesetze und alle Geheimnisse der Schöpfung und ihres Schöpfers, dann jedoch schlägt ein Engel ihm mit der Hand auf den Mund, so daß er alles vergißt. Deswegen kommt das Neugeborene unwissend zur Welt. Und das ist so um seiner Freiheit willen – sonst wäre der Mensch nicht frei, zu lernen oder nicht zu lernen, den Geboten zu folgen oder nicht zu folgen.«

Es kann ihnen nicht leichtgefallen sein, doch sie respektierten, daß ihr einziger Sohn, Shaj, nicht glaubte. Er besuchte sie nur selten, oft war ich es, die ihn dazu drängte, und ich begleitete ihn. Ich liebte Leon und Margherita, eine Schönheit mit dichtem grauen Haar und einer schmalen Nase in einem blassen, feinen Gesicht. Wie liebenswürdig deine Eltern sind, sagte ich zu Shaj, und er antwortete, es sei gerade ihre Vollkommenheit, die er nicht allzuoft ertragen könne. Vage ahnte ich, was er meinte; aber erst später, nach ihrem Tod (sie und ihr Mann sind vor fünf Jahren gestorben, im Abstand weniger Wochen), versuchte er es genauer zu erklären. »Ich meine nicht«, sagte er, »daß sie ihre Heiterkeit, ihre Großzügigkeit mit ihrem Leid erkauft oder zu teuer bezahlt hätten. Für sie war es aber ein Wunder, zu leben und als Juden leben zu können, ohne Furcht. Für mich ist das anders, ich bin in Israel geboren, als Jude in einem jüdischen Staat. Und so gibt es doch einen Zusammenhang zwischen dem Leid und dem Wunderbaren. Ich fand unerträglich, daß es so kompliziert und so simpel war.«

Eines Nachmittags fragte ich dann Moshe, ob er in St. Croix glücklich gewesen sei. Sowie ich die Frage – auf die ich inzwischen stolz war, als hätte ich sie erfunden – ausgesprochen hatte, schämte ich mich. Es schien eine idiotische Frage zu sein: ein Kind, dessen Eltern deportiert und umgebracht worden sind. Wirklich sah Moshe mich unwillig an: »Das ist deine neue Masche, nicht wahr? Den meisten möchte man, wenn sie das Wort Glück benutzen, eine Ohrfeige geben. Diese stupide Frage: Bist du glücklich, bist du glücklich? Dir kommt es wie etwas Besonderes vor, hast du denn nicht bemerkt, daß man es hier andauernd fragt?«

Während der Schulzeit kam es selten vor, daß Jean und Moses alleine waren. Die Tage, die morgens mit dem Gebet begannen, waren lückenlos, Unterricht, Mahlzeiten und Gottesdienste wurden von kurzen Pausen unterbrochen und von großen Spaziergängen. Zu zweit, die Kleineren Hand in Hand, marschierten sie durchs Hoftor und auf die Straße, in ihren blauen Umhängen, an den wenigen Bauernhöfen vorbei, die westlich von Tournus lagen, bis sie hinter offenen Feldern den Wald erreichten. Im Wald, auf ein Zeichen der Lehrerin oder des Seminaristen, die sie begleiteten, zerstob die strenge Formation, für ein paar Sekunden war nichts zu hören als das Rennen, Stampfen der Schritte, Waldboden unter einzelnen Füßen, Zweige oder Steine oder Schlamm, in alle Richtungen, nur auseinander, einer vom anderen weg. Dann, aus einiger Entfernung, die ersten Rufe, die zwei gemeinsam beantworteten, ein dritter dazu, Ge-

schrei aus einem plötzlich sich bildenden Grüppchen, noch mehr Rufe. Als sei das Auseinanderrennen, jeder für sich, der unverzichtbare Auftakt, um sich in anderer Weise zu verbünden, Räuber zu Räuber, Gendarm zu Gendarm, Apachen in einem Gebüsch, Irokesen im anderen, auf einer kleinen Lichtung die Gefangenen, auf einem Baumstamm sitzend die Gefallenen. Kein Spiel ohne den Tod. Die Toten feuerten die Überlebenden an und vergaßen, zu wessen Partei sie gehörten. Die Lebenden schubsten die Toten zur Seite, um auszuruhen. Die Rangordnungen des Unterrichts und der Messe waren außer Kraft gesetzt, es gab keine Koalitionen, Bevorzugungen, nicht einmal Vorlieben – der Zufall bestimmte die Parteien, den Sieg entschied die Tapferkeit. Wurde es den Gefallenen auf ihrem Baumstamm langweilig, bildeten sie neue Gruppen und setzten ihre Verfolgungsjagden fort. Bei Dämmerung kehrten unterschiedslos alle an den Ausgangspunkt zurück. Im Winter hüpften sie erschöpft auf der Stelle, um nicht zu frieren, war es heiß, trotteten sie zu einer Quelle, um zu trinken. Dann stellten sie sich zu zweien auf und marschierten ins Internat zurück. Dort wuschen sie sich und eilten, der Größe nach, in Reih und Glied zum Abendgebet.
Die dicken Steinmauern schirmten den Raum von der Sommerhitze oder Kälte des Winters ab, immer herrschte die gleiche Temperatur, die Kerzen brannten ruhig. Hinter dem Altar die schlichte Figur des Heilands, rechts, in einer blau und golden ausgemalten Nische, die Muttergottes mit ihrem weiten blauen Mantel und der Krone aus Weißblech.
Manchmal gingen sie auch nur spazieren, zwei oder drei Stunden, wanderten durch den Wald oder an der Saône entlang. Aus den Feldern flogen Raben auf, in den Hecken und im Buschwerk am Wegrand sah Moses, wie in Villebret, Kaninchen, und er wandte sich ab.
Die beiden – da Jean unter den Jüngeren der größte war – blieben bei diesen Spaziergängen voneinander getrennt, und

auch bei den Spielen bemühten sie sich nicht, der gleichen Partei anzugehören. Sie galten wie Brüder, es war selbstverständlich, daß Moses die Kleider, aus denen Jean herausgewachsen war, trug, und all die Schuljahre hindurch wurde über ihre Verbindung nicht gesprochen, sie wurde von allen anerkannt, keiner spottete über die so unterschiedlichen Freunde. Moses, nachdem er Fuß gefaßt hatte, war aufbrausend, ebenso heftig in den Gottesdienst und die Exerzitien vertieft wie in die rüdesten Spiele, die er oft anführte. Er galt als Raufbold, jemand, der bei den seltenen Prügeleien eher Schläge austeilte als einsteckte. Nur Jean und Gilbert konnten ihn mit einem Wort beruhigen. Im November – inzwischen war ganz Frankreich von den Deutschen okkupiert, in Tournus verwandelten sie die Klostergebäude um St. Philibert in ihre Kaserne – schloß er sich den beiden schlechtesten Schülern der Klasse, Benoît und Marc, an. Benoît war klein, zierlich, mit dichten schwarzen Haaren, sehr blasser Haut und vollen roten Lippen auffallend hübsch, trotz seiner Intelligenz ein schlechter Schüler, der alles tat, um das schwarze Schaf der Klasse zu sein. Er war der einzige, der maulte, wenn er ministrieren sollte, er verbarg nicht, daß seine Eltern nicht gläubig waren und ihn in der Hoffnung ins Internat geschickt hatten, daß man ihn hier würde bändigen können. Marc, ein Jahr älter als seine Klassenkameraden, da er schon einmal sitzengeblieben war, machte keinen Hehl daraus, daß er aus der Schule zu fliegen hoffte, um auf den Bauernhof seiner Eltern zurückzukehren. Ein mißmutiger Junge, der sich von den anderen absonderte und mit großer Erfindungsgabe versuchte, den gemeinsamen Spaziergängen zu entgehen. Anders als Benoît war er gläubig, seine immer erkältet klingende Stimme die lauteste, wenn sie im Gänsemarsch und mit gefalteten Händen zur Kapelle zogen. Um ihn zu bestrafen, drohte man, er dürfe in der Kapelle nicht zur Jungfrau Maria beten. Sein breites, stumpfes Gesicht verzog sich dann so kläglich, daß es nie zu dieser Maßnahme kam.

Während die anderen Ball oder Fangen spielten, hockten Moses, Benoît und Marc in einer abgelegenen Ecke des Hofs, links vom Hauptgebäude, wo zwischen den ehemaligen Ställen (jetzt war dort die Waschküche und ein immer verschlossener Schuppen, im oberen Stock lagen die Zimmer der Schwestern und der anderen weiblichen Angestellten) ein schmaler Durchlaß in den Park führte, und schmiedeten Pläne zur Verteidigung des Internats. Wie man den Hof abschließen, den Durchgang in den Park verrammeln, wie man die Holzläden der unteren Fenster schließen, aus den oberen schießen müßte, wie man vom Dach aus die Belagerer unter Beschuß nehmen könnte und wer die Schüler anführen würde. Gilbert müßte es sein, darüber waren die drei sich einig, und in ihrer Phantasie wurde Madame Clemenceau zur Schloßherrin, unschuldig und tapfer. Über den Feind sprachen sie nur flüsternd und nur, wenn niemand in Hörweite war. Die Deutschen waren der Feind und, verriet Benoît verschwörerisch, alle Franzosen, die sie in Frankreich duldeten.

Wäre dieses Geheimnis zu den Schwestern oder Madame Clemenceau gedrungen, hätten sie strengste Strafen veranlaßt. In allen Räumen hingen Fotos des Marschall Pétain, und an der gottgewollten Richtigkeit seines Tuns bestand in der Sodalität kein Zweifel. Was er tat, war gerechtfertigt, die Wiederernennung Pierre Lavals ebenso wie die Besetzung ganz Frankreichs durch deutsche und italienische Truppen und die Selbstversenkung der französischen Flotte. Auf solche Nachrichten reagierten die meisten Schüler von St. Croix, wie es ihnen Madame Clemenceau vorgab: mit blindem Glauben. Nur Benoît war zu sehr von seinen Eltern (strikten Anti-Kollaborationisten) beeinflußt, als daß er gezweifelt hätte, wer der wahre Feind sei. Marc hingegen war das gleichgültig, solange es nur einen Feind gab und ein Ventil für das, was er zu Hause erlebt hatte: die Rückkehr seines Onkels aus der Kriegsgefangenschaft als Invalide und

ein Feuer auf dem elterlichen Hof, bei dem nicht nur der Stall, sondern auch alle 23 Milchkühe verbrannt waren. Marc habe, sagte Moshe, ihnen nie verraten, wie es zu dem Brand gekommen sei, wahrscheinlich habe ihn sein einbeiniger, verrückt gewordener Onkel eigenhändig gelegt.
An dem Tag, erzählte Moshe, an dem die anderen in die Weihnachtsferien abreisten, verriet Moses Jean das Geheimnis ihres Spiels, sei es, weil es zwischen ihnen kein Geheimnis geben sollte, sei es, weil ihn bedrückte, was er Jean verschwieg, den Kummer darüber, daß seine Eltern nicht zurückkehrten, ihn nicht holten, nicht einmal schrieben. Jean hatte Weihnachten bei einer Tante, der Schwester seines Vaters, in Lyon verbringen sollen. Im letzten Moment schrieb sie an Madame Clemenceau, daß sie erkrankt sei und ihren Neffen während der Feiertage nicht bei sich aufnehmen könne. »Ich schäme mich«, erzählte Moshe, »weil ich mich so freute, obwohl ich sah, wie unglücklich Jean war. Wir sprachen nicht darüber, warum wir als einzige Schüler zurückblieben, um mit Madame Clemenceau und den Schwestern, die keine Familie hatten, die Weihnachtstage zu verbringen. Ich hatte Angst gehabt, alleine zu bleiben. Marc und Benoît fuhren nach Hause, und sowieso war Jean der einzige, auf den es ankam. Ich glaube, ich trug schon eine Hose, aus der er herausgewachsen war. Er wuchs so schnell.«

An diesen Satz, *er wuchs so schnell*, erinnere ich mich gut. Es war ein Satz, der immer wieder auftauchte, wenn Moshe von St. Croix und Jean sprach, und immer klang etwas wie Staunen in seiner Stimme. Wir saßen, erinnere ich mich, im Café Mersand, einem kleinen Café an der Ecke Frishman und Ben Yehuda Straße, unweit der großen Hotels. Das Wetter war angenehm, es muß im Spätsommer 1994 gewesen sein. Joel Mersand, der Besitzer des Cafés, brachte uns böhmischen Apfelstrudel. Eine alte Dame, die ihren weißen

Sonnenschirm wieder und wieder öffnete und schloß, saß am Nebentisch und zankte mit spitzer Stimme und in gewählt altmodischem Deutsch ihren Hund aus, der sich mit hängendem Kopf unter den Tisch verkrochen hatte.

Moshe hatte mittags mißgelaunt angerufen: Auf eine schlechte Nacht war am Morgen ein unerfreuliches Telefonat gefolgt (ein Klient wollte wissen, wann endlich sein Fall abgeschlossen wäre) und schließlich ein noch unerfreulicheres Gerichtsverfahren. »Das heißt«, konstatierte ich, »du hast den Prozeß gewonnen.« Aber mein Scharfsinn munterte Moshe nicht auf. »Natürlich habe ich gewonnen. Immer, wenn ich meinem Mandanten von Herzen eine gepfefferte Geldstrafe wünsche – eine Gefängnisstrafe stand leider nicht zur Debatte –, gewinne ich. Irgendein Kollege von Batsheva«, sagte er, »irgendein geldgieriger Herr Doktor, dem nicht reicht, was er aus dem Unglück seiner Patienten herausschlägt.«

Wir hatten uns, wie immer, im Café Tamar verabredet. Als er dort eintraf, mit einer Stunde Verspätung, weil die Ausfahrt aus Jerusalem wegen eines Unfalls gesperrt gewesen war, trat er grußlos auf mich zu und zog mich von meinem Stuhl. »Ich habe heute keine Lust, dafür zu bezahlen, daß man mich freundlicherweise nur halb vergiftet«, sagte er so laut, daß alle es hören konnten. So gingen wir ins Café Mersand, schweigend, denn ich wußte, daß jede Bemerkung ihn noch mehr aufbringen würde. Ich wußte damals nicht, daß er an Schlaflosigkeit und Alpträumen litt.

Erst nachdem er den Apfelstrudel gegessen und etwa eine Viertelstunde den Vorhaltungen gelauscht hatte, die unsere Nachbarin an ihr Hündchen richtete – »Rupert« nannte sie ihn, mit strenger Stimme und rollendem R –, hellte sich sein Gesicht auf, und als Joel Mersand uns zuflüsterte, »Rupert« habe ihr verstorbener Ehemann geheißen, nickte Moshe zufrieden. »Ich wußte es«, sagte er auf hebräisch zu mir, »gleich, als ich an ihrem Finger die beiden Eheringe sah.«

Und er blieb dabei, Hebräisch zu sprechen. Ich erinnere mich daran, weil er, als er von St. Croix erzählte, jenen Satz auf hebräisch wiederholte. *Jean wurde größer.* Ich dachte, er wollte damit sagen, daß Jean größer wurde wie ein Schatten oder Widerpart, ohne den zu existieren undenkbar war. Erst neulich verstand ich, was Moshe mit seinem Satz meinte: »Das Entsetzliche an der Erinnerung ist nicht, daß sich die Dinge wiederholen, sondern daß sie sich bewegen. Wenn man sich an sich selbst erinnert, dann tut man es in einzelnen Bildern, und schlimmstenfalls ist es eine Art Daumenkino. Aber sobald du an jemanden denkst, den du liebst, sobald du dich wirklich an sein Leben erinnerst, siehst du, wie er wächst und älter wird und wie sein Leben abläuft. Es läuft Schritt für Schritt ab, ohne daß du etwas daran ändern kannst. Du schaust zu, und es passiert. Und wenn du wegschaust, an etwas anderes denkst, dann passiert es weiter, alles, was du weißt, und alles, was du nur ahnen kannst. Es ist, wie wenn man im Traum eine Warnung ruft und plötzlich weiß, die Warnung rufst du nur im Traum, aber was geschieht, geschieht in Wirklichkeit.«

Jean nahm Moses' Enthüllung achselzuckend hin, als wäre er über solche Kindereien hinaus. Gegen die Deutschen und die Kollaborateure kämpfen? »Er hat mir nicht gesagt, daß sein Vater selbst ein Kollaborateur war, daß er erst zum Technischen Kontrolldienst gehörte, später die Miliz in einer Kleinstadt befehligte, wahrscheinlich wußte er selbst nur ungefähr, was das bedeutete. Er sah mich an, ich erinnere mich an seinen komisch komplizierten Gesichtsausdruck, der ebensowenig seinem Alter entsprach, wie es zu meinem paßte, daß ich ihn registrierte. Er sah viel älter aus und so, als würde ihn erschöpfen, wie kompliziert alles war. Einen Moment fürchtete ich, er würde von meinen Eltern sprechen, die doch Deutsche gewesen waren. Aber er sagte etwas ganz anderes, und zwar auf deutsch – mit einem nur

leichten französischen Akzent: »Meine Mutter ist auch Deutsche.«
Moshe hatte den letzten Satz ein bißchen lauter und auf deutsch gesagt, die alte Dame blickte zu uns herüber, tadelnd, wie mir schien. Ich war plötzlich müde. Als Moshe ungeschickt, seiner Bewegungen nicht sicher, aufstand, dachte ich, seine Müdigkeit hätte mich angesteckt. Ich ging alleine zurück – Moshe war verabredet –, die Ben Yehuda entlang bis zu Allenby Straße, wo in den schäbigen Cafés rumänische Arbeiter stumpf vor den Fernsehern saßen und tranken. Es war schon Abend. In den staubigen Bäumen hatten sich lärmend unzählige Stare versammelt.
Im nachhinein scheint es, als hätte Moshe mit Bedacht – wie ein Regisseur des Gedächtnisses – so erzählt, daß sich die Teile und Bruchstücke seiner Geschichte mit meiner Gegenwart verknüpften. Er erzählte langsam, mit großen Intervallen. Die Tage, Monate und Jahre, von denen er erzählte, konnte er nur zusammenfassen. Aber er zerdehnte die Zusammenfassung, unterbrach sie immer wieder, ließ einen leeren Raum für das, was er nicht erzählte. Er zerteilte seine Erzählung, es waren Bruchstücke, die zu unseren Spaziergängen gehörten. Wenn ich heute an Jerusalem denke, denke ich an Villebret und Beaujeu, wenn ich mich an Tel Aviv erinnere, erinnere ich mich an St. Croix, und das Café Mersand ist mit einer alten Dame und ihrem Hündchen namens Rupert und dem unerwarteten Bekenntnis Jeans verbunden: Meine Mutter ist auch Deutsche.

Nach dem lärmenden Aufbruch der anderen Schüler lagen die Schlafsäle und Arbeitsräume in völliger Stille, den ganzen Mittag und Abend des 23. Dezember 1942 kümmerte sich niemand um die beiden Zurückgebliebenen. Sie standen lange im Arbeitsraum der Großen am Fenster, Gilbert hatte als einziger auf seinem Platz Hefte und ein Buch zurückgelassen, halb hofften sie, daß er zurückkehren würde, aber sie hatten ihn mit den anderen zum Bahnhof aufbrechen sehen. Moses war niedergeschlagen. Das Kindergeheimnis seiner Pausenspiele hatte Jean mit einem richtigen Geheimnis übertroffen und abgetan. »Ich wußte nicht, was das bedeutete: Seine Mutter war Deutsche, und er sprach Deutsch, so wie ich. Mir war nicht klar, ob er wußte, daß ich Jude war. Niemand hatte das seit meiner Ankunft je ausgesprochen, auch bei der Taufe nicht. Ich wußte nicht, ob ich nach der Taufe überhaupt noch Jude war und ob uns das zu Gegnern gemacht hätte. Er sah nicht wie ein Deutscher aus, nicht wie die Deutschen auf den Plakaten, während ich blond, dunkelblond war und blaugraue Augen hatte. Irgend etwas band uns aneinander, aber was das genau war, wußte ich nicht, und vielleicht entfernte es uns auch voneinander. Später habe ich Jean gefragt, ob er gewußt hat, daß ich Jude bin. Er hat gesagt, daß er es nicht wußte.«

Stundenlang lehnten sie am Fenster des Arbeitsraums, saßen auf den leeren Tischen und warteten, daß jemand sie riefe. Dann wurden sie hungrig, aber statt ins Haupthaus gingen sie in die Kapelle, die weihnachtlich geschmückt und leer war. Keiner kam zur Vesper. Es war dunkel, nur am Eingang hing eine nackte Birne von der Decke. Jean suchte Streichhölzer und zündete die großen Kerzen an. Vermutlich war das nicht erlaubt, vielleicht sogar ein Sakrileg. Aber Jeans Blick duldete keinen Einwand. Wortlos ging er in die Kammer, die als Sakristei diente, kam in dem weißen Meßgewand des Ministranten wieder heraus und stellte sich in der Haltung eines Priesters hinter den Altar. Es war kein Spiel. Ihre Stimmen, die in der leeren Kapelle widerhallten, zitterten, Christus war für die Enterbten und Verlassenen geboren und gestorben, ihre Wechselrede und ihr gleichzeitiges »Amen« bestätigten das. Als sie die Kerzen ausbliesen und stumm durch den schmalen Gang in den Schlafsaal gingen, waren sie verlegen. Aber sie trennten sich nicht, sondern setzten sich nebeneinander auf Jeans Bett und warteten.

Dort fand sie Madame Clemenceau, von beider Folgsamkeit gerührt und mit schlechtem Gewissen; man hatte die beiden Kinder vergessen. Sie aßen mit den Schwestern, die Weihnachten in St. Croix verbrachten, an einem Tisch, und man versprach ihnen, sie zu allen Gottesdiensten in St. Philibert, auch zur Mitternachtsmesse, mitzunehmen.
Als sie sich am Nachmittag des folgenden Tages schlafen legten, wie man ihnen befohlen hatte, gestand Jean, daß er noch nie die Mitternachtsmesse besucht hatte; sein Vater hatte es ihm und seiner Mutter verboten. Die Erwartung drängte alles zurück, nur verschwommene Erinnerungen stiegen in Moses auf, als er mit Jean den Speisesaal betrat, in dem die anderen, fünf Schwestern und ein Seminarist, um einen langen, festlich gedeckten Tisch standen. Aber diesmal *war* es Weihnachten, und als er später, auf dem Fußweg zur Kathedrale, versuchte – als könnte er dadurch seinen fernen Eltern die Zustimmung zu diesem Gottesdienst abringen –, sich an Chanukka, an die Gebete und Lieder zu erinnern, fielen sie ihm nicht ein.
Sie standen vor St. Philibert, das hohe Gewölbe verschwand, wo das Kerzenlicht nicht hinreichte, in strenger Dunkelheit, die Messe begann. Moses war unsicher, er fürchtete, einen Fehler zu machen, der ihn in eine andere Umgebung versetzen würde, nicht zurück nach Villebret, sondern an einen unbekannten und schrecklichen Ort. Während er mit den anderen stand und kniete, begann er zu schwitzen, und er schluckte, schluckte, als drohte er an seiner Spucke zu ersticken. Die Stimmen um ihn herum wurden unerträglich laut. Dann spürte er etwas Warmes an seinem Hals, Jean hatte den Kopf zu ihm gedreht, vielleicht flüsterte er ihm etwas zu, sein Atem streifte Moses. Er rückte näher zu Jean, so daß er die Bewegungen seines Körpers spüren und ihnen – ohne den Fortgang der Messe zu begreifen – folgen konnte; Aufstehen, Setzen, Knien. Allmählich wurde Moses ruhiger, er hörte die Predigt, ohne die einzelnen Worte zu

verstehen, aber er sah die Lichter und den Heiland, der mit dem gekreuzigten Leib die eigene Geburt bezeugte, und auch er, Jean Marie, war Teil der Hoffnung und des Neubeginns und der Erlösung. Nach dem Gottesdienst umarmten sie einander und beglückwünschten sich zur Geburt des Heilands.

Schlaftrunken und glücklich kehrten sie ins Internat zurück, wo die Jungen in der Küche ein Glas heiße Milch bekamen, um sich dann im leeren, kalten Schlafsaal ungeschickt unter der Bettdecke auszukleiden wie vorgeschrieben, und gemeinsam murmelten sie ein letztes Gebet, bevor sie einschliefen.

Vielleicht war es Mitleid, vielleicht Klugheit – es gelang Madame Clemenceau, den beiden Jungen das Gefühl zu geben, daß sie von allen Schülern auserwählt waren, in Andacht die Geburt des Herrn als das größte Geschenk zu empfangen. »Wir fühlten uns nicht länger zurückgelassen, sondern frei. Unser größter Wunsch war, die Nähe Gottes zu suchen. Wir waren sicher, daß Jesus Christus über uns wachte. Wenn wir traurig waren, weil wir nicht bei unseren Eltern sein konnten, so hatte dieser Kummer doch einen Sinn. *Wie mich der Vater geliebt hat, habe auch ich euch geliebt.* Als ich nach Israel kam, wollte man mir weismachen, man habe mein Leid, das Leid unseres Volkes in mir mißbraucht, um mich unter das Joch des Christentums zu zwingen. Was für eine Anmaßung.«

»Hast du nicht neulich gefragt, ob ich glücklich war?« Als Moshe Monate später meine Frage wiederholte, errötete ich. Das Osloer Friedensabkommen war unterzeichnet, der Friedensvertrag mit Jordanien auch, die Grenze öffnete sich. Ein Freund von mir war erschossen worden. In meine Wohnung regnete es hinein, und mein Petroleumofen war abgebrannt. Was ich mit dem Übersetzen verdiente, reichte hinten und vorne nicht, und meine Liebschaften nahmen zuweilen unerfreuliche Wendungen. Aber ich war glücklich, daran hielt ich fest. Nachts zog ich mit Freunden von Bar zu Bar oder an den Strand, um nackt im Meer zu baden. Auf irgendeine Weise gehörte die Trauer um meine verlorene Liebe, die hartnäckig immer wieder auftauchte, dazu. Glück war eine Behauptung und eine Frage des Mutes.

Moshe sah mich freundlich an. »Wenn ich nicht einschlafen kann, verwandle ich meine Erinnerung in eine Bühne, als könnte ich die Personen nach eigenem Gutdünken auftreten lassen. Ich kann sie dann besser sehen – wenn ich mich der Erinnerung überlasse, fühle ich mich so hilf- und machtlos wie ein Mann, dessen Auto abgeschleppt wird, und alles Winken und Rufen hält den Abschleppdienst nicht auf. Also wähle ich mir einen Ort, den Hof des Internats oder den Arbeitsraum oder Speisesaal, und versammle Gilbert und Marc, Abbé Gérard, Madame Ernestine, manchmal sogar meinen Vater oder Ruth. Ich kann sie sehen, auch die Blicke, die sie tauschen, nur hören kann ich sie nicht. Umdeuten will ich nichts und ignorieren auch nicht. Es gibt nichts anderes als unterbrochene Biographien und unterbrochene Mitteilungen. Vielleicht nicht das, was man sich unter Glück vorstellt, ich weiß es nicht. Die Frage ist, ob es noch einen imaginären oder erinnerten Ort gibt, an dem man für einen Moment die Bruchstücke zusammenfügen kann.«

Ich stelle mir vor, daß wir an der Saône spazierengehen oder abends im Speisesaal sitzen, während im Kamin ein Feuer brennt. Ein Bauer hat den Schwestern Holz geschenkt, wir sitzen dicht beieinander, die Wärme des Feuers erreicht uns, und hören zu, wie der Seminarist, der aus den Kolonien stammt und deswegen die Ferien in St. Croix verbringt, aus einem Buch vorliest. Marcel, seinen Nachnamen habe ich vergessen. Manchmal sitzt mein Vater dabei und schaut mich an. Seit ich mir das ausmale, weiß ich, was es heißt, sich nicht sattsehen zu können. Ruth ist auch da, ein junges Mädchen, sie hat eine Vorliebe für Marc mit seiner gequetschten Stimme. Aufgeregt erzählt er ihr etwas, wahr-

scheinlich von der Jungfrau Maria. Später zeigen Jean und ich Ruth die Kapelle und die Muttergottes mit ihrer Krone aus Weißblech. Vielleicht ist es sentimental, aber es ist eine glückliche Vorstellung. St. Croix ist ein Teil davon, und unser Glaube, dieser unerbittliche Katholizismus, der jetzt so fern und absurd erscheint, auch.
Diese Notiz, die irgendwann Anfang dieses Jahres 2002 aus einem der Bücher glitt, die ich während eines Besuchs in Israel gelesen hatte, hat er durchgestrichen und darunter geschrieben:
Aber es ist eine Lüge. Die, die auf meiner Bühne erscheinen, sind unschuldig, auch ich selbst, und Jean mehr als wir alle. Nicht die Tatsache, daß ich mir meine Mutter nicht mehr vorstellen kann, seit ich weiß, daß sie vergast worden ist, macht dieses jahrzehntelange Erinnerungsspiel obsolet, sondern Jean, der schon damals mehr wußte als ich.
Als Moshe mir in Tel Aviv von St. Croix erzählte, wußten weder er noch ich, daß seine Geschichte einen doppelten Boden hatte.

Der Kokon, der Moshe und alle Schüler von St. Croix umschloß, wurde 1943 noch dichter. Die Schwestern der Sodalität taten alles, um die Kinder abzuschirmen. Anfang Februar kapitulierten die Deutschen in Stalingrad, aber sie waren noch in Tournus. Die Spannungen in Frankreich nahmen zu, nachdem der Zwangsarbeitsdienst eingeführt und noch immer nicht abzusehen war, wann die Kriegsgefangenen zurückkehren würden.
Man versuchte nicht, Nachrichten und die Reden, die im Radio übertragen wurden, zu ignorieren, im Gegenteil: Man versammelte die Schüler, damit sie gemeinsam die Reden der Führer Frankreichs hörten. Jeder Zweifel an der Glorie des Marschalls und an seinen Getreuen war verpönt. Ungeachtet aller Spannungen hielt man den Anschein der Normalität so gut wie möglich aufrecht. War das Leben der

wahrhaft Gläubigen nicht jederzeit ein Kampf gegen das Reich des Bösen? Mit allen anderen glaubte Moses an den Sieg des Marschalls, und doch nahm er mit Benoît und Marc die heimlichen Pausenspiele wieder auf: Seite an Seite fochten sie mit den Widerstandskämpfern gegen die Deutschen und die Kollaborationisten, die, wie Benoît erklärte, noch abscheulicher waren als die Deutschen.
Im März durfte Moses zum ersten Mal ministrieren, nachdem er – aufgeregt und auch beschämt, da er älter war als die anderen – die erste Kommunion empfangen hatte. Jean und er waren die besten Schüler ihrer Klasse, und es gab nur ein Fach, in dem Moses' Gedächtnis versagte: Geographie. Weder Städte noch Flüsse, noch Grenzverläufe konnte er sich merken. Er haßte Landkarten, die Ortsnamen, die Entfernungen, die Willkür der bunten Ausschnitte, die verbargen, was er zu sehen hoffte und fürchtete, wenn Madame Rouban einen Schüler aufrief, damit er zeige, woher seine Familie stamme. Ihn, Jean Marie, rief sie nie auf, und er fixierte verbissen Namen, die er nie gehört hatte, um die allzu bekannten zu vermeiden.
Als hätte eine neue Sprache, so Moshe, die alte verdrängt. Gebrauchte Jean, wie er es seit Weihnachten zuweilen tat, im heimlichen Gespräch mit ihm ein deutsches Wort, war er zerrissen zwischen dem Wunsch, es abzuwehren oder mehr zu hören. Meist war es nur eine beiläufige, scherzhafte Beobachtung von Jean, »schau ihre Lippe an, wie ein Kaninchen«, flüsterte er, als Madame Dutour mit zitternder Oberlippe abends im Schlafsaal von Bett zu Bett ging.
Jean war im Januar dreizehn Jahre alt geworden. Den Winter über und im Frühling wuchs er schnell, sein Gesicht wurde noch schmaler, trotz der großen braunen Augen und mädchenhaft langen Wimpern sah er älter aus. Er zog sich von seinen Klassenkameraden und ihren Spielen zurück, suchte statt dessen die Nähe Gilberts und seiner Freunde, die unter Gilberts Ägide in ihrer freien Zeit theologische

und philosophische Bücher lasen und diskutierten. Marcel, der Seminarist aus Rabbat, lieh ihnen die Bücher und verteidigte die Jungen Madame Clemenceau gegenüber, die angesichts unbeaufsichtigter Lektüre und solch unersättlicher Neugier um das Seelenheil ihrer Schützlinge fürchtete. Aber war es nicht besser, Platon und Augustinus zu lesen, als sich für Politik oder gar für junge Mädchen zu interessieren? Zuweilen zogen vor dem Tor des Internats die Schülerinnen von St. Anne vorbei, ein Ereignis, das die Zöglinge von St. Croix im entferntesten Winkel des Hofes Schutz suchen ließ, und nur ein paar Ältere näherten sich, scheinbar uninteressiert, dem Tor, bis sie von Monsieur Cherrol, dem Pförtner, zurechtgewiesen wurden. Nach einigem Bitten wurde Jean geduldet, wenn die Freunde Gilberts (es waren vier oder fünf) sich im Arbeitsraum der Großen versammelten und einen theologischen Text lasen. Moses sah sie manchmal durch die offene Tür, dicht gedrängt um den mittleren der großen Tische, welche die gesamte Länge und Breite des nicht sehr hohen Raumes einnahmen und – während des Silentiums – zwanzig Schülern Platz boten. Die begehrtesten Tische waren die unter der Deckenlampe und an den nicht sehr großen Fenstern, denn das Licht war, außer an sonnigen Nachmittagen, spärlich. Hier verbrachten Gilbert und seine Freunde jede freie Minute, wenn alle anderen im Hof oder Park tollten. Lasen sie einen philosophischen Text, den sie nicht geeignet für Jean fanden, schickten sie ihn hinaus, und er kehrte zu Jean Marie zurück, der Benoît und Marc ihren endlosen Planungen und Szenarien überließ, um mit seinem Freund in die Kapelle oder zu ihrem Versteck hinter dem Misthaufen zu gehen.
Ostern nahte. Zwar reiste diesmal Jean in den Ferien zu seiner Mutter, aber einige andere Schüler, darunter Gilbert, blieben in St. Croix. Moses' Kummer fand sein Ventil in der Passionsgeschichte, die er auf lateinisch auswendig lernte. Wenn sie an den Passionsaltären beteten, war er den Tränen

nahe, seinem Taufnamen getreu litt er mit dem jüngeren Johannes und mit Maria. Und er ließ sich von der Freude über die Auferstehung anstecken. Aber die größte Aufregung, die größte und schmerzlichste Freude war, daß Madame Clemenceau erstmals auch seinen Namen rief, als sie auf der Treppe vor dem Haupteingang erschien, um an die wenigen Schüler Briefe auszuteilen. Blaß stand Moses vor ihr und streckte ungläubig, zittrig die Hand nach dem weißen Umschlag aus. Von deinem Freund, sagte Madame Clemenceau, gab ihm den Brief und umarmte ihn. Ohne Zweifel war das Jeans Schrift, und auf der Rückseite des Umschlags stand der Name deutlich geschrieben, Jean Clermont. Moses nahm den Brief, entfernte sich langsam – die anderen wichen zurück, und Madame Clemenceau, wie Moses im Gehen hörte, sagte leise zu Gilbert: *Er hat einen anderen Brief erwartet.*

Seit seiner Ankunft hatte er sich jede Woche mit den anderen am Fuß der Treppe versammelt, aber er stand abseits, während die anderen drängelten und erwartungsvoll die Blicke auf den Stapel Briefe richteten, weil sie wußten, daß ihr Name aufgerufen werden würde. Jetzt trug er einen Brief davon, nicht wie eine Beute, sondern wie einen Ausweis. Es war also denkbar, daß er, Jean Marie, wie alle anderen einen Brief erhielt. Er lief in den Park, ohne den Umschlag zu öffnen, er drängte sich durch die Lücke im Zaun und lief alleine bis zur Saône.

Am nächsten Tag nahm ihn Gilbert in die Stadt mit. Er sollte Garn für Madame Clemenceau kaufen, sie hatte ihn gebeten, »den Kleinen« mitzunehmen, um ihn von seinem Kummer abzulenken.

»Gilbert nahm mich bei der Hand, obwohl ich mit meinen zwölf Jahren dafür eigentlich zu alt war. Aber plötzlich war ich wieder ein Kind, nichts als ein Kind, das nichts als Kummer war. Du siehst es manchmal, bei Kindern verwandelt sich der ganze Körper in etwas, das die Trauer auffängt und stumm ausdrückt, sogar das Knie oder die Füße sehen traurig aus. Gilbert nahm mich zu einem Fotografen mit, der im Schaufenster ein Flugzeug aus Pappmaché ausgestellt hatte. Ich brach in Tränen aus: Ich sah das gleiche Flugzeug wie bei dem Fotografen in Néris, zu dem meine Mutter mich mitgenommen hatte. Gilbert legte seinen Arm um mich, und ich tastete in der Tasche meines Kittels nach dem Brief.«

Den Brief habe er lange aufgehoben und versteckt, sogar vor Jean habe er ihn versteckt. Er war ein Talisman: der Umschlag, die Briefmarke, sein Name, Jean Marie Ferrin. Dieser Brief, der mit seinen Eltern nichts zu tun hatte, war die Verbindung, die Brücke zu seinen Eltern; sie würden schreiben, eines Tages.

Die Spiele mit Marc und Benoît fanden im Sommer ein böses Ende. Kurz vor den Sommerferien weckte die Glocke der Kapelle die Schüler noch vor der Morgendämmerung. Sie bimmelte unregelmäßig, heftig, und die Jungen sprangen aus den Betten, lauschten, ob in Tournus die Sirenen heulten, aber man hörte nur Rufe vom Hof oder aus dem Park. Feuer. Als sie sich aufstellten, um mit Gilbert hinunterzugehen, fehlte Marc.

Es war der Hühnerstall, der brannte. Die Flammen schlugen senkrecht in den Himmel, flackerten kaum, verbreiteten ruhiges, gleichmäßiges Licht, und Rauch stieg gerade auf, als würde, flüsterte Jean Moses zu, ein Gott wohlgefälliges Opfer dargebracht. Die Schwestern und die Köchin rannten in heller Aufregung zwischen Haupthaus und Park (der Hühnerstall lag hinter dem Nebengebäude und war nur vom Park aus zugänglich) hin und her, um Wasser zu holen und Eimer, die an die älteren Jungen verteilt wurden. Gilbert, Madame Dutour und die Köchin versuchten sich dem Eingang zu nähern, um die Hühner vielleicht doch noch aus ihrer Falle zu befreien. Aber man hörte sie nicht. Monsieur Cherrol erschien mürrisch, schimpfend, und unterbrach das aufgeregte Gerenne. Wirklich fielen Dach und Holzwände in sich zusammen, ohne die nächstliegenden Gebäude oder Bäume zu gefährden. Als es still geworden war, hörte man aus dem Dämmer des Parks die ersten Vögel und schwaches Gackern. Nicht Moses, sondern Benoît begriff als erster, was geschehen war.

»Er rannte plötzlich los und schrie, während wir anderen müde und ein bißchen ungläubig dastanden und warteten, daß Madame Clemenceau uns zurück in den Schlafsaal scheuchen würde. Er schrie Marcs Namen, und dann rannte ich ihm hinterher. Die anderen folgten. Marc saß am äußersten Ende des Parks im Gras, lehnte an einen Baumstamm und sah abwesend und sehr ruhig aus. Im Schoß hielt er ein totes Huhn, während die anderen Hennen lahm davonliefen, als wir uns näherten. Ein paar waren versengt, aber nur das eine war tot. Es roch nach verbrannten Federn und verbranntem Fleisch. Marcs Gesicht war rußgeschwärzt. Wir waren verstummt, etwa dreißig Schüler und Lehrerinnen, die ratlos vor dem Jungen standen, der den Kopf nicht hob. Die meisten begriffen, daß er den Hühnerstall in Brand gesteckt hatte. Aber es war Gilbert, der das einzig mögliche tat. Er zog ihn hoch, nahm ihm das tote Huhn weg und umarmte ihn. Er hielt ihn fest, bis Marc zu heulen anfing, wegen der Kühe, wegen seines Onkels, wegen der Hühner, und Gilbert hob ihn auf und trug ihn in die Krankenstube.«

Keiner durfte ihn besuchen. Nach einigen Tagen wurde er, während der Unterrichtszeit, aus seiner Quarantäne abgeholt. Über den Vorfall wurde nicht gesprochen, nicht darüber, ob es eine Krankheit oder eine Versuchung des Teufels war, eine Strafe Gottes, die unbegreiflich – aber seinem Ratschluß nach – Marc und nicht Benoît getroffen hatte, der am darauffolgenden Abend den Teller mit Hühnersuppe vom Tisch stieß und hinausrannte.

Alle, Schüler wie Lehrer, waren einige Tage, bis das Gerücht die Runde gemacht hatte, Marc sei von seinem Vater abgeholt worden, bedrückt. Daß er dann fort war, ließ sie erleichtert aufatmen, als wäre damit auch der Geruch verbrannten Holzes, der in Trümmern liegende Hühnerstall verschwunden, schwarze, verkohlte Balken, um die alle einen Bogen machten, als hätte sich auf lächerliche und zugleich bedrohliche Weise der Krieg im Park von St. Croix materialisiert. Nachdem die Schüler eines Nachmittags versammelt worden waren, um die Trümmer zu beseitigen, das noch brauchbare Holz zu hacken und aufzustapeln, die Asche auf den Misthaufen zu tragen, kam es zu einer der seltenen Prügeleien, die ohne ersichtlichen Anlaß begann und so heftig war, daß mehrere Schüler in der Krankenstube verarztet werden mußten. Moses hatte eine Platzwunde über dem rechten Auge.

»Es war«, sagte Moshe, »das erste Mal, daß ich mich wegen einer Prügelei geschämt habe. Die Haut über der Augenbraue war aufgeplatzt, wo Benoît mich gegen einen Baum gestoßen hatte. Benoît hat nicht mit mir gesprochen. Er hatte sich heimlich in die Krankenstube geschlichen, um Marc zu besuchen, obwohl Madame Clemenceau es streng verboten hatte, er war erwischt und bestraft worden. Und die Hühnersuppe ...«

Moshe beendete den Satz nicht.

»Warum hast du dich geschämt? Was hat Jean gesagt? Hast du dich vor ihm geschämt?«

Unsere Gespräche basierten auf einer fragilen Übereinkunft, die ich nicht bemerkt hatte. Moshe erzählte, ich hörte zu, stolz darauf, daß er es tat. Aber es gibt keine Geschichte, die ohne eine andere Geschichte – mag sie auch stumm bleiben – auskommt. Zwischen dem Spätherbst 1994 und dem Sommer 1995 telefonierten Moshe und ich, trafen uns auch, sprachen jedoch auf seltsam unkonzentrierte Weise nur über anderes, Gegenwärtiges, oft Belangloses.

Im Frühjahr 1995 fuhr ich nach Jerusalem, um Moshe zu

treffen. Wir gingen sogar zu Jasons Grab, und ich fragte ihn schüchtern, was nach jenem Brand geschehen sei? Moshe wehrte ab. Dann sagte er ärgerlich: »Du verzettelst dich.« Am Abend verließ ich ihn beleidigt und verletzt, verließ Jerusalem und fuhr nach Tel Aviv hinab, durch die Berge, die von Lichtern durchlöcherte Ebene. Vom Busbahnhof rief ich einen Freund an, wir trafen uns, gingen in eine Bar, in eine zweite, die Nacht verbrachte ich bei ihm.

Als sein langer schmaler Körper neben mir lag, dachte ich an Jean, an Benoît und Marc, ich konnte nicht einschlafen. Moshe hatte sich der Platzwunde geschämt, weil er Marc verraten hatte. Wollte er deswegen nicht weitererzählen? Ich lag auf einer Matratze auf dem Fliesenboden und hielt den schlafenden Mann im Arm, den ich erst seit wenigen Wochen kannte, er war sehr groß, sehr dünn, seine Knochen schienen die bräunliche Haut nur provisorisch aufzuspannen, seine Kraft hatte mich überrascht und auch sein Begehren, wie er meinen Hals umklammert hatte, mit einer Heftigkeit, die mich nicht erschreckte, weil ich, mit einer gewissen Traurigkeit, begriff, daß sie nicht mir galt.

Womit ich Moshe enttäuscht hatte, verstand ich immer noch nicht. Eine Woche später rief er mich an, um mir seine Abreise nach Europa anzukündigen. Er würde auch Jean treffen, der in Venedig zu tun hatte. Ob wir uns vor seiner Abreise sehen würden? Er verneinte. Er wisse nicht, für wie lange er reise, sobald er zurück sei, würde er sich melden.

Ein paar Tage lang war ich verstört, so sehr, daß es mich selbst überraschte. Shaj leistete mir Gesellschaft, lief mit mir am Meer entlang nach Jaffa und weiter nach Adjami, damals ein ärmlicher arabischer Vorort. Er schlug mir vor, nach Deutschland zu fahren.

Ein paar Tage später brachte er mich zum Flughafen. Als wir uns verabschiedeten, fragte er, ob Moshe in mich, ob ich in ihn verliebt sei.

Daß ich ein paar Tage später als Moshe nach Israel zurückkehrte, war nicht geplant, aber ich fand, daß ihm das recht geschah. Er hatte mich schon gesucht, aber ich ließ zwei weitere Tage verstreichen, bevor ich seine Nachrichten mit einem Rückruf beantwortete.

Wir verabredeten uns, er kam nach Tel Aviv, um mich im Café Tamar zu treffen. Wie ich erwartet hatte, erzählte er von seiner Begegnung mit Jean nichts. Ja, sie hatten zwei Tage miteinander in Venedig verbracht. Das war alles. Doch ich drängte nicht, denn diesmal war ich erpicht darauf, selbst zu erzählen. Von der Deutschlandreise, den Tagen in Freiburg, von Berlin, das ich wenig kannte und das mir gefallen hatte, von der Wiederbegegnung mit Sebastian. Ich redete viel und schnell, mit fahrigen Gesten, ein Glas Wasser stieß ich vom Tisch, ein zweites hielt Moshe im letzten Augenblick fest. Ich bin nicht immer ungeschickt, jetzt aber sagte ich »hier« und meinte »dort« oder umgekehrt, verhedderte mich in Rück- und Querverweisen. Dann gingen wir spazieren. Moshe schüttelte den Kopf, weil ich stolperte, endlich saßen wir auf einem Mäuerchen, das einen Parkplatz vom Bürgersteig trennte, dicht vor einem Auto, ich sah unsere Köpfe und Gesichter in der Wölbung der Scheiben. Ein dicker Junge mit einer blauen Brille spielte alleine Ball und schaute zu den Fenstern eines Wohnhauses hinauf. Plötzlich war mir unangenehm, daß ich so viel redete. Ich verstummte und hoffte, daß Moshe mir eine Frage stellen würde; er fragte nicht. Als ich mich an den Abschied von Sebastian erinnerte, fühlte ich mich einsam, als wäre ich auf dem Bahnsteig zurückgeblieben, nachdem wir uns umarmt hatten. Dabei war ich in den Zug eingestiegen und hatte gesehen, wie er zögerte, unsicher, ob er trotz der verspiegelten Scheiben winken sollte oder nicht; sehen konnte er mich nicht. Ich hatte bei ihm übernachtet, wir hatten bis in den Morgen Wein getrunken und geredet, doch danach wußte ich über sein privates Leben nicht mehr als

während der wortlosen Jahre. Ich hatte ihn verlassen und kein Recht zu fragen. Der Zug war losgefahren, Sebastian hatte nicht gewinkt.
Jetzt saß auf einem Tel Aviver Parkplatz Moshe neben mir, unsere Schultern berührten sich, berührten sich nicht, und ich war verwirrt, weil ich ihn küssen wollte. Dann dachte ich an Jean. Ich wäre gerne aufgestanden und gegangen. Moshe drehte den Kopf zu mir, unsere Blicke trafen sich, und sehr viel Zeit verging, bis wir uns voneinander lösten. Wir waren beide befangen; als Moshe ein Taxi sah, winkte er und verabschiedete sich von mir.

»Versuche nicht, Sachen zu erklären, bevor du in der Lage bist, sie zu erklären, und binde deine Entscheidungen nicht daran, daß du sie erklärt hast. Man kann nicht Entscheidungen zurückstellen, bis man begriffen hat, was ihre Ursachen, ihre Vor- und Nachteile sind.« Aus Moshes Mund eine Art Maxime oder Merksatz zu hören war erstaunlich genug, noch erstaunlicher war, daß er ihn mir auf den Anrufbeantworter gesprochen hatte. Ich hörte das Band mehrmals an und versuchte herauszufinden, ob er sich über mich lustig machte. Ich fand die Nachricht, als ich, nach einem langen Umweg und nachdem ich noch eine Weile alleine auf dem Parkplatz gesessen hatte, in meine Wohnung kam. Es klang (im Hintergrund hörte man Stimmen und Autos), als habe Moshe von einer Telefonzelle aus angerufen.
Weil in dem Haus, in dem ich wohnte, wegen eines Wasserrohrbruchs das Wasser abgestellt war, zog ich für ein paar Tage zu Shajs Eltern. Leon stellte mir einen kleinen Tisch in Shajs Kinderzimmer und half mir, wenn ich nicht weiterwußte, bei meiner Übersetzung – zum ersten Mal übersetzte ich eine Erzählung. Margherita achtete darauf, daß ich genug aß, und brachte meine Kleider in Ordnung. Statt abends auszugehen, saß ich mit den beiden auf ihrem kleinen Balkon, wir tranken Tee und aßen Zimtschnecken. Sie

waren die ersten, denen ich sagte, daß ich angefangen hatte zu schreiben. Wir sprachen über die Bücher von Primo Levi, und eines Abends erzählte Margherita, daß sie vor ein paar Jahren in Bologna entfernte Verwandte besucht hatte, danach stundenlang weinend durch die Stadt gelaufen war, mitten auf der Straße und im Regen, weil sie sich schämte, mit ihren verheulten Augen weiter unter den Arkaden zu gehen, wo Passanten sie erstaunt und mitleidig musterten. Sie erzählte, wie sie sich nach ihrer Rückkehr monatelang nach Bologna zurückgesehnt und es nicht gewagt hatte, mit Leon darüber zu sprechen. Wie sie träumte, daß sie in ihrem Elternhaus wohnten und daß sie, wie als Mädchen, Klavier spielte: man hatte ihr eine Karriere als Pianistin prophezeit. Leon hatte davon nichts gewußt; jetzt stand er auf und umarmte Margherita. Sie sprachen es nicht aus, aber offensichtlich war es für beide schwer gewesen nach dieser Reise, von der Margherita zornig und aufrührerisch zurückgekehrt sein mußte und stumm, denn es gab in Florentin, in ihrem Leben als Ehefrau und Orthodoxe keinen Platz für diese Sehnsucht, für dieses andere Bild, das Bild einer Pianistin, einer Frau, die in einem der eleganten Häuser Bolognas lebte und unter den Arkaden im Regen zu einer Verabredung, einem Konzert oder einer Unterrichtsstunde eilte.
»Ich weiß nicht«, sagte sie mir am nächsten Mittag, »ob es falsch war, Italien zu verlassen, oder ob es unvermeidlich war, nach allem, was geschehen ist. Ich weiß nicht, ob ich Gott mein Leben schulde. Leon konnte in Italien, wo ein Italiener seinen Vater vor seinen Augen erschossen hatte, nicht leben. Aber meine Geschichte ist nicht Gottes Geschichte. Und wenn ich an Gott glaube, so deshalb, weil Er weiß, daß ich einen Mann und einen Sohn habe, daß Er, gelobt sei Sein Name, in meinem Leben an dritter Stelle steht.«

Vor drei Jahren, zwei Jahre nach Margheritas und Leons Tod, bin ich nach Bologna gefahren. Ich suchte den Platz

auf, von dem Margherita mir erzählt hatte, den Platz, auf dem inmitten kleiner Kirchen und Kapellen die Basilika Santo Stefano steht, und zündete eine Kerze für Margherita an; ich war sicher, daß sie es billigen würde. Auf dem Platz vor der Kirche hatte sie als kleines Kind gespielt, wenn ihr Kindermädchen zu einem kurzen Gebet in der Kirche war.
Als ich Moshe von Bologna erzählte, schenkte er mir eine Postkarte, die er vor Jahren dort gekauft hatte: Vor einem schwarzen Hintergrund tötet der heilige Georg den Drachen, sein Pferd hat entsetzt den Hals zurückgeworfen, das Maul ist aufgerissen, es bleckt die Zähne.

Im Sommer 1995 bemühte ich mich um den Status eines »permanent resident«. Da ich keine Jüdin sei, gäbe es keinen Grund, beschied man, mir den ständigen Aufenthalt zu gewähren. Auch meine Bitte um eine Arbeitserlaubnis wurde abgelehnt. Moshe versuchte, mir zu helfen, vergeblich. »Wenn du wenigstens ein Mann wärst«, erklärte er mir, »aber du bist eine Schickse, und ein Kind von dir ist bestenfalls ein Bastard. Ich würde dich pro forma heiraten«, sagte er, als er sah, wie verletzt ich war. »Aber was hilft dir das?«

Er setzte an, den Faden seiner Geschichte wiederaufzunehmen, doch ich argwöhnte, er wolle mich nur beschwichtigen. »Willst du mir beweisen, daß du mich ernst nimmst, obwohl ich eine Schickse bin und jeder Polizist, der meinen Paß kontrolliert, mich zum Flughafen expedieren kann, obwohl ich besser Hebräisch spreche als er?« Ich wußte, daß ich Moshe unrecht tat und nicht einmal aufrichtig war. Ich begann mich nach Europa zu sehnen. Was ich geliebt hatte, die Unbekümmertheit meines Tel Aviver Lebens, die Stadt und ihre Leichtigkeit waren mir plötzlich ein Dorn im Auge.
»Du hast nicht zugehört«, sagte er, als ich ihn neulich bat,

mir noch einmal von diesen Jahren – 1944 bis 1948 – zu erzählen. »Wenn du dich nicht erinnern kannst, mußt du es dir eben ausdenken.« Er täuscht sich, denn ich kann nichts erfinden, was ich nicht von ihm gehört, was ich nicht behalten habe.

Ich weiß, daß Benoît aus den Sommerferien nach St. Croix zurückkehrte. Aber ohne Marc gab es kein Bündnis mehr zwischen ihm und Benoît, Benoît wurde zum Außenseiter, und Moses schloß sich enger an Jean und Gilbert an. Die Älteren, die sich um Gilbert versammelt hatten, duldeten, daß er neben Jean saß, wenn sie sich trafen, um zu diskutieren, was sie im Philosophieunterricht gelesen hatten, oder um einander einen Text, der nicht zum Curriculum gehörte, vorzulesen. Sie nahmen vorweg, was sie zu werden hofften: Novizen des Jesuitenordens, Teil einer Elite, die Gott diente, indem sie mit der Schärfe des Verstandes Sein Wort in die Welt trug. Ihr Stolz ließ St. Croix hinter sich, die Enge der Provinz, die Bedrückungen von Krieg und Besatzung, und selbst Frankreich, ja Paris war nur eine Station auf dem Weg nach Rom. Sogar der ruhige Gilbert vergaß seine Zurückhaltung, wenn er mit leuchtenden Augen davon sprach, an der Universität des Vatikan studieren zu wollen, und Moses war glücklich, zu denen zu gehören, deren Freiheit die Wahrheit sein würde, wie Gilbert ihnen erklärte. Nur eines bekümmerte ihn: Mußte er sich von Jean trennen, wenn Jean nicht Jesuit, sondern Trappist würde? Durften sie einander schreiben, einander sehen? Es ist mir schwer vorstellbar, aber diese Zeit von Ende 1943 bis Mai 1945 scheint für Moshe relativ ereignislos verstrichen zu sein.
»Was willst du wissen?« fragt mich Moshe ungeduldig. »Im September 43 kapitulierte Italien, und alle außer mir waren in die Ferien gefahren. Ich war alleine und langweilte mich. Endlich begann dann das neue Schuljahr, Jean und ich wurden gefirmt, und man fing auch in St. Croix an, von de

Gaulle zu sprechen, voller Verachtung. Im Januar hörten wir die Rede des neuen Propagandaministers, Henriot, und Benoît wurde von Madame Clemenceau hinausgeschickt, weil er für de Gaulle war und nicht würdig, Henriots Reden anzuhören. Wir versammelten uns im Salon, wo das Radio stand, während er mit den Kleinsten im Hof warten mußte. Als er von seinen Eltern nach Hause geholt wurde, war ich erleichtert; ich schämte mich, wenn ich ihn sah, der mein Freund gewesen war und den ich ebenso im Stich gelassen hatte wie Marc. Als im Juni 1944 Henriot von der Résistance umgebracht wurde, beteten wir für ihn. Die Alliierten waren in Rom einmarschiert, und wir fragten uns, ob wir dort würden studieren können. Gilbert legte die Philosophieprüfung ab, den letzten Teil des Abiturs, und wurde Novize. Natürlich wußten wir von den Kämpfen zwischen den Deutschen und der Résistance, wir hörten Schüsse, wir wußten, daß Franzosen hingerichtet wurden und daß Widerstandskämpfer, die sich in der Umgebung von Brancion versteckten, die Lastwagenkolonnen der Deutschen überfielen. Im Juni wurde die Brücke von Tournus zerstört – ein Kämpfer der Résistance war mit dem Fallschirm abgesprungen und hatte sie gesprengt. In den Sommerferien 44 war ich nicht alleine, Gerard und Philippe blieben ebenfalls in St. Croix, wo es sicherer schien als in Südfrankreich, und Jean wurde schon nach zwei Wochen von seinem Vater zurückgeschickt. Wir schlichen uns zu zweit zu unserem Holzboot an der Saône, doch ich wagte nicht zu fragen, ob er noch immer entschlossen war, bei den Trappisten einzutreten. General Leclerc zog mit der 2. Panzerdivision in Paris ein, es war ein heißer Augusttag, und ich erinnere mich an Madame Clemenceaus verunsichertes Gesicht, als sie die Nachricht beim Abendessen verkündete. Wir wußten, daß der Krieg bald vorüber sein würde, immer häufiger kam es zu Schießereien, die Résistance liquidierte Kollaborateure. Am 4. September wurde Tournus befreit. Pétain verließ

Frankreich, wir versammelten uns in der Kapelle und beteten für den Marschall, der nach Sigmaringen geflohen war. Jean und ich waren dreizehn und vierzehn Jahre alt, wir fühlten uns als junge Männer, weil wir Augustinus und Paulus lasen, wir waren noch immer die besten Schüler, und Madame Clemenceau ermahnte uns mehrmals, denn wir hatten uns der Sünde des Hochmuts schuldig gemacht und die arme Madame Barrois, die uns in Philosophie unterrichtete, korrigiert.

Wenn wir an die Saône liefen zu unserem Boot, das inzwischen völlig verrottet war, fürchteten wir, den Kämpfern der Résistance in die Hände zu fallen. Dort lasen wir Plotin und immer wieder die *Bekenntnisse* des Augustinus, unser Lieblingsbuch. Einmal gestand mir Jean, daß seine Mutter um das Leben seines Vaters fürchtete, der erst bei der Polizei, dann in der Miliz gewesen war. Auf die Idee, daß er ein Kollaborateur war, kam ich trotzdem nicht. Im Internat war er nie mehr gewesen, ich wußte nur, daß es einen Streit mit Madame Clemenceau gegeben hatte.«

Moshe beschrieb mir den Jubel, der in Tournus herrschte, als die Glocken läuteten, um das Ende des Krieges zu verkünden – inmitten einer Menge von vergnügten Tel Avivern bewegten wir uns langsam auf den großen Platz vor der Stadtverwaltung zu. Es war November, der 4. November 1995, ein schöner Tag, und die Menschen sammelten sich, um den Frieden zu bestätigen, die Politik Jizchak Rabins, die einen Ausgleich mit den Palästinensern versprach. Moshe war für die Demonstration nach Tel Aviv gekommen, aber seine Laune verschlechterte sich zunehmend. Er haßte Menschenmassen und ging immer langsamer, wich in immer kleinere Straßen aus. Um mich abzulenken – ich wollte mir die Reden und die Sänger anhören –, erzählte er vom Kriegsende. »Auf der Straße umarmten sich fremde Menschen, sie küßten sich, und wir fühlten uns unwohl.

Zwei junge Frauen liefen auf Jean und mich zu und fielen uns um den Hals. Wahrscheinlich sahen wir in unseren ewigen blauen Schulkitteln rührend genug aus und hübsch dazu. Ich spürte eine weiche Brust und sah dicht vor mir geschminkte Lippen, die sich meinem Mund näherten. Als ich die Umarmung erwidern wollte, bemerkte ich Jeans erschrockenes Gesicht und riß mich los. Wir rannten durch das Getümmel aus der Stadt, aber da man uns Älteren freigegeben hatte, mochten wir nicht ins Internat zurückkehren. Es war Frieden, doch wir fühlten uns bedroht und unglücklich. Es gab so viele Dinge, an die wir nicht zu denken wagten. Der Kokon, der uns in St. Croix umgab, drohte zu zerfallen, und was würde dann sein?«

Inzwischen hatten wir uns dem Meer genähert, die Straßen lagen ruhig, und insgeheim war auch ich erleichtert, mich nicht mit Tausenden von Menschen auf einem Platz drängen zu müssen. Auch diesmal fragte ich nicht nach Moshes Eltern, ob er an ihre Rückkehr gedacht, sie erwartet und vielleicht gehofft habe, sie hätten sich in der Nähe, bei Bauern, versteckt. Ich dachte an die Menschen, die in ein paar Kilometern Entfernung – wir liefen Richtung Jaffa – ihre Hoffnung auf Frieden feierten, an die Bilder von palästinensischen Frauen, die Jeeps der israelischen Armee mit Olivenzweigen geschmückt hatten, wir sprachen darüber, nach Jericho, nach Jordanien zu fahren. Moshe war guter Laune; er schlug vor, in Jaffa bei »Schabtai dem Schönen«, einem Fischrestaurant, zu essen.

Als wir dort ankamen, war das Fest vorbei. Rabin war erschossen worden. Schabtai, der Besitzer des Restaurants, lief uns entgegen, als er uns sah, ein schwerer Mann mit einem runden Gesicht, das uns betäubt und ungläubig anstarrte, als kämen wir aus einer anderen Welt. Er schrie uns die Nachricht entgegen und hob mit seinen riesigen Händen seine verschmierte Schürze, als wollte er uns Rabins Blut zeigen.

Ich habe mich lange bis in Einzelheiten an diesen Abend erinnert, inzwischen ist er verschwommen. Er ist verschwommen, seit diese Erinnerung nicht mehr Teil eines möglichen Lebens ist. Ich bin aus Israel weggegangen. Wir waren wie betäubt und ahnten nicht, wie groß das Unglück werden würde. Eine Stunde lang saßen wir mit Schabtai und Bakri, dem palästinensischen Kellner, ratlos vor dem Fernseher, der in der Küche über dem Grill aufgehängt war. Dann hielt ich es nicht mehr aus und bat Moshe, mich zu Margherita und Leon zu begleiten. Sie öffneten uns die Tür, als hätten sie auf unser Kommen gewartet. Margherita weinte. Auch Shaj war da, und bald hatten wir uns wie selbstverständlich verteilt; Leon, Margherita und Moshe saßen im Wohnzimmer, Shaj und ich auf dem Balkon. Durch die angelehnte Glastür konnte ich Moshes Gesicht sehen, seinen Ausdruck aber nicht deuten. Es gab mir einen Stich, als ich sie, die sich doch eben erst kennengelernt hatten, so vertraut beieinandersitzen sah. Durch den Schock und den Kummer hindurch entglitt mir meine eigene Vertrautheit, ich schaute hilfesuchend zu Shaj. Doch Shaj lächelte und sagte: »Letztlich ist es immer einfach – die einen können gehen, die anderen nicht.«

Bald darauf brach ich auf. Margherita und Leon boten Moshe an, bei ihnen zu übernachten, und Moshe nahm das Angebot an. Die Straßen lagen in völliger Stille, in vielen Fenstern glomm noch immer das bläuliche Licht der Fernseher. Zu Hause angekommen, hockte ich mich aufs Bett und starrte auf den dunkelroten, häßlichen Linoleumboden, in dem schwere Aktenschränke ihre Spuren hinterlassen hatten. Eine einzelne Kakerlake rannte quer durchs Zimmer, versuchte einen scharfen Winkel, schlingerte. Wie alte Frauen, die zur Kirche hasten, so hatte Moshe die kleineren ungeflügelten Kakerlaken einmal beschrieben. Ich vermißte ihn. Wäre er in Jerusalem gewesen, ich hätte ihn jetzt angerufen. Aber er war nicht in Jerusalem, ich saß auf dem Bett,

Rabin war ermordet worden. Das Zimmer, in dem ich mich umsah, war fremd, der dunkelrote Boden roch unangenehm, die wenigen Möbel und das vollgestopfte Bücherregal sahen provisorisch und beliebig aus. Es war still. Was ich dachte, entglitt mir sofort wieder, und ich versuchte zu rekonstruieren, was Moshe mir erzählt hatte.

»Wir fühlten uns«, hatte Moshe gesagt, »als wollte uns die Zeit abschütteln wie ein Hund Tropfen aus dem nassen Fell. Ohne darüber zu sprechen, auch ohne zu begreifen, was in diesen vergangenen Jahren geschehen war, ahnten wir, wie hermetisch wir abgeschlossen waren und daß selbst unsere Welt sich verändern und öffnen oder vergehen müßte.«
Schweigend hatten Moses und Jean an dem breiten Fluß gesessen, bis es dämmerte, die Schatten endgültig verschwunden waren und alle Geräusche, außer dem Glucksen des Wassers. Sie waren zurückgekehrt ins Internat wie an einen verlorenen Ort. Sie wuschen sich im leeren Waschsaal, bevor sie zum Gottesdienst eilten, mit den anderen beteten. Im Speisesaal wurde das Abendessen schweigend eingenommen, nur die Kleinen wisperten, rutschten unruhig auf ihren Stühlen, als wären sie Zugvögel auf einer Reise oder warteten darauf, daß man das Spiel »Die Reise nach Jerusalem« spielte.
In dieser Nacht konnte Moses nicht schlafen. Er lag auf dem Rücken, die Hände über der Brust gefaltet, und flüsterte – Moses. Er flüsterte den alten Namen vor sich hin, aber seine Kraft war verbraucht, und er starrte ins Dunkel. Wenn er die Augen schloß, sah er eine unendliche schwarze Ebene, die langsam in die Schräge rutschte, dann kippte, um alles zu bedecken. Er öffnete die Augen wieder und richtete sich auf.
Wie aus großer Ferne registrierte er, daß er sich bewegen konnte. Seine Lippen formten lautlos das *Ave Maria*, aber jemand anders flüsterte seinen Namen, laut genug, daß er

es hören konnte. Wenn er die Augen offenhielte, würde er seine Eltern sehen, wenn er sie schlösse, rutschte er hilflos über die schwarze Ebene, bis sie sich aufstellte, kippte und auf ihn niederstürzte. Es war, dachte er, die Ewigkeit Gottes, die ihn zermalmte. Wenn er die Augen offenhielt, kamen seine Eltern lächelnd auf ihn zu, ihn zu umarmen; aber er wußte, daß sie stehenbleiben würden, bevor sie ihn erreichten. Moses öffnete, schloß die Augen, preßte sie zusammen, bis sie schmerzten. Mit der Hand suchte er seinen Herzschlag, ihm war, als müßte er um jeden Preis festhalten, was er verlor, mit jedem Augenblick, mit diesem Schmerz der Lider und der Augäpfel. Neben ihm schlief Jean, in der Dunkelheit konnte er ihn nicht erkennen, er hatte Angst.

Am nächsten Tag stürzte ich mich in die allgemeine Trauer, als wäre sie meine Rettung. Ich ging zu dem Platz, der bald in »Rabin-Platz« umbenannt werden sollte, er war voller Menschen, die schweigend dasaßen oder weinten und darauf warteten, daß auf einer riesigen Leinwand die Beerdigung übertragen würde. Wir Trauernden fühlten uns eins, bis die Trauer dem Alltag wich, bis wir alle uns entfernten, jeder in seinem Bild, in dem wirkungslosen Kummer, in der Vergeßlichkeit.

Wann ich meine Entscheidung traf, weiß ich nicht. Aber ich weiß, daß ich sie beinahe mechanisch fällte, indem ich einige Kisten an die Adresse schickte, um die ich einen Bekannten gebeten hatte: nach Berlin. Weder mit Moshe noch mit Shaj besprach ich mich, und Sebastian teilte ich nicht mit, daß ich nach Deutschland zurückkehren würde.

Der Schiffsweg ist langwierig, so schickte ich die Kisten los und blieb in einer fast leeren Wohnung zurück. An Abschied dachte ich nicht. Ich hatte die deutsche Staatsbürgerschaft und wußte, daß meine Entscheidung vernünftig war.

Weder Moshe noch Shaj waren überrascht.

Noch zwei Monate blieben bis zur Abreise, zwei Monate,

die zu einem kaum meßbaren Zeitraum wurden, als wäre das einzige Maß eine Sanduhr gewesen, die verlorengegangen ist oder noch immer in jener Tel Aviver Wohnung steht, in irgendeinem Winkel, den ich übersah, während ich hoffte, daß sich Abschiede – und selbst der Tod – doch dem Verstehen unterordnen.
Moshe sah ich in diesen zwei Monaten oft. Er wollte von mir keine Erklärung. Er erzählte mir von seinen beiden letzten Jahren in Frankreich.

4. Kapitel

»Erinnerst du dich, wie kahl dein Zimmer war? Nur noch die Matratze lag auf dem Fußboden, dann gab es noch eine alte Tür auf Holzböcken als Tisch und einen Klappstuhl, das war alles. Selbst die restlichen Bücher hattest du verstaut, ich weiß nicht, wo, und ich saß auf diesem Stuhl, der unbequem war und einmal zusammenbrach. Du warst so dünn, Margherita drängte dich jeden Tag, zum Essen zu kommen, sie sagte, so könnten wir dich unmöglich nach Deutschland zurückschicken, so dünn. Erinnerst du dich? Sie rief an, und du seufztest, wenn du ihre Stimme auf dem Anrufbeantworter hörtest, nahmst du das Telefon nicht ab. Ich fragte mich, was du machst, wenn ich nicht da bin. In so einer leeren Wohnung, was macht sie da wohl?«

Von einem kleinen Flur gingen das Bad, Küche und ein Zimmer ab. Überall war der Fußboden mit dem alten Linoleum ausgelegt, dunkelrot wie verkrustetes Blut, vielleicht dunkler geworden mit den Jahren, vielleicht verdreckt, obwohl ich vor dem Einzug die Wohnung geschrubbt hatte, mehrmals mit einer Bürste und vielen Eimern Wasser. Von zwei Wandschränken blätterte die Farbe ab, weiße Farbe, darunter kam graues, ausgetrocknetes Holz zum Vorschein. Die Wandschränke waren das Beste an der Wohnung. Der Balkon ging nach Norden und auf das Nachbarhaus, kein Sonnenstrahl kam dahin, und von gegenüber pfiffen die häufig wechselnden Mieter herüber, Rumänen, die als Arbeiter nach Tel Aviv gekommen waren. Ich bedauerte keinen Moment, diese Wohnung zu verlassen. In die Wandschränke hatte ich die restlichen Bücher und Papiere geräumt. Auf dem Tisch stand der Computer, lag das Buch, das ich übersetzte. Ich war über jeden einzelnen Tag bekümmert, der verging, und wartete doch ungeduldig auf die Abreise.

Moshe sah ich oft, sei es in Jerusalem, sei es in Tel Aviv. Es schien absurd wegzugehen. Was uns verband, war zweifellos eine Art Liebe.

»Erinnerst du dich, daß ich dir eine Wohnung zeigte, die du für billiges Geld hättest mieten können? Eine schöne Drei-Zimmer-Wohnung, mit alten Fliesen und hohen Räumen, und die Eukalyptusbäume wuchsen fast in die Zimmer. Wenn ich dich besuchte, mußte ich in den vierten Stock klettern, und natürlich gab es keinen Aufzug. Im Eingang begegnete mir manchmal Herr Rapaport, der mich dann in ein endloses Gespräch verwickelte. Vielleicht hattest du plötzlich doch zu tun oder warst krank. Warum hätte ich dich sonst besuchen sollen? Ich sah mich um und hätte nicht sagen können, ob in dieser Wohnung jemand wohnte, es gab nichts, was an dich erinnerte. Du wolltest, daß ich dir von den letzten Jahren in Frankreich erzähle. Die Sache mit dem Hühnerstall kam mir plötzlich vor wie eine Erfindung – aber es hatte wirklich gebrannt, auch wenn mir meine Erinnerung jetzt verzerrt erscheint. Und dann hatte ich dir ausgerechnet während dieser Friedenskundgebung vom Kriegsende erzählt. Du trugst ein weißes kurzes Hemd und eine sehr weite auberginefarbene Hose, ein bißchen extravagant und weniger elegant, als du glaubtest. Womöglich meintest du, daß die Geschichte doch einem Gesetz folgt, irgendeiner Logik oder einem Plan, den ich kannte. Es gibt so viele Gründe, etwas zu erzählen, sie mischen sich auf komplizierte Weise, während man zuverlässig der Chronologie folgt und vielleicht dem Wunsch, einen Sinn zu finden, etwas, das erklärt oder rechtfertigt oder beschwichtigt. Oft dachte ich daran, daß du nach Deutschland zurückkehren würdest, daß Israel und auch unsere Freundschaft nur ein Zwischenspiel war. Die paar Jahre in deinem Leben würden verschwinden, eine bloße Anmerkung in deiner Biographie. Und ich hatte mich an dich gewöhnt, mich daran gewöhnt, dir von mir zu erzählen. Es war die Behauptung einer Freundschaft und einer Erinnerung, die aber doch wirklich war – ein Stück meines oder deines und unseres gemeinsamen Lebens. Und ich erzählte dir von Jean, der mein Gegengewicht war, wie mein eigener Rücken, der ausglich, was ich nicht begriff oder nicht hinnehmen konnte. In gewisser Hinsicht habe ich für mein Leben eine eindeutige Lösung gefunden, aber sie hat nie ausgereicht. Bevor du fuhrst, war ich nicht sicher, ob ich überhaupt weitererzählen sollte. Aber man kann nichts zurücknehmen, und selbst das, was man noch nicht erzählt hat, gehört schon dazu.«

Ende Mai wurden die Schüler unruhig. Etwas war zu Ende, auch wenn in St. Croix kaum etwas davon zu merken war. Der Krieg war zu Ende. Mit Gottes Hilfe war wenig davon zu ihnen an den Stadtrand von Tournus gedrungen. Die Herrschaft des Marschalls war zu Ende. Noch hing sein Foto in den Klassenzimmern, im Speisesaal. Ein paar Mitschüler wurden ertappt, als sie sich abends in die Stadt schlichen, um an einer politischen Versammlung teilzunehmen. Ein Schüler, Raymond, war Mitglied einer kommunistischen Gruppierung geworden; man schickte ihn nach Hause. Blaß verkündete Madame Clemenceau das Verbot, sich irgendwelchen Jugendorganisationen anzuschließen. Zwei weitere Schüler wurden aus St. Croix verstoßen. Dann kehrte allmählich wieder Ruhe ein.

Fünf der älteren Schüler waren entschlossen, aufs Priesterseminar oder ins Kloster zu gehen, darunter Moses. Alle, außer Jean, waren sehr ungeduldig. Jean ermahnte seinen Freund, geduldig zu sein. *Was aber ist die Zeit?* Immer wieder zitierte er ihm den Satz von Augustinus. »Du weißt doch, die Zeit Gottes kennt keine Veränderung«, fügte er hinzu.

Viel später erst fragte Moses: »Und welche Zeit galt für meine Eltern, die Juden waren?«

Anfang Juni kam Abbé Gérard. Zufällig stand Moses am Fenster, als er den Hof betrat; ein nicht sehr großgewachsener, hagerer Mann, der sich nicht umsah, sondern stehenblieb, schließlich den Kopf hob und zum Fenster schaute, an dem Moses stand. Abbé Gérard sah den Jungen im Fenster und erkannte ihn nicht. Fast drei Jahre waren vergangen. Nach der Messe rief Madame Clemenceau Moses ins Büro, wo Abbé Gérard wartete. Mit gefalteten Händen blieb Moses an der Tür stehen, und der Abbé wußte nicht, wie er ihn rufen sollte. Das ist Jean Marie, sagte Madame Clemenceau, die hinter ihm ins Zimmer getreten war. Er ist groß geworden, sagte sie und warf einen Blick auf das Foto des Marschalls über ihrem Schreibtisch. Er wird, fügte sie hinzu, bei den Jesuiten eintreten. Moses hörte zum ersten Mal diesen Satz so laut und offiziell, eine öffentliche Bekanntgabe, die auch vor seinen Eltern nicht haltmachen würde. Er beherrschte sich, trat nicht unruhig von einem Fuß auf den anderen, blieb stehen, um die Entfernung nicht kleiner werden zu lassen und um seinen Magen zu täuschen, der rebellieren wollte; er spürte, gleich würde er schlucken müssen, hörbar, als wüßte er, was der Abbé zu sagen hatte.

»Hast du damit gerechnet, daß Abbé Gérard dich suchen würde?« fragte ich Moshe. Er sah mich an. »Da fragst du einmal direkt nach«, sagte er, »und dann fragst du doch nicht, was du wissen willst. Du willst wissen, ob ich hoffte, er würde sagen, daß meine Eltern bald kämen, um mich zu holen?«

Fragen, die sich nicht beantworten lassen. Ein leerer Raum. Und auch die Suche ein leerer Raum. Schließlich hört man auf zu suchen, aber der Raum bleibt leer.

Abbé Gérard teilte ihm mit, daß man in Theresienstadt ein Paar gefunden zu haben glaube, das mit Moses Eltern identisch sei. Jean Marie. Er gebrauchte den Namen vorsichtig,

wie eine Frage. Den anderen Namen, Theresienstadt, sprach der Abbé aus, ohne Moses anzusehen.
»Für mich«, sagte Moses, »hieß das, daß meine Eltern nach Deutschland zurückgekehrt waren. Ich verstand das nicht. War dieses Theresienstadt in der Nähe von Berlin? Waren sie in Berlin gewesen, ohne mich mitzunehmen, ohne mich zu holen? Aber es war unmöglich, das zu fragen, spürte ich, und Abbé Gérard fügte nur hinzu, daß man sie auf der Flucht verhaftet hatte. Ich glaube, Madame Clemenceau ließ uns allein. Wahrscheinlich hatte er darauf bestanden, daß ich unbeeinflußt antwortete. Er fragte, ob ich hierbleiben wolle, in St. Croix. Ich nickte. Er versicherte, daß er mir helfen würde, was auch immer ich beschließen sollte. Er sah mir an, daß ich noch etwas auf dem Herzen hatte. Aber ich wagte nicht zu fragen, ob er mir auch dann helfen würde, wenn ich mit meinem Freund Jean bei den Trappisten einträte.«

Überall lag Staub, auf dem Fußboden, den Fensterbänken, auf dem Tisch. Das Dach sollte repariert werden, von der Decke rieselte Dreck, den ich nur flüchtig wegwischte. Den Kühlschrank hatte ich verschenkt, ich aß wieder vor allem Datteln und trank schwarzen Kaffee. Es lohnte nicht, etwas anderes zu kaufen. Oft langweilte ich mich, und obwohl ich mich langweilte, blieb ich zu Hause, saß da und wartete, daß die Zeit verging, Stunden und Tage, Geräusche, Atemzüge und Erwartungen. Der Gemischtwarenladen an der Ecke wechselte den Besitzer. Ich kaufte Zigaretten, als die Tochter den Alten abholte und er seinem Nachfolger die Schlüssel übergab. Anklagend sah er mich an, und ich glaubte ihn beschwichtigen zu müssen: »In wenigen Tagen verlasse ich Israel.« Da nahm er zwei Schachteln Zigaretten, drückte sie mir in die Hand und winkte mich mit meinem Geld hinaus: »Wir alle gehen irgendwann.«
Moshe lachte Tränen, als ich ihm das erzählte.

Man versammelte die Schüler nicht mehr im Salon, um gemeinsam die Radioansprachen der Politiker zu hören. Nach und nach verschwanden die Porträts des Marschalls, keiner war Zeuge, als sie abgehängt wurden, es blieben helle Flekken, die man erst nach einer Weile bemerkte. Einige Schüler verließen Tournus, es wurde fraglich, ob es eine Abiturklasse geben würde.

In den Sommerferien beaufsichtigte Moses vier kleinere Zöglinge, die nicht nach Hause fuhren. Der Jüngste war elf Jahre alt, ständig den Tränen nahe, wenn Moses mit ihnen im Schlafsaal der Kleinen schlief, hörte er ihn schluchzen. Jean war von seinem Vater in die Provence geschickt worden, um bei der Ernte zu helfen: Wenigstens in den Ferien sollte er Geld verdienen, wenn er sonst schon sein Leben mit Gebeten verplemperte. Verstört kam Jean zurück. Man hatte ihm nicht einmal am Sonntag erlaubt, den Gottesdienst zu besuchen. In diesen Wochen hatte er sich angewöhnt zu schweigen, es dauerte Tage, bis er mit Moses die alten Spaziergänge und vertrauten Gespräche wiederaufnahm. Stunden kniete er alleine in der Kapelle vor der Muttergottes, zum ersten Mal empfand Moses einen seltsam störenden Gegensatz zwischen der kitschigen Gipsfigur und der Andacht seines Freundes. Er selbst schlich sich davon, um in der Stadt spazierenzugehen und um vielleicht die junge Frau, die ihn im Mai umarmt hatte, wiederzusehen. Kurz vor Schulanfang bildete er sich ein, sie in der Verkäuferin erkannt zu haben, die hinter den großen Scheiben der Konditorei Tortenstücke mit einem breiten Messer abschnitt und auf kleine Teller hob. Manchmal lief er die Promenade an der Saône entlang, dort, wo früher die Dampfer angelegt hatten, wie er auf alten Fotos gesehen hatte. »Parisien« hieß das eine Schiff, auf dem, stellte er sich vor, bis in die Nacht getanzt worden war. Er betrachtete die Fassaden der Häuser am Quai, sie kamen ihm prächtig vor mit ihren Portefenêtres und den verzierten Eisengittern vor den Balkons. Der Fluß strömte vorbei, die Brücke war zerstört, aber sie würde bald wieder aufgebaut werden, und eines Tages, dachte er, würde ihm die junge Frau dort begegnen.

Danach mußte er vor der heiligen Kommunion Unkeuschheit beichten. In Worten, Taten oder in Gedanken? In Gedanken, Vater. Er betete, wie ihm zur Sühne auferlegt war, es schien ihm zu wenig zu sein. Er schämte und er fürchtete sich. Für einen künftigen Mönch mußte es eine härtere Strafe geben als ein paar Gebete. Es war nicht leicht, mit Jean darüber zu sprechen, dem – Moses war sich sicher – solche Anfechtungen unbekannt waren. Konnte das Gebet, das Gott lobte und ein Geschenk an die Menschen war, Strafe sein? Für Jean galt nichts als die Benedikts-Regel, deren erstes Gebot Gehorsam war. *So kehrst du durch die Mühe des Gehorsams zu dem zurück, den du durch die Trägheit des Ungehorsams verlassen hast.* Wieder und wieder fragte er Moses auf ihren Spaziergängen die Regeln ab.

Moses verdoppelte seine Frömmigkeit. Die Philosophie gab er auf. Statt dessen meditierte er über die Paulus-Briefe, las über das Leben des heiligen Benedikt von Nursia und las Augustinus: *O gib mir Keuschheit und Enthaltsamkeit, aber nur nicht gleich! Denn ich fürchtete, daß Du mich schnell erhören und schnell von der Krankheit der Begehrlichkeit heilen würdest, an deren Sättigung mir mehr lag als an ihrer Tilgung.* Sie versprachen einander, unbefleckt zu bleiben und als Novizen rein ins Kloster einzutreten, um nicht den Fehler des Augustinus zu wiederholen. Sie waren jetzt vierzehn und fünfzehn Jahre alt.

Wenn ich es in meinem öden Zimmer nicht länger aushielt, ging ich durch das Viertel, in dem meine Wohnung lag. Die Straßen luden nicht zum Spazierengehen ein, heruntergekommen, ohne jeden Charme, verfielen sie von einer Armut in die nächste. In großen Wohnblocks aus den fünfziger Jahren lebten dicht gedrängt »Gastarbeiter«, nahe beim alten

Busbahnhof Philippinos, in deren Hände man die Alten gab, wenn man Geld hatte, und Rumänen, die auf den Baustellen die Palästinenser ersetzten. Hinter dem Busbahnhof, im Südosten, sah man abends Gruppen von Afrikanern vor einer Kirche. Die Balkons schienen überfüllt wie die Wohnungen dahinter, mit Wäsche, Ausrangiertem, mit dem, was selbst hier nicht mehr zu gebrauchen war, es hing aus den Fenstern, von den Balkonbrüstungen, klebte am bröckelnden Putz. Ein paar neue Bürohäuser drängten sich dazwischen, öde Markierungen ersehnten Aufschwungs, von riesigen Parkplätzen umgeben. Es war ein ungewöhnlich milder Winter, noch im Dezember über zwanzig Grad und bis in den Januar hinein. Selten Regen.

Er habe damals, sagte Moshe, begonnen unter Atemnot zu leiden, einer Art nervösen Asthmas, und da er, bei kärglichem Essen, häufig gefastet habe, sei er sehr mager gewesen, dünn auf geradezu lächerliche Art und Weise, darin habe er Jean nun übertroffen, und wann immer er Gelegenheit fand, kniete er in der Kapelle und betete. Selbst die Spaziergänge mit Jean habe nun er verweigert, die Alleingänge in die Stadt unterlassen. Ihm sei bekannt gewesen, daß man noch immer nach seinen Eltern forschte, aber er habe keinen Zusammenhang hergestellt zwischen dieser Suche und den Angstzuständen, unter denen er nachts litt.
Nur während des Gebets wurde er ruhig.
Den Brief, den zweiten Brief, der ihn in St. Croix erreichte, händigte Madame Clemenceau ihm sofort, nicht erst am Posttag aus. Es war November 1945. Abbé Gérard schrieb, es habe sich bei besagtem Paar in Theresienstadt nicht um seine Eltern gehandelt. Anfang des Jahres würde er ihn in St. Croix besuchen, man forsche weiter nach seinen Eltern.
Nicht einmal Jean erzählte Moses von diesem Brief.

Ruth hat nach diesen Monaten zwischen dem ersten und zweiten Besuch des Abbés gefragt, sie hat sich vergewissert: Anfang Juni kam Abbé Gérard zum ersten, im Februar zum zweiten Mal. Acht Monate, zählte Ruth: der einzige Zeitraum, in dem meine Eltern für sie faßbar wurden, das Zwischenreich, in dem sich meine Eltern mit mir, den sie als jungen Mann kennengelernt hatte, verbinden ließen. Sie glaubte, ich hätte auf meine Eltern gewartet, auf ihre Rückkehr, ihr Überleben, als hätte mein Warten ihren Tod rückgängig machen können. Aber ich wartete nicht. Ich fürchtete den Besuch Abbé Gérards. Selbst als er längst dagewesen war, fürchtete ich mich weiter vor seiner Ankunft, und in den Träumen bis heute. Mit Jean sprach ich darüber nicht. Er hat nicht gefragt.

Als Abbé Gérard im Februar wiederkam, fand er Moses in der Kapelle, abgemagert, mit fiebrigen Augen kniete er und hörte nicht die Schritte, erschrak, als der Abbé ihm die Hand auf die Schulter legte. Er sprang auch dann nicht auf, blieb knien, als wäre jeder Fluchtweg abgeschnitten. Der Abbé teilte dem Jungen fast unwirsch mit, was die Nachforschungen ergeben hatten. Man habe seine Eltern erst nach Gurs, von dort nach Theresienstadt und weiter nach Polen deportiert, nach Auschwitz. An der Grenze, sagte er, habe man sie verhaftet und an die Gestapo ausgeliefert. Paare mit Kindern seien nicht ausgeliefert worden.
Er redete und wartete auf eine Frage, eine Bewegung von Moses. Er habe, sagte der Abbé später zu Moshe, das Gefühl gehabt, zu jemandem zu sprechen, der nicht existiert. Jean Marie? hob er schließlich die Stimme gegen das Schweigen des Jungen, der auf der Holzbank hockte und schließlich antwortete, er wolle für seine Eltern beten.
Später sagte Abbé Gérard, er habe Widerwillen gegen den eigenen Glauben empfunden, als Jean Marie sagte, daß er für seine Eltern beten wolle.

Jean? rief Jean, als Moses später den Hof überquerte, aus dem Fenster, aber Moses antwortete nicht.

Zweieinhalb Jahre nach dem Besuch des Abbé wanderte Moshe nach Israel aus. »Alle erwarten«, spottete er, »einen großen Bruch: vom aufgezwungenen Christentum zurück zum Judentum, dann weiter bis nach Israel. Und schließlich die Frage: Sind Sie Zionist? In den letzten drei oder vier Jahren allerdings fragen mich plötzlich die ausländischen Kollegen, vor allem die deutschen: Sind Sie wirklich Zionist? Und das in einem Ton, als fragten sie: Sind Sie wirklich ein Nazi?«

Ihm sei, erzählte Moshe, die Zeit bis zu seiner Auswanderung immer sehr ruhig erschienen.

»Was uns beunruhigte, war, ob wir in St. Croix bleiben könnten bis zum Abitur. Aber es fand sich eine Lösung, ein Lehrer vom städtischen Gymnasium wollte uns auf die Prüfung vorbereiten. Dann würden wir als Novizen ins Kloster eintreten.«

Er wäre, sagte Moshe, nie auf die Idee gekommen, daß Jean und der Abbé ihn davon abzubringen planten.

»Erst später erfuhr ich, daß Abbé Gérard alles tat, um irgendwelche Verwandte von mir aufzutreiben, und schließlich gelang es ihm, einen Cousin meines Vaters in Givat Brenner ausfindig zu machen, der wiederum einen Cousin in Paris hatte.« Die Suche hatte bis ins Frühjahr 1947 gedauert.

»St. Croix schien sich zu leeren – neue Schüler kamen nicht, und einige gingen weg, wir waren statt sechzig nur noch knapp vierzig, und eigentlich gab es uns auch schon nicht mehr. Man sprach darüber nicht, aber Madame Clemenceau ahnte wohl, daß man das Internat bald schließen würde. Es wurde nichts mehr ausgebessert oder frisch gestrichen. Was in Frankreich und in Europa passierte, wußten wir nicht. Wir liefen immer noch im Gänsemarsch zur Kapelle und murmelten das *Ave Maria*, als wären wir verkleidet, die folgsamen Kinder einer Illusion oder eben der Kirche und der Jungfrau Maria.«

»Habt ihr denn noch daran geglaubt?«

»An Gott? Natürlich. Es war wie ein Stück, das nicht mehr aufgeführt wurde, wir waren Statisten, deren Auftritt schon überflüssig war. Aber was konnte uns das anhaben? Wir glaubten, und auch in einem Zwischenspiel auf einer lächerlichen Bühne kann man sich als Held fühlen.«

»Es ist wie ein Film oder ein Video«, sagte Moshe einmal, »ein Band, das immer weiterläuft, weil man vergessen hat, es abzuschalten, obwohl es keine Zuschauer gibt. Im Gänsemarsch laufen wir, einer hinter dem anderen, mit gefalteten Händen und gesenktem Kopf.« Er lachte. »Irgendwann wirst du dich auch auf so einem Video sehen, wie du hier auf der Matratze hockst, mit den Fußzehen Muster in den Staub malst und wartest, ohne zu wissen, worauf. Du wirst deinen Fußzeh sehen, braungebrannte Füße, die nicht sehr sauber sind, ein nachdenkliches, etwas leeres Gesicht, das du kaum erkennst, den Linoleumboden, ein Stück Fenster, durch das man die Hitze ahnt. Das perfekte Abbild deiner israelischen Jahre.«

Tatsächlich hatte ich es aufgegeben, gegen den Staub vorzugehen. Über das Bett breitete ich tagsüber ein Leintuch, was herumlag, verstaute ich im Schrank oder im Koffer, nur um meinen Computer fürchtete ich, ihn nahm ich mit ins Café, um dort zu arbeiten. Farbe wurde von der Fassade abgeschlagen, die Dachrinne demontiert, der Lärm war unerträglich, vor meinem Fenster saßen mittags die Arbeiter auf dem Baugerüst und tranken Tee und luden mich dazu.

Der Abbé Gérard habe ihn, erzählte mir Moshe in Tel Aviv, nach einer schweren Krankheit 1947 nach Paris geschickt, wo er mit einem Jesuitenpater über die Zukunft und den Eintritt ins Kloster sprechen und inzwischen bei entfernten Verwandten, die der Abbé ausfindig gemacht hatte, leben

sollte. In Paris habe er die zionistische Bewegung kennengelernt und sei zum Judentum zurückgekehrt.
Ich war zu sehr mit mir selbst und meiner Abreise beschäftigt, als daß mir die formelhafte Formulierung aufgefallen wäre, die so wenig zu Moshe paßte.
Jetzt setzt sich die Geschichte, ebenso wie ihre Erzählung, aus dünnen Schichten zusammen, eine überlagert die andere, seltsame Schrunden und Verwerfungen bilden sich, und die unterschiedlichsten Dinge verschmelzen miteinander: der Abschied von Tel Aviv, lästiger Staub, Moshes Abschied von St. Croix.
Reibungslos und rasch verlief, was sich so lange hingezögert hatte. Der letzte Tag kam, Moshe holte mich ab. Diskret ließ er mich allein, als ich die Tür hinter mir abschloß, die Treppen hinunterging und den Schlüssel der Sekretärin des Herrn Rapaport übergab.
Moshe lud die Koffer in den Kofferraum, dann waren wir schon auf dem Weg zum Flughafen. Es war Ende Januar.

Man brachte, als er zusammengebrochen war, Moses in die Krankenstube. Er hatte hohes Fieber, delirierte. Wie lange sich diese Krankheit vorbereitet hatte und was ihr Auslöser war, darüber bestand Uneinigkeit. Für Madame Clemenceau war es die Anspannung vor dem Noviziat, die Erschöpfung durch das religiöse Gefühl, die letzte Krise, die ihn in die Hand Gottes gab. Für Jean war es die Folge seines eigenen Verrats, von dem Moses nichts ahnte und über den Jean mehr als fünfzig Jahre lang nicht sprach. Für Abbé Gérard war es die Reaktion auf die Ermordung der Eltern. Moses hatte Lungenentzündung. Unerklärlich, daß man ihn nicht ins Krankenhaus brachte. Vierzehn Tage lang zeigte das Fieberthermometer über vierzig Grad. Aber weil seine Krankheit sich ununterscheidbar mit den Befürchtungen und Hoffnungen der anderen mischte, behielt man ihn in St. Croix.
Er lag in der Krankenstube. Abbé Gérard reiste an. Jean

hielt Wache, Tag und Nacht. Jeder beugte sich über den Kranken und flüsterte ihm etwas zu. Drei Wochen lang war Moses kaum oder gar nicht bei Bewußtsein, schwatzte wirr und schwitzte oder lag stumm, mager, trocken, selbst die Spucke im Mund war eingetrocknet.

Innerhalb von zwei Jahren reiste Abbé Gérard zum vierten Mal nach St. Croix. Moses war genesen, er konnte wieder ohne Hilfe gehen, als der Abbé eintraf und ihn aufforderte, mit ihm die Messe in St. Philibert zu besuchen. Moses gehorchte.

Er registrierte, daß sie gleich groß waren, etwa einen Meter siebzig. Sein blauer Schulkittel war nach der Krankheit zwar zu weit, aber auch zu kurz. Sie waren zeitig aufgebrochen, damit der noch schwache Jean Marie sich nicht überanstrengte. Sie gingen langsam wie Spaziergänger, und Moses sah in den Schaufenstern sein Spiegelbild, fing die teils verstohlenen, teils offenherzigen Blicke junger Mädchen auf und erwiderte sie stolz: Auf all das würde er verzichten. Verwirrt fühlte er sich erwachsen. Als der Abbé von Paris sprach, von der Jesuitenschule und der Universität, von Pater Jérôme, der sich seiner annähme, und den geistigen Anregungen, die ihn erwarteten, verwandelte sich Tournus in eine Spielzeugstadt, selbst das Vorwerk, zwei dicke Türme, und die Bögen im Kircheninneren endeten in meßbarer Höhe. Der Abschied war unvermeidlich. Abbé Gérard, der gerade von Moses' Unterbringung und Verpflegung bei den Verwandten, die die Vormundschaft über ihn übernehmen würden, gesprochen hatte, mißdeutete Moses' Unruhe. In dem Gesicht des Jungen zeichnete sich nicht der Widerstreit zwischen Christentum und jüdischer Herkunft ab, sondern der zwischen den beiden Orden, zu denen er sich berufen fühlte: Trappisten gegen Jesuiten, wie Moshe sagte, als handele es sich um den fraglichen Ausgang eines befremdlichen Rennens.

Ich ließ mich von dieser spöttischen Distanzierung täuschen. Dabei hatte Moshe seine (wie er sie nennt) christlichen Jahre nie verleugnet oder verleumdet, sie nie nur als Zwangsmaßnahme und Preis seiner Rettung betrachtet.
Er habe damals, erzählte Moshe, weder von den Jesuiten noch von den Trappisten mehr als Oberflächliches gewußt, aber stärker als Jean – nicht zuletzt durch Gilberts Einfluß – sei er von den Jesuiten beeindruckt gewesen. Stundenlang hätten sie während ihrer Spaziergänge die beiden Orden, ihre Vorzüge und Mängel verglichen und gegeneinander abgewogen – bis zu jenem Kirchgang mit Abbé Gérard hatten sie es getan, und noch während er dem Abbé zuhörte, habe er nur daran gedacht, mit Jean all das Gehörte bald zu besprechen.
»Die Jesuiten schienen uns beiden der Inbegriff intellektueller Freiheit, leidenschaftlichen Kampfes, religiösen Glanzes, aber auch weltlicher Verstrickung zu sein. Wir waren uns einig, daß nur der Eintritt ins Trappistenkloster gelten konnte. Die Jesuiten waren die Welt und der hochmütige Intellekt, und wenn ich mich zu den Jesuiten hingezogen fühlte, war das nicht viel anders, als schaute ich den Mädchen nach. Ich betete zur Muttergottes und bat um Rat. Die Benedikts-Regel kannte ich ja auswendig: *An dich also richte ich jetzt mein Wort, wer immer du bist, wenn du nur dem Eigenwillen widersagst*. Daß Abbé Gérard ein ganz anderes Leben andeutete, bemerkte ich nicht einmal. Es interessierte mich nicht, daß ich entfernte Verwandte hatte, ich war – falls es tatsächlich nicht ratsam für meine Zukunft war, das Abitur in St. Croix abzulegen – froh, dank ihrer die Jesuitenschule besuchen zu können, und so verstand ich auch Abbé Gérard. Gegen das, was er mir eigentlich sagen wollte, war ich immun. Er sprach es, beim Abschied, fast verzweifelt aus: Begreifst du nicht, daß deine Eltern tot sind? Er gab mir das Buch, die *Chassidischen Geschichten*, anscheinend hatte ich es ihm noch am Tag des Abschieds von meinen

Eltern ausgehändigt und dann vergessen. Als Christ konnte er mich nicht zum Judentum drängen. Er fühlte sich aber schuldig. Er hatte meinen Eltern geraten, mich bei ihrem Versuch, über die Schweizer Grenze zu fliehen, nicht mitzunehmen, jetzt wußte er, daß sie das vielleicht gerettet hätte, und er fürchtete, mich durch seinen Rat zweifach von ihnen getrennt zu haben. Sie waren ermordet worden, und ich wurde nun erwachsen und wollte ins Kloster. In Paris, sagte er mir, würde ich einen Jesuitenpater treffen, der mir bei meinen Entscheidungen beistünde. Diesen Mann hatte Abbé Gérard gebeten, mich über das Schicksal der Juden aufzuklären – er selbst brachte es nicht über sich. Aufgeregt und ängstlich erzählte ich Jean von der Möglichkeit, schon als Abiturient zu den Jesuiten zu gehen. Es konnte unsere Trennung bedeuten. Seine Reaktion – ohne zu zögern, riet er mir, nach Paris zu gehen – überraschte und kränkte mich. Darüber, daß wir dann getrennt würden, verlor Jean kein Wort. Ich warf ihm vor, sich während der Wochen meiner Krankheit von mir entfernt zu haben. Ein ungeheuerlicher Vorwurf. Jean hatte Tag und Nacht an meinem Bett gewacht.«

Moses streckte, als er das Buch erkannte, die Hand danach aus und nahm es schweigend an sich. In der allgemeinen Unruhe war das nur eine weitere Turbulenz, die sich nicht auflöste. Jean erzählte er nichts davon. Im ersten Moment dachte er, das Buch sei Abbé Gérard aus Gurs oder aus Theresienstadt zugeschickt worden. Er wußte, daß sein Vater es ihm beim Abschied gegeben hatte, aber es fehlte ein Gesicht, ein Blick dazu, es fehlte, was sein Vater ihm gesagt hatte. Warum – und wann hatte er selbst es Abbé Gérard gegeben? Ein stummer Gegenstand, der alles, was fehlte, in sich barg, und trotzdem leer, bedeutungslos geworden war. Er sei, erzählte Moshe, nicht auf die Idee gekommen, in dem Buch zu lesen. Er habe es mit äußerster Achtsamkeit aufbewahrt und nicht selten ratlos, fast enttäuscht in der Hand gehalten.

Aber kein einziges Mal habe er es aufgeschlagen, um darin zu lesen, das Buch hätte auf hebräisch, in irgendeiner ihm unbekannten Sprache geschrieben sein können, er hätte es nicht bemerkt, und letztlich war es auch in einer Sprache geschrieben, die er nicht entziffern konnte oder wollte. Mehrere Male prüfte Moses, ob nicht doch ein Brief darin lag. Aber er fand nichts.
»Wie bei Augustinus«, sagte Moshe, »wenn er sich wundert, in den Grotten und Höhlen seines Gedächtnisses zu finden, was er vorher nicht gewußt hatte.«
»Wenn du so willst«, sagte Moshe, »war es die Verbindung zwischen meinen Eltern und dem Gott, an den ich glaubte und dem ich das Buch ›geopfert‹ hatte. Es war die Verbindung zu ihrem Tod – und zu meinem Leben. Ich hütete das Buch wie meinen Augapfel.«

Die *Chassidischen Geschichten* waren die erste Postsendung, die ich in Berlin erhielt, Moshe hatte sie gleich nach meinem Abflug losgeschickt. Meine Bücher und Sachen, falsch verladen, hatten den Hamburger Hafen noch nicht erreicht, ich erwartete sie zwischen Möbeln, die mir meine Eltern geschenkt hatten, eine vollständige Einrichtung mit Tisch, Bett und Stuhl, mit Lampen und sogar zwei Sesseln. Zum ersten Mal standen Schrank und Kommode, die ich von meiner Großmutter geerbt hatte, bei mir. Auf dem Boden lagen Teppiche, zwei Kelims auf abgezogenen Dielen, die Wände waren frisch gestrichen, Regale und Schrankfächer leer, nur in der Küche, die mit Dusche und Spiegel auch als Bad diente, reihten sich schon Teller und Gläser, Töpfe und Schüsseln wie für ein Fest. Als ich zur Post ging, das Päckchen von Moshe abzuholen, fand ich nicht gleich den Weg. Breite Straßen waren von Häuserzeilen begrenzt, deren graue Mauern den kalten Wind beschleunigten, an den Resten von Beschriftungen, Balkons, Fensterstürzen versuchte ich abzulesen, was mir fehlte, um mich zu orientieren. Die

unebenen Bürgersteige, ihre Platzwunden, Risse, Löcher nötigten mich, langsam zu gehen. Gepflasterte Straßen, Kohlegeruch und die blassen Gesichter über den Wülsten winterlicher Kleidung verschoben die Zeit, mir war, als wäre ich noch nicht da, als spielte sich, was ich sah, Jahre vor meiner Ankunft ab. An manchen Tagen reichte mein Mut nur, um aus dem Fenster zu schauen. Über den Hinterhof sah ich Briefträger, Kohleträger, Hausbewohner gehen, und ich beneidete sie. Am Telefon aber klang ich vergnügt, zufrieden mit meiner Arbeit, optimistisch, weil ich alte Bekannte getroffen, neue Bekanntschaften gemacht hatte. Die Wohnung war wunderschön, ich fühlte mich einsam.
Nachts lag ich wach und sehnte mich nach Tel Aviv.
Moshes Päckchen öffnete ich nicht gleich. Mehrmals las ich den Absender, die Adresse, die nur einige Hausnummern von meiner früheren Jerusalemer Anschrift entfernt war. Ich sehnte mich nach Moshe.

Die erste Euphorie der Genesung war vorbei, Moses kam nur langsam wieder zu Kräften. Der Arzt verordnete ihm tägliche Spaziergänge, damit Muskeln und Lungen sich kräftigten. Jean, durch die Nachtwachen ebenfalls geschwächt, sollte ihn, bestimmte Madame Clemenceau, dabei begleiten. Wieder liefen sie ihren alten Weg bis zur Saône, aber sie verließen das Internat durchs Tor, vor aller Augen.
Jean hatte sich verändert. Sein meist geschlossener Mund, das kräftige Rot seiner Lippen fielen auf, seit er so still war, der Mund dominierte das blasse, sehr lang und schmal gewordene Gesicht, das abwesend wirkte wie auf einem retuschierten Bild, glatter, lebloser als früher, die Mimik wie arretiert. Er hatte das Buch wohl gesehen, aber nicht danach gefragt, ebensowenig wie nach Moses' Eltern. Er selbst war an Weihnachten zu Hause gewesen, zum letzten Mal, wie er sagte. Vor der Mitternachtsmesse war es mit seinem Vater zum Eklat gekommen. Moses versprach, mit ihm bei den

Trappisten einzutreten. Doch Jean riet ihm, St. Croix zu verlassen und nach Paris zu fahren. Moses hörte stumm und abweisend zu. Dann machte er Jean Vorwürfe. »Du spielst dich auf, als wärest du schon Mönch, dabei bist du noch nicht einmal ins Noviziat aufgenommen.«
Ruhig hielt ihm Jean entgegen, wie schnell er, Jean Marie, in Hitze geriete, argumentierte und stritte, wieviel geeigneter er wäre, Jesuit zu werden, ein Soldat Gottes, geeignet zu disputieren, nicht zu schweigen. »Fahre nach Paris und studiere. Erst wenn du hier weggehst, wirst du herausfinden, ob du wirklich Mönch werden willst. Und warum zu den Trappisten? Ich wollte es, seit ich ein Kind bin. Aber du? Habe ich dir erzählt, daß es nicht weit von dem Dorf, in dem ich geboren bin, ein Trappistenkloster gibt? Ich habe sie als Kind immer gesehen, in ihren weißen Kutten. Und mir fällt es leicht zu schweigen, leichter als dir. Es gibt viele Arten, Gott zu dienen. Erinnerst du dich nicht, wie begeistert wir in der Zeit mit Gilbert von der Idee waren, Theologie und Philosophie zu studieren, wie begeistert du von der Idee warst, wie Gilbert zu den Jesuiten zu gehen?«
Es war ein heißer Frühsommer. Der ausgewaschene Feldweg war nach drei Wochen ohne Regen rissig, die Schlaglöcher, die sich über Herbst und Winter gebildet hatten, noch nicht aufgefüllt, Furchen und Rillen zwangen sie, darauf zu achten, wohin sie ihre Füße setzten, am Wegrand blühten schon Schafgarbe, Wegerich, die ersten Margeriten. Sie gingen langsam, in der Ebene hörte man weithin Stimmen von Bauern, die auf den Feldern arbeiteten, mit Karren, Eseln, sogar mit Ochsen vorbeifuhren, um zu bestellen, was während des Kriegs verwildert war. Einige grüßten, wenn sie aufsahen, die beiden Schüler, andere wandten gleichgültig oder müde den Blick ab, eine alte Frau führte ein Kind an der Hand, ein Mädchen, das sich in seinem kurzen Kleidchen mit bloßen Beinen und aufgeschlagenen Knien ziehen ließ, auf dem Rücken trug die Frau in einer Schütte frisch

geschnittenes Gras. Manchmal sahen sie am Ufer Jungen, die sich Angeln schnitten, fischten, und eines Tages war ihr altes Boot nicht an seinem alten Platz, neben ausgerissenen, morschen Brettern lagen neue, und tags darauf sahen sie es im Fluß, zwei Jungen ruderten. Moses wollte Jean vorschlagen, sich ins Gras zu legen, er knöpfte seinen Kittel auf, wollte ihn ausziehen, auch das Hemd, mit bloßem Oberkörper in der Sonne daliegen, aber er sagte nichts.

Begegneten sie jungen Frauen oder den Schülerinnen von St. Anne, senkte Jean den Blick. Moses dachte an die junge Frau, die ihn umarmt und die er wiedergesehen hatte in der Konditorei, er sah ihnen gerade ins Gesicht, damit sie ihren Blick von Jean, dem Größeren, ab- und ihm zuwandten. Er schämte sich und hoffte, Jean würde es nicht bemerken. Er wollte vorschlagen, einmal zusammen in die Stadt zu gehen.

Als Jean ihn eines Nachmittags nicht begleiten konnte, ging er allein los, zum Marktplatz, an der Konditorei vorbei. Das Mädchen, das ihn durch die großen Scheiben hindurch sah, kannte er nicht, aber es lachte, winkte ihm heimlich. Aufgeregt kehrte er ins Internat zurück.

Nicht immer beichtete er seine Gedanken, Träumereien, manchmal kniete er lange vor der Marienfigur in der Kapelle. Er bildete sich ein, daß Jean ihn verurteilte. Hätte Jean ihn darin unterstützt, Trappist zu werden, wäre auch er gewiß zu der unschuldigen Frömmigkeit zurückgekehrt, die ihm entglitten war.

Eines Morgens wachte er auf, und anders als sonst, erinnerte er sich an seinen Traum. Er hatte von seiner Mutter geträumt. Daß er Jean davon erzählte, führte fast zum Bruch. Während er sprach und von der Seite auf Jeans aufmerksames, plötzlich bewegtes Gesicht blickte, glaubte er, die Nähe wiedergefunden zu haben, die er seit seiner Krankheit so vermißte. Jean blieb stehen, er drehte sich zu ihm, einen Augenblick lang war es, als wollte er ihn umarmen. Dann aber

fragte er: »Jetzt, wo der Krieg vorbei ist, denkst du da nicht daran, deinen alten Namen wieder anzunehmen?«
Sie standen auf dem weißen staubigen Weg, den sie in vier Jahren unzählige Male gegangen waren. Fast hatten sie das Flußufer erreicht, Schilf wuchs ein paar Meter entfernt, noch waren die Halme frisch, fast bläulich, man konnte das Wasser riechen, kühl, etwas faulig roch es da, wo es sich in Gräben oder kleinen Tümpeln übers Frühjahr gesammelt hatte und jetzt darauf wartete, in der Sonne zu verdunsten. In den Pappeln hörte man den Wind die Blätter bewegen. Moses stand still. Jedes Geräusch hörte er überdeutlich, den Wind in den Blättern, Stimmen aus der Ferne und die Rufe eines Esels, ein Rascheln hinter Gräsern und Wacholdergebüsch, vielleicht ein Hase oder auch nur eine Maus. Ihm war, als würden die Geräusche monoton, wiederholten sich wieder und wieder, das Rauschen, Rufe, das Rascheln und Jeans Atem, der schwer ging, als wäre er gerannt.
»Das ist also der Grund«, sagte Moses, »du bist der Ansicht, daß ich mich mit falschem Namen bei den Trappisten einschleichen will. In deinem heiligen Orden willst du lieber keine Juden haben, nicht wahr? Bei den Jesuiten, die so großes Gewicht auf die Missionierung legen, ist ein Konvertit gerade noch erträglich. Und ein Jude paßt, wenn es sein muß, eher in einen intellektuellen Orden, oder?«
Er ließ Jean stehen und lief alleine ins Internat zurück. Als er nachts die Augen schloß, war ihm, als redete er weiter und weiter, höhnisch, wütend, verletzt. Ein Satz reihte sich an den nächsten, bis Jeans Gesicht zu einer Fratze zerfiel.

»Ob ich dich besuche?« Moshes Stimme klang heiter, und ich freute mich darüber, als wäre schon ausgemacht, daß er bald käme. Er rief alle zwei Tage an und fragte, was ich tat, wie es mir ging. Hatte er den Eindruck, daß ich das Haus kaum verließ, beauftragte er mich mit der Erkundung einer Straße, eines Viertels, und als schließlich die Tage weniger kalt waren, bat er mich, im Tiergarten spazierenzugehen. Er gab mir Adressen von Freunden, Bekannten und deren Kindern und schalt mich, da ich niemanden anrief. Als sich Pessach näherte, erhielt ich dank seiner drei Einladungen zum Seder. Er spürte, wenn ich anfing, mich in der Einsamkeit zu verlieren. »Wie albern«, tadelte er mich, »hast du in Tel Aviv etwa unter deiner zahlreichen Gesellschaft gelitten?«

Ich erinnere mich nicht, wie viele Monate vergangen waren, bis ich zum ersten Mal wieder nach Israel reiste. Morgens fing ich an zu übersetzen, abends saß ich zu Hause und schrieb. Zweimal besuchten mich Freunde aus Israel, und dankbar, ohne Stolz, nahm ich jede Zärtlichkeit an. Für ein paar Stunden war endlich das Bett ein Bett, das Schlafzimmer ein Schlafzimmer. Ich hörte Musik und räumte herum, verwandelte mein schönes, aber lebloses Gehäuse in eine Wohnung und wartete, daß jemand anrief. Meist waren es dann meine Eltern oder Moshe. Natürlich besuche ich dich, sagte Moshe heiter und fragte nach jedem Detail des vergangenen Tages. Ich erinnere mich, wie ich jeden Kaufladen, Supermarkt, jedes Café, jede U-Bahnfahrt Moshe beschrieb, den Schnee, der die Tage heller machte, die blaßgrünen Gesichter mancher Ostberliner, die Dämmerung, die ich staunend am Fenster verfolgte. Der Himmel verfärbte sich sehr langsam, immer tiefer wurde das Blau, durchscheinend und dunkel, in seiner allmählichen Veränderung schien er ein anderes Zeitmaß zu haben. Ich schaute lange zu und blieb im Dunkeln sitzen. Zurückrufen kann ich mir diese Tage nur unvollständig. Eine Art Markierung ist geblieben, deutliche, aber schwache Anhaltspunkte, ein mageres Gerüst. Die Stangen, Querstreben waren Moshes Anrufe. »Hörst du vor meinem Fenster den Vogel Bulbul? Heute ist es warm, morgen soll es regnen, dann ist auch hier Winter.« Manche Sätze rief mir Moshe ins Telefon, als stünden wir in Hörweite, aber ein Windstoß konnte die Wörter wegwehen.

Manchmal war er, wie ich ihn besser kannte, unwirsch und spöttisch: »Stell dich nicht an, du bist dort, du warst hier, was willst du denn. Arbeite doch ein bißchen mehr«, schlug er mir vor und lachte. Er wußte, daß ich zehn Stunden am Tag übersetzte, danach schrieb. »Was wird aus deinem Studium?« fragte er, und ich erwiderte beleidigt: »Was willst du noch von mir.«

»Natürlich komme ich dich besuchen«, sagte Moshe heiter, sagte nie wann, sprach von anderen Dingen.
Einmal sagte er, er fühle sich nicht gut.

Er habe, sagte Moshe, seinen Ausbruch selbst nicht begriffen. Zum ersten Mal in seinem Leben habe er sich einem bösartig maskierten Antisemitismus ausgesetzt gefühlt, und das durch seinen nächsten Freund. Trotzdem habe er keinen Moment, während ihn die Wut und die Trauer ersticken wollten, daran gezweifelt, daß Jean unschuldig war. In seine Angst vor dem unvorhersehbaren Haß habe sich die Angst gemischt, Jude zu sein; das Urteil, gegen das seine Eltern sich nicht hatten wehren können.
»Es gab«, sagte Moshe, »keinen Ausweg. Du hast überlebt; der Preis dafür ist, daß es keine Rettung gibt.« In dieser Nacht habe er begriffen, daß seine Eltern ermordet worden waren. Nicht ermordet, sondern totgeschlagen. Nicht totgeschlagen, sondern vergast.
»Ich wußte nicht, was Auschwitz ist«, sagte Moshe, »aber für ein paar Augenblicke begriff ich doch, was nicht sein kann, weil es dafür keinen Ort gibt, weder im Denken noch im Empfinden und nicht in der Erinnerung. Sie sind nicht getötet worden wie Menschen, sind nicht als Menschen getötet worden. Zu einem Menschen, zu einem geliebten Menschen gehört sein Tod. Sein Tod ist Teil seines Lebens und damit auch deiner Liebe. Wenn sein Tod sich mit einem Menschen nicht in Zusammenhang bringen läßt, fehlt et-

was. Immer wenn du an diesen Menschen denkst, stößt du auf eine Negation, die du nicht begreifst, weil sie mit nichts verbunden ist, weil sie keinen Widerpart hat, sondern absolut ist. Ein Gegengott hätte sich Auschwitz nicht ausdenken können. Und gleichzeitig weißt du, daß die Dinge Schritt für Schritt passiert sind, und du begreifst es genau.«
»Ich weiß nicht«, sagte Moshe, »wie Jean und ich uns einander wieder angenähert haben. Über das, was geschehen war, zu sprechen oder um Verzeihung zu bitten war nicht möglich. In unserer katholischen Welt gab es natürlich Schuld und Verzeihung für eine Schuld. Aber Jean und ich waren hilflos, weil sich, was geschehen war, unseren Kategorien entzog. Wir ahnten, daß daran zerbrechen konnte, woran wir glaubten. Als ich Jean vor ein paar Jahren in Venedig auf diesen Vorfall ansprach, wich er aus: Ich könne seine Schuld nicht ermessen und er nicht, ob es ihm je gelingen würde, Buße zu tun. Gerede, dachte ich, und einen Moment packte mich wieder die Wut. Ich sagte ihm, daß er nicht unterscheiden könne, wann Gott und wann ein Mensch verzeihen müsse. Ich sagte ihm, für seine Schuld und Buße sei ich zu alt, ich sei gerne bereit, mich mit dem zu begnügen, woran er sich erinnere. Er wich meinem Blick aus, er sagte, daß ich mich täuschte: Eine Erinnerung, wie du sie dir vorstellst, gibt es nicht.«

Wäre Jean nicht umgekommen – mit diesen Worten hat Moshe in den Monaten nach Jeans Tod oft Sätze begonnen und nicht zu Ende geführt. Die Erinnerung, um die er kämpft, mischt sich mit Gesprächen, die seit Jeans Tod unmöglich geworden sind, und die Erinnerung selbst entfernt sich, wird in der Entfernung zu einer kaum kenntlichen Linie, einem Strich, den das Auge zusammengekniffen zu sehen meint, um sich gleich darauf getäuscht zu fühlen. Moshes Stimme klingt für Momente zweifelnd, bittend, älter als er ist. Nur Jean könnte die fehlende Erinnerung zurückholen.

»Beschreibe du die letzten Monate in Frankreich«, sagte mir Moshe bei einem meiner Besuche. Erschöpft von einem Arztbesuch, ruhte er auf dem Sofa aus. Seine Wohnung war sehr aufgeräumt, kein Papier oder Buch lagen auf dem niedrigen Wohnzimmertisch. Tess, seine Haushaltshilfe, habe abgestaubt und alle Papierkörbe geleert, berichtete Moshe ergeben, als er meinen erstaunten Blick sah, und mir drehte es das Herz um. »Beschreibe du, wie es war, ich kann mich nicht erinnern. Habe ich dir nicht alles schon am Telefon erzählt, damals, als du gerade nach Berlin gezogen warst?«
Die Ärzte glaubten immer noch an einen Hirntumor, Moshe sagte es mir, als ich aufbrach; das Taxi, das mich zum Busbahnhof bringen sollte, wartete schon. »Vielleicht«, rief Moshe mir nach, als ich schon an der Haustür war, »hat alles mit dem Autounfall angefangen.« Ich blieb stehen und wandte mich zu ihm. »Aber«, fügte er hinzu, »vor dem Autounfall habe ich Jeans Brief bekommen.«

»Dann schiffte ich mich in Marseille ein und wanderte nach Israel aus.« Wann genau Moshe seine Geschichte mit diesem Satz beendete, weiß ich nicht mehr, denn ich bemerkte es erst im nachhinein.
Über die Zeit in Paris und nach Frankreich spricht er erst seit Jeans Tod, aber es interessiert ihn nicht, mir von den Jahren in Israel, von seinem Studium, seinem Beruf zu erzählen. Die Geschichte mit Ruth, ihre Heirat, Ehe, Trennung und Ruths Tod bilden eine Ausnahme – Jean die andere. Manchmal scheint es, als handelte es sich um zwei Chronologien, zwei Leben, die sich nur punktuell berührten, notdürftig in Moshes Körper und Lebenszeit zusammengehalten.
»Du weißt es doch«, sagt Moshe, wenn ich ihn nach den letzten Monaten in Frankreich frage, »ich habe es dir doch schon erzählt.«
Allmählich lebte ich mich in Berlin ein, allmählich verblaßte

das Heimweh nach Tel Aviv. Moshes Versicherung, er würde mich eines Tages in Berlin besuchen, half mir. Natürlich blieb ich mit Shaj, mit Padovas in Kontakt und auch mit den anderen Tel Aviver Freunden. Manchmal rief ich voller Angst an, weil es einen Terroranschlag gegeben hatte. Ich las eine israelische Zeitung, kaufte einen Weltempfänger, manchmal saß ich am Radio und hörte stundenlang den Namen der Toten zu. Es war Moshe, der verhinderte, daß ich mein Leben aus zwei Teilen schlecht zusammensetzte.
Inzwischen bin ich in Berlin zu Hause. Wenn ich in Israel bin, sehne ich mich nach Berlin, obwohl ich bei jeder Reise empfinde, daß in Berlin ein Teil von mir einschläft und erst wieder aufwacht, wenn ich aus dem Flugzeug sehe, wie sich die Küstenlinie Israels nähert.
Moshe drängte mich, mit Sebastian zu sprechen und ihn zu treffen. Von anderen Männern wollte er nichts hören. »Für diesen Unfug«, sagte er, »hättest du genausogut in Tel Aviv bleiben können.«
Ich wußte allzu gut, was er meinte. »Bin ich vielleicht deswegen nach Deutschland zurückgekehrt?« fragte ich gereizt. »Du vergißt, daß ich die deutsche Staatsbürgerschaft schon habe. Und es gibt hier nicht die lächerliche Vorstellung, daß eine Frau heiraten muß, um ein Mensch zu sein.«

Seit ihrem Streit begrüßten sie sich vorsichtig wie Liebende, die lange getrennt waren und sich jetzt fragen, ob sie tatsächlich ihr Leben miteinander verbringen werden: so beschrieb es Moshe. »Batsheva sagt natürlich, daß wir verliebt waren. Von mir aus. Vielleicht waren wir wie Verliebte, aber das spielt keine Rolle.«
Moses betrat, wenn er Jean dort wußte oder ihn mit erhobenem Kopf vor dem Kreuz knien sah, die Kapelle nicht, strich statt dessen unter den alten Bäumen herum und dort, wo der Hühnerstall gestanden hatte. Er betrachtete die dicken Stämme, zum ersten Mal fiel ihm auf, daß es Eichen waren.

Am äußersten Ende des Geländes war Holunder zu einer dichten Hecke gewachsen. Wenn er die Stimmen der jüngeren Schüler hörte, zog er sich eilig zurück. Er wollte allein sein, aber er liebte ihre Stimmen, helle Kinderstimmen. Wenn es regnete, saß er alleine im Schlafsaal, seit die Zahl der Schüler kleiner geworden war, standen die eisernen Bettgestelle mit ihren dünnen Matratzen in größerem Abstand voneinander.

Da er sich erholt hatte, forderte Madame Clemenceau ihn auf, im Arbeitssaal der Kleinen zweimal wöchentlich Aufsicht zu führen – er löste Jean ab. Nicht von Jean, sondern von Madame Clemenceau erfuhr er, daß Jean sich um Aufnahme in einem Trappisten-Kloster bemühte. »Aber du wirst ja Jesuit«, fügte sie hinzu. Als sie ihn fragte, ob er wie im vergangenen Jahr den Sommer über diejenigen Schüler betreuen könne, die nicht nach Hause fuhren, wich er aus.

Bei der Vesper und der Morgenandacht beobachtete er Jean. Ein Meter neunzig groß, mit eingesunkenem, blassem Gesicht sah er entrückt aus, er überragte alle, schien weder die Lehrer noch seine Mitschüler zu bemerken, auch nicht Moses. Als hätte er alle Zugehörigkeit und Zuneigung abgestreift, so kam es Moses vor, als sie nebeneinander von der Kapelle zu den Klassenräumen zurückkehrten und er ihn anstieß, absichtlich, vorsichtig. Jean reagierte nicht.

Sie waren nur noch fünf Schüler, die den ersten Teil der Abiturprüfung ablegen würden; die meiste Zeit verbrachten sie im leeren Arbeitsraum und lernten unbeaufsichtigt, was ihnen die Lehrer vor jeder Stunde aufgetragen hatten. Einmal in der Woche unterrichtete sie der Mathematiklehrer vom städtischen Gymnasium.

Mit ihm kam ein neuer Mitschüler, Henri. Er wechselte aus dem städtischen Gymnasium nach St. Croix, um sich auf den Eintritt ins Jesuitenseminar vorzubereiten. Obwohl in Tournus geboren – sein Vater, ein Schuster, war aus der Kriegsgefangenschaft nicht zurückgekehrt –, tauchte er im

Internat auf wie ein Geschöpf aus einer anderen Welt. Mittelgroß und kräftig, mit einem lebhaften Gesicht unter dem struppigen Haarschopf, den er sich nur widerwillig so kurz scheren ließ, wie es in St. Croix üblich war, redete Henri über Politik. Er war für de Gaulle und wollte um jeden Preis nach Paris. Er war auf eine für St. Croix fast skandalöse Weise bereit, über seine Gedanken zu sprechen. Wenn sie, wie aufgetragen, still und jeder für sich Marc Aurel übersetzten, brach Henri das Schweigen, um einen Satz laut vorzulesen oder zu kommentieren. Er spottete über den Buchstabenglauben seiner Mitschüler, schockierte sie mit seinen Zweifeln. Jesuit wollte er werden, aber an seiner Berufung zweifelte er oft. Darüber sprach er mit Jean. Mit Moses sprach er über Spaziergänge mit Mädchen, heimliche Cafébesuche, über politische Versammlungen und schaute dabei lachend und erwartungsvoll Moses an, der ihm staunend zuhörte. Die Wörter hatten in Henris Mund eine andere Bedeutung. Moses kam es vor, als wäre im Internat ein Fabeltier aufgetaucht, ein Chamäleon, das sich mit der Hauswand, einem Blatt oder den Kieseln im Hof verfärbte, ein Wesen, von dem man nur gehört hatte und das plötzlich existierte. Allerdings war Henri weder launisch noch berechnend. Er betete wie alle anderen auch, wie sie wollte er Mönch werden, er lernte mit ihnen und fügte sich ohne Zögern den Regeln von St. Croix. Zuerst mißtrauisch, fand Moses bald, daß Henri nicht weniger ernsthaft und fromm war als Jean.

»Habt ihr gehört?« sagte Henri in den Pausen und erzählte, was er aus Tournus und sogar Paris gehört hatte. Er las die Zeitung. Leidenschaftlich zog er über die Verlogenheit der Bourgeoisie, über den Pétainismus her. »Habt ihr gehört?« Wie ein Fanfarenstoß klang es, wenn Henri von einem Gang in die Stadt zurückkehrte. Jede Gelegenheit nutzte er, nach Tournus zu laufen, ins Café zu gehen, durch die Straßen zu schlendern und von Paris zu träumen. Er besuche ein Mäd-

chen, gestand er Moses. »Wenn ich Mönch werde, ist es damit vorbei.«
Moses fühlte die Röte in seinem Gesicht. Er fühlte sich einsam. Die Welt dehnte sich, zog sich zusammen, dehnte sich aus. Als ihm Abbé Gérard schrieb, mit Ende des Schuljahres, bald nach dem ersten Teil der Abiturprüfung, würde er in Paris erwartet, reagierte Moses mit Apathie. Der Begeisterungssturm, den er bei Henri auslöste, als er ihm (und danach erst Jean) davon erzählte, war unbegreiflich. »Aber warum?« fragte Henri tags darauf. »Freust du dich nicht, aus diesem Kaff wegzukommen?«
Moses war froh, daß er durch die Prüfungen abgelenkt war.
»Ich heiße Moses, Moses Fein«, sagte er Henri am letzten Schultag. Henri starrte ihn verständnislos an.
Anfang September half Madame Clemenceau ihm packen.
Der Abschied von St. Croix ist aus der Erinnerung verschwunden. Was davon geblieben ist, ähnelt den Glaskugeln, in denen es jederzeit schneit. Noch einmal der Hof, im Regen, die im Regen dunklen Gebäude. Jean begleitete ihn zum Bahnhof.

»Ich bin«, hat Moshe mir erzählt, »nur einmal in meinem Leben auf einem Schiff gewesen. Manchmal nehme ich mir vor, eine zweite Schiffsreise zu machen, damit die Erinnerung wiederkommt. September 1947 bin ich aus Tournus abgefahren. Jean brachte mich zum Bahnhof. Zehn Monate später fuhr ich nach Marseille, von dort mit dem Schiff nach Israel. Einmal hat Jean mich in Paris besucht. Henri, der durchsetzte, ebenfalls nach Paris kommen zu dürfen, machte mich mit seinen kommunistischen Freunden bekannt. Er konnte sich zwischen den Kommunisten und den Jesuiten nicht entscheiden. Er brachte mir die zionistische Wochenzeitung *La Terre retrouvée* mit und glaubte, ich sei bei den Zionisten, von denen ich kaum etwas wußte. Ich konnte ihm nicht sagen, daß mich etwas ganz anderes umtrieb. Bei meinen Verwandten, die mir anfangs so fremd waren, hatte ich ein eigenes Zimmer: eine Kammer, gerade groß genug, daß ein Bett darin Platz hatte. Ich schlief alleine, und wenn ich aus der Schule kam und Tante Léa und Onkel Nathan noch nicht aus ihrem Laden zurück waren, legte ich mich, statt am Tisch für die Philosophie-Prüfung zu lernen, aufs Bett. Ich war alleine, in einem eigenen Zimmer, und in meinen Träumereien hörte ich manchmal die Schritte meiner Eltern vor der Tür. Als ich schließlich zu einer Versammlung der zionistischen Jugendgruppe ging, tat ich es, um Henri nicht zu enttäuschen.«

Abbé Gérard habe alles genau geplant, hat Moshe einmal gesagt. Ein andermal: Am Ende habe er doch verloren.
Pater Jérôme, dessen Fürsorge der Abbé für Moses erbeten hatte, nahm sich seiner liebenswürdig an, als Moses sich eine Woche vor Schulbeginn bei ihm meldete. Er führte ihn durch die Schule, einen langgestreckten Steinbau. Ihre Schritte hallten auf den Steinböden der leeren Gänge, der Pater sprach von Unterrichtsstunden, den neuen Mitschülern, von der Geschichte seines Ordens und dieser Schule; Moses war unaufmerksam. Er dachte an Beaujeu, wieder fürchtete er sich. Jean war nicht da. Sie gingen durch Flure und Klassenzimmer, Treppen hinauf, dreihundert Schüler, sagte Pater Jérôme, und durch den Hof, in dem Kastanien die ersten Blätter verloren. Dann führte der Pater ihn zur Kirche. Nachdem sie gebetet hatten, erkundigte sich der Pater nach St. Croix, nach der Zugfahrt, nach seinen Verwandten. Moses, der Zutrauen faßte, erzählte ihm, wie schwierig es sei, vor den Mahlzeiten zu beten. Es seien, erklärte er entschuldigend, Juden, sie hielten den Schabbat. Der Pater beruhigte Moses: Sobald die Schule begänne, würde er wieder am Gottesdienst teilnehmen, bis dahin genügte es, jeden Morgen und Abend für sich das *Pater*

Noster und das *Ave Maria* zu beten. Sie seien, beschrieb ihm Moses seine Verwandten, sehr still, aber sie hörten es ungern, wenn er von seinem Wunsch spreche, Jesuit zu werden. Die Frage des Paters überraschte ihn: Wie sie den Krieg überlebt hätten? Moses wußte es nicht. Ob nicht seine Eltern in Auschwitz umgekommen seien? Moses nickte. Der Pater sah ihn fragend an.

»Er war«, erzählte Moshe, »überrascht. Ich hatte von Abbé Gérard das Wort, den Namen gehört, und nicht viel mehr. Meine Verwandten redeten mit mir darüber nicht, wahrscheinlich warteten sie darauf, daß ich ihnen Fragen stellte. Aber was hätte ich fragen, was hätten sie sagen können? Sie hatten mich vom Bahnhof abgeholt, mit einem Schild, auf dem mein Name stand, Moses Fein, und ich war ihnen in ihre Wohnung gefolgt, mit einer seltsam anmaßenden Selbstverständlichkeit. Weder die Stadt noch ihre Wohnung, noch sie selbst nahm ich wahr, man hätte mich überall hinschicken können. Daß Millionen im Krieg gestorben waren, wußte ich natürlich, auch wenn man darüber kaum sprach. Jetzt versuchte man mir begreiflich zu machen, daß es sich bei meinen Eltern nicht um jene Toten aus dem Krieg handelte. Was ich in St. Croix für einen Moment begriffen hatte, war wieder gelöscht, nur noch ein vager Schatten davon übriggeblieben, der ausschließlich mit mir zu tun hatte. Mit einem Fremden darüber zu sprechen schien undenkbar.«

Nach dem Beginn des Schuljahrs rief Pater Jérôme Moses jeden Donnerstag zu sich. Über Moses' Eltern sprach er nicht mehr. Ob er sich eingelebt habe? so fragte der Pater die erste, die zweite und alle weiteren Wochen behutsam, zweifelnd, und Moses nickte, schwieg, verschwieg, wie er unter seinen Klassenkameraden litt. Es half ihm nicht, daß er bald der beste Schüler war, im Gegenteil. Der Klassenlehrer hatte ihn – er war darauf nicht vorbereitet gewesen – als Mosès Fein aufgerufen. Und Sie wollen also bei den Jesuiten eintreten?

Freunde fand Moses nicht. Um so erleichterter war er, als Henri nach Paris kam.
Dann schrieb Jean und kündigte an, er würde ihn in Paris besuchen.

Der Zug traf pünktlich in der Gare d'Austerlitz ein, Jean stieg aus einem Waggon 3. Klasse aus, nur wenige Meter entfernt von Moses, der nach links und rechts spähte, um seinen Freund in der Menge zu finden, die eilig dem Ausgang zustrebte. Ihre Blicke kreuzten sich, aber sie erkannten einander nicht, liefen auseinander, um dann aus unterschiedlichen Richtungen erneut aufeinander zuzugehen und sich, nach kurzem Zögern, zu umarmen. In den drei Tagen, die Jean in Paris verbrachte, sprachen sie oft darüber.
Moses trug einen Anzug seines Vaters. Noch im November hatte der Abbé ihm einen Koffer mit Anzügen geschickt, die Theodor Fein in Villebret zurückgelassen hatte, Tante Léa änderte sie einen nach dem anderen für Moses um. Es war März, Tante Léa hatte, bevor sie mit ihrem Mann nach Lyon zu Verwandten fuhr, das große Ehebett für den Freund ihres Neffen (Moses war ein Neffe dritten Grades) bezogen. Sie würden allein in der Wohnung sein.
Jean kam aus La Trappe, dem Mutterkloster der Trappisten. In ein paar Wochen würde die Probezeit beginnen, die dem Noviziat vorausging. Noch im Bahnhof, er trug einen kleinen, graublauen Koffer aus Pappe, begann er von La Trappe zu erzählen, so leise, daß Moses ihn nicht gleich verstand. Pardon? Erst als Jean seine Sätze wiederholte, begriff Moses, daß er deutsch gesprochen hatte. Dabei blieb es in diesen Tagen und auch danach. Es war, als könnten sie die Zeit ihres Streites und die Trennungen damit leichter überwinden.
Jean ging dicht neben Moses, fast einen Kopf größer, noch immer dünn, aber kräftiger, als Moses ihn in Erinnerung hatte. Moses streckte sich, sein Anzug war altmodisch, zu

elegant, ein heller Sommeranzug. Jean warf von der Seite einen vorsichtigen Blick darauf. »So, stelle ich mir vor«, sagte er schließlich, »geht man in Jerusalem gekleidet. Die Frauen beachten dich sehr.« Obwohl Jean den Kopf kaum hob, schien er übermütiger Stimmung. »Du kennst ihn?« fragte er Moses, als sie das Café passierten, dessen Besitzer gerade ein gebrochenes Tischbein provisorisch mit einer Schnur reparierte. Erstaunt sah Moses ihn an und errötete. Jean lachte, heller und lauter, als seine Stimme es erwarten ließ. »Entweder er hat eine Tochter, oder du hast bei ihm eine Rechnung offen.« Jean faßte ihn am Arm, zog Moses mit sich, der überrascht gleichfalls lachen wollte, über die Schulter einen Blick auf das Café warf, in dem er tatsächlich gesessen und Milchkaffee getrunken hatte, dann aufgestanden und gegangen war, ohne zu bezahlen. Sein Herz klopfte ebenso heftig wie vor drei oder vier Wochen, als er sich scheinbar ruhig entfernt hatte, die Hände zitternd in den Hosentaschen vergraben. Er hörte Jean, der so selbstverständlich deutsch sprach, staunend zu. Und wirklich sah die junge Frau, die aus einem Laden trat, ihn, Moses, an. Dann wanderten ihre Augen zu Jean. Die Sonne schien vorsichtig zwischen den Wolken, es war kühl. Moses überlegte, Jean am Abend die Diskothek zu zeigen, in der er, wenn er etwas Geld hatte, Musik hörte, Bach, Wagners *Tristan und Isolde* und Brahms, heimlich, diebisch (obwohl er dort bezahlte: das Grammophon setzte sich erst nach Einwurf der Münze in Bewegung), als wäre es ihm verboten worden.

Tante Léa und Onkel Nathan sprachen nie über seine Eltern, auch nachdem man Vertrauen zueinander gefaßt hatte, blieben sie wortkarg. Manchmal schämte sich Moses, wenn er sie ansah. Er schämte sich, weil er sie ausnützte, schämte sich ihrer Einfachheit, wenn er wie im Rausch die Arien aus *Tristan und Isolde* hörte und sein Herz pochte, als müßte er, der mit geschlossenen Augen lauschte, sie nur wieder öffnen, um seine Mutter zu sehen, die in ihrer eleganten Charlottenburger Wohnung am Klavier saß, sang und sich selbst begleitete. Es waren seltene Momente, in denen er Bruchstücke seiner Erinnerung wiederfand: doch nie in Gesellschaft seines Onkels, seiner Tante, die ihn still und bekümmert ansahen, wenn er sich sonntags, nach dem Gottesdienst, zu ihnen an den Tisch setzte, und nur leise sagten, wie froh seine Eltern wären, wenn sie wüßten, daß er bei ihnen, daß er endlich zu seiner Familie zurückgekehrt sei. *Ihr Name sei ausgelöscht*, fügten sie an, wenn sie von den Deutschen sprachen.

Er hörte Jean zu, der von den Mönchen, von seiner Unterhaltung mit dem Abt sprach, er hörte Jeans Stimme, lauter jetzt, unbekümmert wie damals, wenn er ihn auf deutsch, in ihrer Geheimsprache, auf die zitternde Kaninchenlippe von Madame Dutour hinwies.

Sie hatten schon das Marais erreicht, bogen in die Straße ein, in der seine Verwandten wohnten, gleich würde er Jean seine Kammer zeigen, sein Zimmer, in dem er die Schritte seiner Eltern hörte. Jean, dachte er, würde ihn verstehen, er wollte ihn am Arm fassen und ihm all das erklären, was er selber nicht verstand und was jetzt aber doch ein Bild ergab. Er erschrak, es war, als betrachtete er ein Foto, das erst in einigen Jahren aufgenommen würde. Nichts von all dem, woran er sich klammerte, würde bleiben. Er verriet sein Christentum und die Muttergottes, wenn er zu den zionistischen Versammlungen ging, er verriet seinen Onkel und seine Tante, wenn er Wagner hörte und dabei an seine Mutter dachte. Noch immer wollte er Mönch werden, aber er ahnte schon, daß er nie das Gelübde ablegen würde, er würde sich selbst und Jean verraten. Er dachte an das Buch, das er von seinem Vater hatte, ihm war, als läse er darin und fände dort seine eigene Geschichte aufgeschrieben. Schweiß trat ihm auf die Stirn, wie in einem Alptraum wußte er, daß er nicht würde sprechen können. Er gab Jean den Schlüssel, damit er die Wohnungstür, vor der sie standen, aufschlösse. Sie waren angekommen.

Moshe erzählte mir bei einem seiner nächtlichen Telefonanrufe in Berlin davon. »An irgendeinem Tag, in irgendeinem Augenblick – des Verstehens oder der Verzweiflung – bekommt man sein Gesicht zugemessen, das Maßgesicht, das man mit sich herumträgt wie einen Anzug, sorgfältig geschneidert und aus so haltbarem Material, daß man ihn lebenslang nicht los wird.«
»Für mich«, sagte er schließlich, »war Israel das leichteste, es war absolut leicht, dorthin auszuwandern: Für mich gab es Israel ja gar nicht. Deswegen war es die perfekte Lösung.«

Worüber Jean und Moses während Jeans dreitägigem Besuch auch sprachen, über Abschied sprachen sie nicht. Sie malten sich nicht aus, was sein würde. Moses zeigte Jean die Diskothek in der Rue Vieille du Temple, sie blieben aber draußen stehen, und er summte ein Stück aus *Tristan und Isolde*, die Arie Markes, »der freundlichste der Freunde«. Er schrieb sich den Namen eines Komponisten auf, dessen ihm unbekannter Name auf einer Plattenhülle zu lesen war, die im Schaufenster lehnte: Schönberg, *Verklärte Nacht*. Gingen sie durch die Straßen des Marais, die Rue Vieille du Temple, die Rue de Poitou, an jüdischen Geschäften und Bäckereien vorbei, warf er Jean einen vorsichtigen Blick zu. Sie durchwühlten bei den Bouquinisten an der Seine die Bücherkisten, kauften nichts, aßen statt dessen Suppe in einem kleinen Restaurant, das Henri Moshe gezeigt hatte. Nach kurzem Zögern bestellte Moses zwei Gläser Wein. Am zweiten Tag schon waren sie so vertraut miteinander, als wären sie nie getrennt gewesen. Moses gab Jean eines der Jacketts seines Vaters, das Tante Léa noch nicht umgearbeitet hatte, die Ärmel waren Jean zu kurz, aber in der Weite paßte es, sie beide sahen in den hellen, altmodischen Anzug-

jacken verwegen aus, sie lachten, sie wurden angelächelt. Ein geborgtes Leben, auch darüber sprachen sie nicht. Sie waren glücklich.
Am dritten Tag verkündete Moses Jean, daß er überlege, nach Palästina auszuwandern. Als er es ausgesprochen hatte, wußte er, daß er es wahrhaftig tun würde. Es war das erste Mal, daß er eine Entscheidung treffen konnte: Er würde auswandern. Wieso war er erst jetzt darauf gekommen.
»Und dabei«, sagte Moshe, »war ich gar kein Zionist. Aber bald nachdem Jean gefahren war, begann ich, ernsthaft an den Treffen der *Habonim*, einer zionistischen Jugendgruppe, teilzunehmen. Vielleicht hatte ich mit meiner Ankündigung, ich würde auswandern, zunächst nur Jean beeindrukken wollen, denn schließlich machte er wahr, was er immer angekündigt hatte: Er trat bei den Trappisten ein.
Die *Habonim* trafen sich in einem Hinterhof, in einem ehemaligen Versammlungsraum von wem auch immer, keiner wußte es, ein paar Bänke standen herum, ein Tisch, ein altes Sofa. Es roch nach Schmieröl und Katzenpisse, und das Licht war so schlecht, daß man nur mit Mühe die Gesichter der Redner sah. Ein Glück, denn bei besserem Licht hätte mich ihre Begeisterung kaum angesteckt. Aber wer weiß. Manchmal wechselte plötzlich der Versammlungsort, es hatte etwas Konspiratives, als gehörten unsere Treffen noch der Zeit der Okkupation an, und wir waren stolz, als riskierten wir unser Leben. Mein Problem war nur, daß ich oft genug die Losung oder Anweisung oder die neue Adresse nicht wußte, weil ich geträumt oder sie vergessen hatte, und ich stand dann allein in irgendeinem leeren Hof oder einem leeren Raum, in dem ein paar Kisten mir vom letzten Mal noch bekannt vorkamen. Den entscheidenden Vortrag hörte ich deshalb nur zur Hälfte: Ich hatte mich in der Hausnummer geirrt. Es war eine sehr ruhige Straße, zwei Frauen unterhielten sich und nickten mir, der ratlos auf dem Bürger-

steig stand, zu. Die eine sagte, es sei doch schade, daß ihnen nicht einmal diese kleine Belohnung zum Ausgleich für die Schrecken der Besatzungszeit vergönnt sei. Dabei sollen sie doch, fügte sie hinzu und sah mich an, sogar große Öfen gebaut haben. Sie hatte ein freundlich-rundes Gesicht, einen kleinen Mund und kurze graue Haare, sie trug etwas Blaues, ein Kleid oder vielleicht eine Jacke, ich weiß es nicht mehr. Ihre Augen waren ebenfalls klein, blau, sie blinzelte und sah mich so liebenswürdig an, daß ich mich beeilte, ihr zuzustimmen.

Endlich fand ich den richtigen Eingang und schlüpfte hinein, schlich mich zu einem freien Platz und setzte mich. Mein Nachbar stieß mich in die Seite, aber ich erkannte ihn nicht. Dabei wußte ich genau, daß wir zusammengehörten, daß wir gemeinsame Sache machten: Wie die Kämpfer der Résistance, wie Jarreau, der 1944 mit dem Fallschirm über Frankreich abgesprungen war, um mit Hilfe einer Frau, seiner Geliebten, die große Brücke in Tournus zu sprengen. Wir würden uns füreinander in Stücke hauen lassen, wir begriffen alles, es mußte nicht ausgesprochen werden, wir wußten, begeistert, wie wir waren, sofort, was gemeint war, und als wir zum Schluß alle gemeinsam sangen, legte jeder seinem Nachbarn den Arm um die Schultern, dicht aneinander gedrängt. Ich spürte einen leichten Ekel, etwa, wie wenn man die Klebefläche einer Briefmarke ableckt, einen schwachen, aber unangenehmen Geschmack im Mund. Man will die Spucke im Mund zusammenfließen lassen und dann unauffällig ausspucken, aber natürlich tut man das nicht, weil man sich schämt. Man spürt die Begeisterung und Wärme der anderen und schämt sich der eigenen Distanz.«

Er habe, sagte Moshe, nie das Gefühl gehabt, es handelte sich um eine Abfolge notwendiger Schritte, um einen Plan, geschweige denn um einen Traum. Immer wieder habe Henri ihn nach diesen Treffen gefragt, so aufgeregt, als würden sie gemeinsam auswandern. Im Grunde habe er selbst damals schon geahnt oder befürchtet, was ihm einige Zeit nach der Ankunft in Givat Brenner und endgültig in Jerusalem bewußt geworden sei. Aber zunächst habe sich mit seiner Entscheidung, Zionist zu werden, etwas aufgelöst, ein Panzer, etwas, das ihn eingeengt und gehindert hatte, irgendeine Entscheidung zu treffen oder sich auch nur gegen die neuen Mitschüler zu wehren, die ihn drangsalierten. Bei den Zionisten habe er begriffen, daß man sich wehren mußte und durfte.

»Vergiß nicht«, sagte Moshe, »daß ich letztlich von diesem jüdischen Schicksal, über das sie sprachen, noch immer nichts wußte, und wenn ich etwas wußte, begriff ich es nicht, und was ich begriff, war nicht unsere Geschichte, sondern der Gedanke an meine Eltern. Vielleicht auch der erste, ganz unklare Gedanke an meine Geschichte, die es gar nicht gab.

Die Illusion, ohne Gegenwehr und Gewalt menschenwürdig existieren zu können, trüge Schuld am Schicksal des jüdischen Volkes, erklärte uns der Gruppenleiter an jenem Abend. Erst wenn wir lernten, uns zu wehren und zu kämpfen, uns zu verteidigen, unsere zukünftigen Mörder zu erschlagen, bevor sie zur Tat schritten, würden wir auf unser Leben und unseren Staat ein Anrecht haben. Mutig müßten wir unser Schicksal selbst in die Hand nehmen, dann könnte uns nichts aufhalten. Dann kann nichts uns aufhalten. Dann kann mich nichts aufhalten. Der einzige, der mich hätte halten können, war Jean. Aber Jean dachte gar nicht daran, er ermutigte mich zu gehen. Über die Gründe wagte ich nicht nachzudenken. Wie sicher er sich seiner Sache war. Als gäbe es keine andere Möglichkeit, hatte er unsere Positionen festgelegt. Er Mönch, ich Jude, er Trappist, ich Israeli. Und trotzdem waren wir uns nahe. Mehr noch, jeder von uns hätte seine Entscheidung ohne den anderen nicht treffen können – auch er nicht. Ich tat einen Schritt, der mich von allem

Bekannten entfernte, und ich konnte es nur, weil ich wußte, daß ich durch ihn die Verbindung zu meiner Vergangenheit aufrechterhalten konnte.«

»Und er?«

»Wenn du so willst, versuchten wir *ein* Leben zu leben: Ich wurde sein Gesicht, er mein Rücken – oder umgekehrt.«

Nach anderthalb Jahren besuchte Moshe mich in Berlin. Es war ein kurzer Besuch, er war auf Durchreise. In Paris würde er sich mit Jean treffen. Vor seinem Besuch war ich sehr aufgeregt. Mit Eifer suchte ich ein Hotel, das angenehm und nicht zu groß sein sollte, Tage vorher räumte ich schon meine Wohnung auf und überlegte mir, wo wir essen gehen würden, was ich Moshe zeigen könnte.

Nicht weit von mir fand ich schließlich das Hotel Kastanienhof in der Kastanienallee, im Prenzlauer Berg. Als ich Moshe am Telefon stolz das Hotel beschrieb, unterbrach er mich nicht. Dann sagte er, mit vorsichtiger Stimme, er sei der Empfehlung eines Freundes gefolgt und habe in Charlottenburg ein Hotelzimmer bestellt. Sofort verbarg ich meine Überraschung, ich stimmte allen Plänen Moshes zu und wich auf geordnetes Terrain aus.

Die Ankunftszeit seines Flugs, die Zwischenlandung in Frankfurt oder in Zürich, das war noch ungewiß. El Al natürlich, warum fliegst du auch El Al und nicht Lufthansa, wollte ich sagen und biß mir auf die Lippen. Mir war, als sei ich in eine sich fortschraubende Bewegung geraten. Meine Hände waren leer, und ich griff wild ins Leere. Wir telefonierten, und er wunderte sich über meine Kurzatmigkeit.

»Ein anderer Jude«, sagte er, als wir im Hotel angekommen waren und er sich im Zimmer umsah, »würde vielleicht überlegen, wie er fliehen, über welches Dach oder welchen Ausgang er entkommen kann. Statt dessen werde ich die Kirche suchen, in der ich mich vor dem Kreuz niederwerfen könnte.«

Moshe konstatierte, daß ich zuviel rauchte und deswegen kurzatmig sei. Am nächsten Morgen schon fand er in einem unübersichtlichen großen Trödelladen ein neues Damenrennrad und kaufte es ohne viel Federlesens, dazu ein taugliches Schloß. Als ich ihn mittags abholte, war das Fahrrad vor dem Hotel angeschlossen. So fing ich an, mit dem Fahrrad statt mit der S- oder U-Bahn zu fahren, mit jenem Fahrrad, das Moshe während dieses ersten Besuchs für mich gekauft hatte.

Es war August, ein nicht zu heißer Tag, der zehnte August. Erst als es dunkel wurde, trennten Moshe und ich uns nach langen Spaziergängen vor und nach den Mahlzeiten, die er kaum anrührte. Ich aß, da er mich drängte, das Doppelte, leerte nach meinem auch seinen Teller.

Am Abend vor seiner Weiterreise saßen wir in der Paris Bar. Er wollte wissen, mit wem ich ausginge, hörte zu und schüttelte dann unwillig den Kopf. »Warum fragst du, wenn du doch nichts hören willst?« Als er sah, daß ich verletzt war, legte er seine Hand auf meinen Arm.

»Laß nur, du hast ja recht. Ich wollte dir nur zuhören und mir vorstellen, wir säßen in einem Café in Tel Aviv.« Er sah erschöpft aus. »Ich schlafe hier nicht so gut«, sagte er wie nebenbei und fügte hinzu: »Es ist ja der erste Besuch nach fast sechzig Jahren.«

Um mir aus meiner Verlegenheit zu helfen, lobte Moshe meine Wohnung und bat mich, von Sebastian zu erzählen.

»Du weißt doch, daß wir uns so gut wie nie sehen, er kommt selten nach Berlin.«

Moshe nickte. »Aber du wirst ihn nicht vergessen, so wenig, wie ich Ruth und Jean vergesse. Seit Ruths Tod versuche ich, Jean so oft wie möglich zu sehen. Ruth ist tot, und Jean ist Trappist. Aber Sebastian lebt. Warum heiratest du ihn nicht?«

Ich ärgerte mich, mußte aber lachen. »Er hat mich nicht gefragt.«

»Und du, hast du ihn denn gefragt?« Ein zweites Mal legte er beschwichtigend seine Hand auf meinen Arm.
»Siehst du, ich bedauere einfach, daß ich Jean so selten sehe, und dich sehe ich auch nur noch ein paarmal im Jahr. Jetzt weiß ich immerhin, wo du lebst, auch wenn dieser Besuch mich ein bißchen anstrengt. Jean habe ich in seinem Kloster besucht, danach konnte ich mir besser vorstellen, was er für ein Leben führt – allerdings kommt mir das Christentum inzwischen eher heidnisch vor.«
»Du hast doch auf deinem Nachttisch immer ein Kreuz liegen?«
Moshe nickte. »Ich gehe auch erst dann schlafen, wenn Jean zur ersten Vigilie aufsteht. Vielleicht ist es albern, aber es hilft mir, ihn nicht aus den Gedanken zu verlieren.«
Nach einer kurzen Pause fügte er hinzu: »Es kommt mir immer noch so vor, als würde ich mit ihm auch mich selbst verlieren. Schließlich ist mir genug Vergangenheit abhanden gekommen, findest du nicht?«

Während des Noviziats durfte Jean jährlich nur zwei Briefe erhalten und schreiben. Moses gab Jean die Adresse des Verwandten, den Abbé Gérard in Givat Brenner ausfindig gemacht hatte. Wenn er das Gelübde abgelegt hätte, würden die Bestimmungen weniger streng sein, sagte Jean, er dürfe dann sogar Besuch empfangen.
»Ich denke, ihr habt euch nur einmal gesehen?«
»Nein«, antwortete Moshe, »im Sommer 1948, nachdem wir beide die Philosophieprüfung abgelegt hatten, habe ich ihn besucht, nur für ein paar Stunden. Er war schon in La Trappe, wir trafen uns am Bahnhof, setzten uns in ein Café, uns war konspirativ zumute, denn ich wollte in wenigen Tagen, und ohne daß meine Verwandten davon wußten, nach Marseille fahren, um mich einzuschiffen. Der Staat Israel war ausgerufen worden. Jean hatte sich unter irgendeinem Vorwand aus dem Kloster entfernt. Er war in der Probezeit.

Mein Brief hatte ihn, kurz vor der letzten Prüfung, in St. Croix erreicht, und er schrieb, daß er am 19. Juli um vier Uhr am Haupteingang des Bahnhofs in Soligny-la-Trappe auf mich warten würde. Er trug schon eine weiße Kutte. Ich erschrak, als ich ihn sah, ich wollte ihn umarmen, er selbst sah aus, als könnte er nicht fassen, was ihm geschieht. Als ich ihn ausfragen wollte, wehrte er ab. Er spricht kaum über sich selbst und über sein Leben, auch wenn seit dem Konzil alles viel einfacher geworden ist.«

»Seit dem Konzil?«

»Das II. Vatikanische Konzil hat die Regeln der Klöster reformiert. Seither ist alles viel weniger streng. Sie haben Computer, er reist hin und wieder, und er kann in der Bibliothek Musik hören, er hat ein Zimmer für sich. Heute ist es nicht so schwer, sich das alles vorzustellen. Damals, als wir uns verabschiedeten, war es, als würden wir uns für immer trennen, wir glaubten beide nicht, daß wir uns wiedersähen. Und wirklich hat er mir während des ganzen Noviziats kein einziges Mal geschrieben. Ich war in Givat Brenner, lernte Ruth kennen und zog, um Jura zu studieren, nach Jerusalem. Als ich mit dem Studium fertig war, begann ich, oft an ihn zu denken, und versuchte mir sein Leben vorzustellen. Wir wohnten bereits in Rechavia. Ruth wunderte sich, daß ich immer später zu Bett ging. Ich war eben, dachte sie, ein Nachtmensch. Sie ging nie nach Mitternacht schlafen, sie mußte früh aufstehen, um in die Schule zu fahren. 1962 schrieb ich ihm endlich, um ihn zu meiner Hochzeit einzuladen, er antwortete erst ein Jahr später, und 1966 besuchte ich ihn in La Trappe. Dann haben wir uns einmal in Sept-Fons gesehen, und seither treffen wir uns an anderen Orten.«

»In Paris.«

»Zum Beispiel.«

Wenn ich im nachhinein an Paris denke, kommt es mir vor, als hätte es nie und nirgendwo wieder so viele Straßen gege-

ben, gepflasterte, asphaltierte, mit oder ohne Bürgersteig, unterschiedlichster Breite, und auch die Bürgersteige unterschiedlich hoch, die Rinnsteine unterschiedlich tief. Eine Unendlichkeit von Straßen, die gesäumt waren von Cafés, gespickt mit Bäumen, und darum herum ordnete sich alles, was zur Menschheit gehört: Läden, Omnibushaltestellen, Metrostationen, Bahnhöfe. Jeder andere Ort seither ist begrenzt, Jerusalem und Tel Aviv, alle Städte im Ausland, die ich gesehen habe, sie alle sind ebenso und auf die gleiche Weise begrenzt wie St. Croix, wie die Gänge und Flure und Zimmer des Internats. Jetzt hat Paris, wenn ich einmal dort bin, seine Wirkung auch verloren.

Nur in Berlin hatte ich noch einmal diesen Eindruck, unvorbereitet und auf eine sehr zweideutige Art. Die Unbegrenztheit führte zu meinen Eltern, an irgendeinem nicht sichtbaren Ende des Asphalts oder des Katzenkopfpflasters standen sie und warteten auf mich.

»In Paris oder anderswo«, wiederholte Moshe.

»Und als du ihn im Kloster besucht hast, wie war das?« fragte ich schließlich.

Moshe saß mir gegenüber, an einem schmalen Tisch. Die Paris Bar war nicht voll, nur drei Tische waren besetzt, draußen, auf der Kantstraße, floß dichter Verkehr, durch die geöffneten Türen schien, wenn die Ampeln umschalteten, der Lärm hineinzuschwappen, Moshe wandte jedesmal den Kopf, wenn ein Geräusch plötzlich und scharf von den anderen abstach oder die Sirenen eines Krankenwagens heulten.

Moshe setzte sich auf und sah mich an. »Ich habe ihn beneidet«, sagte er schließlich. »Es gab Zeiten, da verging kein Tag, an dem ich nicht an ihn gedacht hätte.«

5. Kapitel

Auf einen verregneten August folgte 1998 ein milder September, nur nachts sanken die Temperaturen fast bis auf den Gefrierpunkt. Der Himmel war klar. Seit der Orden den Rechtsstreit mit dem kaum fünfhundert Meter entfernten Peugeot-Werk gewonnen hatte, ein neues Filtersystem eingebaut worden war und der Wind nicht mehr schwarze, stinkende Abgase aus den Schornsteinen herübertrug, sahen die Mönche weniger Anlaß denn je, das Klostergelände zu verlassen. Während die anderen Trappisten-Klöster den Rückgang ihrer Mitgliederzahlen beklagten, blühte Sept-Fons auf und hatte als einziges Kloster nicht unter Überalterung zu leiden. Jean Clermont war, mit 68 Jahren, der Älteste. Beinahe autark, verdiente das Kloster genug, die Gewächshäuser und Kuhställe instand zu halten, das Glasfenster im Chor zu renovieren und die Produktion von Marmeladen und Weizenprodukten zu vergrößern. Die knapp neunzig Hektar, von der Klostermauer umschlossen, erlaubten es den Mönchen, die Außenwelt zu vergessen. Stabilitas loci war eine der Grundregeln der Gemeinschaft, aber manche Reisen waren unumgänglich, und wenn Abt Nicolas und Jean das Wann und Wie besprachen, dachten beide an die Zeiten, in denen Jean Clermont um jede Reise hatte kämpfen müssen. Jetzt war Dom Nicolas froh, daß es der Älteste und Erfahrenste war, der das Kloster bereitwillig für ein paar Tage verließ.
Seit Bruder François' Tod und Pater Jérômes Wechsel in eine Schwesterabtei waren sie die beiden einzigen, die das Ordensleben aus der Zeit vor dem II. Vatikanischen Konzil kannten, als die Mönche noch um zwei Uhr oder an Festtagen um ein Uhr morgens aufgestanden waren und die 416 usus das Leben der Trappisten in jedem Detail vorgegeben hatten.

Dom Nicolas tat alles, um Jean jede Freiheit zu gewähren, Forschungsreisen und die Treffen mit seinem Freund Moshe Fein, von dessen Lebensgeschichte er wußte. Von allen Unverzeihlichkeiten der katholischen Kirche hielt er die Politik während des Faschismus, der Naziherrschaft und der Okkupation für die unverzeihlichste.
Jean war aus La Trappe als Lehrender für das Hausstudium nach Sept-Fons berufen worden. Als hier ein neuer Abt, Père Nicolas gewählt und die Wahl bestätigt war, bat Jean um eine Einsiedelei. Seine Bitte wurde abgelehnt. Statt dessen beschäftigte er sich mit Eremiten-Darstellungen, und Dom Nicolas unterstützte ihn darin, so gut er konnte. Jean hatte in Rom nicht nur Theologie und Philosophie, sondern auch Kunstgeschichte studiert. Die Zisterzienser strenger Observanz waren kein intellektueller Orden, aber ein Gelehrter, argumentierte Dom Nicolas, konnte ihnen nur von Nutzen sein.

»Du hast dich nicht verändert«, hatte Moshe früher jedesmal, wenn sie sich trafen, gesagt. Einmal im Jahr oder alle paar Jahre, du hast dich nicht verändert. Die anfängliche Fremdheit verflog rasch, wenn die Erinnerung zurückkehrte, die Erinnerung an ihre Freundschaft, ihre Kindheit, wie warmes Wasser, eine angenehm täuschende Vertrautheit. Manchmal sah Jean Marc vor sich, weinend, an den Baumstamm gelehnt sitzend, im Schoß ein verletztes Huhn, und immer stieg Widerwillen in ihm auf, wenn er sich an das nasse, zu einer Grimasse verzerrte Kindergesicht erinnerte. Er beichtete und betete für Marc, den er, falls er noch lebte, nicht wiedersehen würde. Für Marc konnte er beten. Er fragte Moshe nie nach ihm.
»Sie kennen sich wegen des Todes, dem sie entgangen sind«, hatte Moshe einmal die Bewohner Givat Brenners beschrieben. »Und auch die anderen«, hatte er hinzugefügt, »in Jerusalem, in Rechavia, sogar Ruth. Wegen ihres Überlebens

oder wegen ihrer Toten, auch wenn man nicht darüber spricht.« Moshe hatte gesagt: »Du kannst dir das nicht vorstellen. Ruth behauptet, ich kann es mir nicht anders vorstellen. Aber schließlich kennen du und ich uns nicht deswegen. Natürlich fühlte ich mich dort sehr wohl, wie du dir denken kannst.«
Und Jean hatte gedacht: Auch wir beide kennen uns wegen der Toten.
»Dabei lebt Ruth«, hatte Moshe weitergesprochen, »du müßtest sehen, wie sehr sie lebt. Du hättest damals zu unserer Hochzeit kommen sollen. Wieso bist du nicht gekommen? Im Grunde bist du mein einziger Verwandter, du hättest dir die Mühe machen sollen –. Schließlich tragen wir denselben Namen.«

Oft war es Jean, als hörte er wie von einem Tonband Moshes Stimme, wie sie damals geklungen hatte, während seines Besuchs in Paris, bei ihrem Abschied auf dem Bahnhof von Soligny-la-Trappe, bei ihrem ersten Wiedersehen 1966.
Moshe war Jean kleiner vorgekommen, als er ihn in Erinnerung behalten hatte, kleiner und kompakt, ein kräftiger Mann, der sich sprunghaft bewegte, im Sitzen und sogar noch im Stehen hochfuhr, um seinen Worten Nachdruck zu verleihen. Sein Gesicht war gebräunt gewesen, auf Jean wirkte es seltsam unkindlich, als wäre jede Erinnerungsspur daraus getilgt.
Bei jenem ersten Besuch – es war ein warmer Sommertag – verließen sie das Besuchszimmer von La Trappe rasch. Beiden war es unpassend vorgekommen, dort zu sitzen, in einem kleinen Zimmer mit geblümten Vorhängen, Blumen auf der Fensterbank und einem Marienbildchen auf einer Anrichte. Jean schlug vor, einen Spaziergang zu machen, er war für diesen Tag von der Vesper entschuldigt. Am nächsten Morgen würde Moshe mit ihm das Hochamt besuchen.
Sie liefen bis an einen kleinen Fluß, der sich zwischen Wei-

den und Haselnußsträuchern durch die Wiesen zu einem Wäldchen schlängelte. Jean zeigte Moshe die Hütte, in der früher ein Eremit des Klosters gelebt hatte, jetzt war sie verfallen. Bis auf ein paar Vogelstimmen, die matt aus dem Unterholz klangen, hörte man keinen Laut. Moshe schwieg, es war nach sechzehn Jahren sein erster Besuch in Europa, er sah die karge Landschaft der Jerusalemer Berge vor sich, die Judäische Wüste, etwas, das ihm nach all den Jahren immer noch den Atem stocken ließ und den Wunsch in ihm weckte, zu gehen, nicht irgendwohin, sondern wegzugehen, ohne eine Spur zu hinterlassen. Er hob den Kopf, betrachtete die Wiesen und Hecken, Kühe weideten auf der anderen Seite des Flusses, lagen im Gras, jetzt hörte man von irgendwo einen Hund bellen und Kinderstimmen.

Jean dachte, Moshe bereue, gekommen zu sein. Wenn er seinen Besuch abbräche, würden sie sich nicht wiedersehen. Es fiel Jean schwer, sich an den Namen zu gewöhnen: Moshe. Erstaunt registrierte er, daß er nicht fähig war, sein eigenes Leben von außen zu betrachten. Was dachte Moshe jetzt? Doch Moshe hatte nicht über Jeans Leben und nicht über ihre Freundschaft nachgedacht. Er sah in die Landschaft, in der die Zeit keine Spuren hinterlassen zu haben schien.

Als sie sich zum zweiten Mal trafen, war Jean schon in Sept-Fons. Jean zeigte ihm das Gästehaus, dann seine eigene Zelle, wie sie ihm als Hauslehrer zustand; aber man war schon mitten im Umbau, bald würde es die Schlafsäle nicht mehr geben. Moshe betrachtete das schmale Bett, den Waschtisch und den Schrank, die Kleiderhaken, den kleinen Tisch vorm Fenster. Ob das Bett lang genug sei? war alles, was er fragte.

Sie sprachen nicht über die drei Jahre, die seit Moshes letztem Besuch vergangen waren, über die Briefe, die sie einander geschrieben hatten. Moshe hatte von den Schießereien in Jerusalem berichtet, den Kämpfen, der Eroberung Ostje-

rusalems, von der neuen politischen Situation, den Gefahren, die sich schon abzeichneten, von den ersten Besuchen in der Altstadt und an der Klagemauer. Jean hatte ihm den Wechsel nach Sept-Fons angekündigt, von seiner Doktorarbeit über das Sitzen der Wüstenväter geschrieben, die er gerade noch beenden konnte, bevor seine neue Aufgabe als Hauslehrer alle Zeit in Anspruch nahm.
Bruder François zeigte Moshe das Klostergelände. Sie umrundeten die Mauer, die das gesamte Gelände umschloß, Bruder François, der schon auf die siebzig zuging, hatte sich vorgenommen, keinen Quadratmeter auszulassen. Zuweilen vergaß er, daß der Gast die Zeichensprache nicht verstand; wenn es ihm einfiel, faßte er Moshe energisch bei der Hand und zog ihn weiter, zeigte ihm alles so gründlich, als würde Moshe bei ihnen bleiben. Moshe ließ es gerne geschehen. Er erinnerte sich an die Ankunft in Tournus, an das Vorwerk, das St. Philibert gegen die Straße abschirmte, die dicken Mauern, die beiden festen Türme. Wie eine Burg aus den Kinderbüchern, eine jener Burgen, die der Feind nicht einnahm.

Später aßen Jean und er zu Abend, ein Novize bediente sie, Jean pries das Gemüse an, das sie in den Gewächshäusern zogen, und Moshe lachte: wie im Kibbuz.
Jeans Blick war auf den Ehering an Moshes linker Hand gefallen, Moshe konnte ein Kind zeugen, der Gedanke irritierte Jean. Dabei hatte er sich über Moshes Heirat aufrichtig gefreut. Es war ihm leichter, sich sinnliche Vergnügen in geordneten Bahnen vorzustellen, eine nicht unangenehme Vorstellung. Die Heirat war der Beweis, daß sein Freund sich gegen das Zölibat entschieden hatte. Ein Kind zu zeugen wäre darüber weit hinausgegangen. Als hätte er seine Gedanken gelesen, sagte Moshe, daß Ruth augenscheinlich (Jean erinnerte sich an dieses Wort: augenscheinlich) nicht schwanger werden konnte. Daß er, Moshe, sich stillschwei-

gend von einem Arzt habe untersuchen lassen, daß er nun Ruth vormache, er wolle unter keinen Umständen ein Kind, habe nie ein Kind gewollt, könne den Gedanken nicht ertragen, daß dieses Kind in Gefahr sei, Waise zu werden.
Die Erinnerung hatte Jean wie ein präziser Schlag getroffen: Das Café, Moshes Eltern, der Koffer, auf dem Moshe rittlings gesessen hatte, auf dem Tisch ein Teller mit einem Stück Kuchen darauf. Hatte er oder Moshe den Kuchen gegessen? Und wieder sagte er nicht, was zu sagen er sich vorgenommen hatte, was er sich jedesmal vornahm, sondern schenkte Moshes Glas voll, ohne ihn darauf aufmerksam zu machen, daß es Wein aus der Gegend von Tournus war, aus Buxy.
Moshe sprach von Ruth, von der Kanzlei, die er übernommen, von den Räumen, die er im Stadtzentrum gemietet hatte, erzählte, wie Ruth sich dafür einsetzte, daß die Schüler des Gymnasiums, an dem sie unterrichtete, Arabisch lernten, erzählte von den Auswirkungen des Sechs-Tage-Krieges. Jean hörte zu, schweigend, nickend. Er hatte Angst, Moshe zu verlieren; daß er seine Schuld mit ihrem alten Gewicht empfand, war ein Trost, Gewähr dafür, daß ihm noch Zeit blieb.

»Ihr habt es schön hier«, bemerkte Moshe am nächsten Morgen nach dem Hochamt, als Jean im Habit auf ihn zutrat und er sich erhob, als wollte er dem Älteren und dessen Rang Respekt erweisen. Sie standen vor der Kirche, schauten auf die Gebäude ringsum, beide dachten sie an St. Croix, an den Schulhof, die großen Eichen im Park und die Lücke im Zaun, durch die sie geschlüpft waren, um an die Saône zu laufen.
»Es ist doch beruhigend«, sagte Moshe, »daß wenigstens einer von uns beiden unsere Geschichte vor Gott vertreten wird.«
Jean fragte Moshe nicht, ober er noch an Gott glaube; und Moshe stellte Jean natürlich diese Frage nie. Jean stand für

diesen Teil der Geschichte ein, er selbst und das Schweigen seines Ordens, das manchmal eine starre Gewohnheit war, manchmal aber auch ein dichtes Gewebe, aus dem ihre Gebete wie Opferrauch zu Gott aufstiegen. So oder so ähnlich hatte er Moshe einmal sein Leben zu beschreiben versucht; zwischen einem schwärmerischen und einem übertrieben sachlichen schien es den richtigen Ton nicht zu geben, und meist blieben Moshes Fragen (wenn er denn fragte) unbeantwortet. Über die Jahre wurde das immer selbstverständlicher, als wäre es die einzig angemessene Weise, ein Leben zu beschreiben, das auf Schweigen und Gehorsam beruhte. Und es gab genug, worüber sie sprechen konnten: über Gilbert, der in einem Jesuitenkloster in Italien Superior geworden war, über Henri, der nach einigen Jahren ebendieses Kloster verlassen hatte und zu seiner Mutter nach Tournus zurückgekehrt war, über Jeans Studien, die Schriften der Wüstenväter und die Darstellungen des Eremitenlebens, und Moshe zeigte Jean Fotos von seiner Wohnung, von Jerusalem, schattigen Boulevards mit fremd blühenden Bäumen. Manchmal erzählte Moshe von den Konzerten, die er gehört hatte, Toscanini, Pablo Casals, Isaac Stern.
»Wir hätten tauschen können«, sagte Moshe beim Abschied scherzhaft, »damals in Paris. Wer hätte es gemerkt?«

Nichtsahnend nahm Bruder François diese Idee auf. Bruder François, der Sonderling, der Dummkopf, wie einige ihn nannten, hatte die beiden verwechselt, als Jean ihm von Moshe und ihrer Kindheit in St. Croix erzählte, hatte den Tausch so leichthin vollzogen, als müßte es so sein. Jean war eigentlich Moshe, ein Waise, wie er, François, ein uneheliches Kind war, das seinen Vater (ein Tagedieb angeblich oder Schlimmeres) nie kennengelernt hatte.
»Du solltest deinen Freund zu uns ins Kloster holen«, schlug Bruder François vor, »ohne ihn fühlst du dich einsam.«
Père Philippe, Jeans Beichtvater, warnte ihn vor François.

Vielleicht war François ein Dummkopf, aber seine Unvernunft blieb doch, wie Philippe sagte, ein tauglicher Strohhalm für eigensinnige Mönche wie für Ameisen, denn François machte wenig Unterschiede zwischen den einen und den anderen. Mangelndes Unterscheidungsvermögen war die Eigenschaft, in der François es zu solcher Vollkommenheit gebracht hatte, daß drei Äbte an seinen Auffassungen von Gehorsam gescheitert waren. Kleingewachsen, mit einem schief gezogenen Gesicht, listig und immer besorgt, stolperte er in zu langen Kutten wie ein Hofnarr den anderen hinterher, und wenn er getadelt worden war, hockte er vor der Kirchentür, sammelte Käfer, Ameisen, Kellerasseln und hielt für sie eine Messe, ohne Furcht vor den Tauben und Amseln, die in seiner Gegenwart nicht wagten, nach Insekten zu picken. Eifrig verteidigte er das Schweigegebot auch nach den Reformen; da ihm das Reden beschwerlich und letztlich auch sinnlos vorkam, verfiel er darauf, nur jedes zweite oder dritte Wort seiner Sätze laut auszusprechen, die fehlenden durch Zeichen oder Blicke zu ersetzen – oder auch nicht. Vielleicht verfuhr sein Gehör ebenso, vielleicht glaubte er deshalb, Jean und Moshe hätten ihre Rollen und Identität getauscht, damit das jüdische Kind geschützt war. Père Philippe gab es auf, François den wahren Sachverhalt klarzustellen. Er warnte Jean wiederholt.
»Entweder es ist ein albernes oder ein gefährliches Spiel. Was bildest du dir ein, deine Vergangenheit ändern zu können, weil du sie mit deinem Eintritt ins Kloster abgelegt hast? Oder weil ein Schafskopf wie François alles durcheinanderbringt? Mach dir nichts vor, du hast Gott ein Gelübde abgelegt, nicht deinem Freund – selbst wenn du es für ihn getan hättest.«
Gegen eine Einsiedelei für Jean hatte sich Philippe ebenso ausgesprochen wie Dom Nicolas. Jean wurde statt dessen mit François zur Arbeit im Nutzgarten eingeteilt. Aus Dom Nicolas' Perspektive war die Entscheidung sicher richtig,

Philippe, dachte Jean, hätte es besser wissen müssen. Dann wurde er ruhiger. Er arbeitete gerne neben François, der sich über jede Pflanze, jeden Stein freute, als wären sie im Bund mit Gottes Vorsehung. Oft trug er einen Stein oder ein Blatt oder Stück Holz dahin, wo er im Gemüsegarten umgrub, jätete oder pflanzte, und führte lange Gespräche mit ihnen, denn nach seiner Auffassung galt das Schweigegebot, damit man endlich mit den anderen, scheinbar unbelebten Geschöpfen spräche. Näherte sich Jean oder ein anderer Mönch, verstummte er, erklärte in der Zeichensprache seiner Gesellschaft aus Holz oder Stein den Sachverhalt und wartete, bis er in dem Ankömmling einen Verbündeten erkannt oder bis jener sich wieder entfernt hatte. Es gab niemanden, dem Jean lieber gehorcht hätte. Manchmal erwähnte François wie selbstverständlich Moshe, als wäre er da oder würde an einem dieser Tage kommen. In keinem seiner Briefe versäumte es Moshe, François Grüße auszurichten. François auf der einen, Moshe auf der anderen Seite, so kam es Jean vor, er selbst dazwischen eine Leerstelle.
Außer François hatte er in Sept-Fons keine Freunde, die anderen – selbst Philippe – hielten sich höflich von ihm fern, respektvoll, vielleicht auch mißtrauisch. Die Mitbrüder spürten, daß seine Frömmigkeit sich von der ihren unterschied. Nur François nahm ihn als seinesgleichen.

Ein Außenseiter war Jean schon in La Trappe gewesen. Ob es Zufall, Neid oder der feine Instinkt seiner Mitbrüder und der anderen Novizen war – er stach heraus, durch seine Größe, und er war schön, zu schön für einen Mann. Die anfängliche Begeisterung des Abts und des Novizenmeisters für ihn wich bald einer, wie Abt Patrick sagte, differenzierteren Auffassung. Er liebte Jean wie einen Sohn, der ihm über den Kopf gewachsen war, physisch und geistig auch, denn es bestand kein Zweifel, daß Jean den meisten Mitbrüdern und ihm selbst überlegen war. Père Bernard, der Novizenmeister, bemerkte etwas anderes: Immer war Jean, der selbst nie aufgefordert werden mußte, sich zur Buße vor seinem Strohsack mit einer Geißel, der »Disziplin«, zu züchtigen, der Anlaß für Unruhe und Ungehorsam bei den anderen. Jean gehorchte, dankbar für jede Unterweisung und alles, was eine Erschwernis bedeutete. Er war nicht hochmütig. Zu schweigen fiel ihm bald leichter, als zu sprechen, oft stand er noch vor den Vigilien auf und schlich sich aus dem Schlafsaal, um zu beten. Seine physische Konstitution ertrug das kärgliche Essen, die oft feuchten Strohsäcke, die Winter, wenn die meisten Novizen in der Kirche vor Kälte zitterten, ertrug die Hitze im Sommer, wenn sie im stickigen Schlafsaal in der dicken Kutte schliefen. Er war der einzige der Novizen – es waren in diesem Jahr sieben –, der nie über Schmerzen klagte und nie um eine Erleichterung bat, dessen Körper keine Ruhepause einklagte, indem er erkrankte, um ein paar Tage im Krankenzimmer, alleine und ungestört, liegen und endlich ausschlafen zu können. Aber die anderen brachte er gegen sich auf. Père Bernard schickte ihn im Winter Holz hacken, ließ ihn das Eis im Brunnen aufschlagen, übertrug ihm die Sorge für die Kühe, und im Sommer beauftragte er ihn damit, das marode Scheunendach in sengender Hitze auszubessern. Jean wurde kräftiger. Und er blieb demütig; die Abneigung der anderen ertrug er geduldig, als wäre ihm diese weitere Prüfung willkommen. Etwas an dieser Demut war falsch – nicht geheuchelt, aber falsch. Natürlich hatte Jean vor dem Eintritt ins Noviziat die Beichte abgelegt, Père Amedeus, sein Beichtvater, hatte ihm – eher weil er die Gewissensbisse seines Zöglings beruhigen wollte, als weil er die Sünde für schwer hielt – eine Buße auferlegt, zwei Tage Fasten, eine strenge Gebetsordnung und (auf Jeans Vorschlag) den völligen Verzicht auf Briefe während des Noviziats. Weder Père Amedeus noch Père Bernard kamen auf die Idee, die Andersartigkeit dieses Novizen mit der Existenz einer quälenden Scham zu erklären.

Die anderen Novizen fanden schließlich den Weg, Jean seinen Platz zuzuweisen: den letzten. Zum Leidwesen des Novizenmeisters übertraf einer den anderen mit Gesichten und Visionen, die sie sich gegenseitig flüsternd erzählten, jedoch auffällig genug, daß die Profeß-Brüder nachforschten. Père Bernard erklärte wieder und wieder, es seien ihre jungen Seelen, die für das Wunderbare empfänglich seien, aber auch für Illusionen, und er ermahnte sie, jetzt, da sie derartiges erlebten, das Schweigegebot besonders streng einzuhalten. Jean mußte auf das Drängen der anderen zugeben, daß er keine Visionen hatte. Dem Novizenmeister gestand er, daß ihn andere Bilder bedrängten, Versuchungen oder Zweifel. Bernard schickte ihn zum Abt selbst, der ihn zerstreut anhörte und ihm ankündigte, man würde ihn zum Studium nach Rom schicken.

Da es im Generalat des Ordens niemanden gab, der ihm die Beichte auf französisch hätte abnehmen können, bestimmte man Pater Antonius zu Jeans Beichtvater, einen noch jungen Mann (er war 36 Jahre alt), der aus Mariawald kam und eben zum Priester geweiht worden war. Man hatte ihn nach Rom geschickt, weil seine Vorstellungen in Deutschland allzu unkonventionell schienen.
Als Jean hörte, man habe ihm einen Deutschen zum Beichtvater bestimmt, verbrachte er eine Woche in Angst. Er war sicher, dieser Mann werde dafür sorgen, daß er aus dem Orden ausgestoßen würde. Als Vater Antonius seiner Beichte nur wenig Gewicht zumaß und ihm statt der erwarteten Buße anwies, seine Studien nicht auf die Theologie zu beschränken, war Jean ebenso erleichtert wie enttäuscht. Antonius, der in Rom zu den Geistlichen gehörte, die vorbereiteten, was mehr als zehn Jahre später in die Reformen des II. Vatikanischen Konzils münden sollte, nahm Jean mit auf seine langen Spaziergänge durch die Kirchen der Stadt, zeigte ihm die Gemälde Caravaggios in Santa Maria del

Popolo, führte ihn in die Museen und ermutigte ihn, Philosophie und Kunstgeschichte zu hören. Jean, ebenso wie er selbst ein Meter neunzig groß und auffallend hübsch, gefiel ihm von Anfang an, er sah in ihm die Generation, die angetreten war, das überlebte Regelwerk des Ordens und seine rigide Enge zu überwinden. Jeans Eifer und sichtliche Traurigkeit weckten seine Anteilnahme; er sagte ihm nicht, daß er als Soldat in Litauen und der Ukraine gewesen war. Die Vergangenheit, ihr früheres Leben müßten sie abstreifen, erklärte er Jean, da sie Gott und dem Orden all ihre Kräfte und Fähigkeiten schuldeten. Begeistert von der Auffassungsgabe seines Schützlings, bemerkte Antonius nicht, daß Jean sich auf alles – auf sein Studium ebenso wie auf die Gemälde – stürzte, um seinen eigenen Gedanken zu entkommen, mehr aus Not und Gehorsam als aus Interesse oder Begeisterung. Und das Leben im Generalat schien Jean allzu leicht. Im Vergleich zu La Trappe mit seinem dumpf riechenden Schlafsaal, den Strohsäcken, den Bußübungen war es hier luxuriös und von nahezu weltlicher Geselligkeit. Er begann, sich für die Lehre der Wüstenväter und das Eremitenleben zu interessieren.

Als Jean 1955 nach La Trappe zurückkehrte, war er zunächst erleichtert. Die Enge, die Betten rechts und links hinter hölzernen Trennwänden begrenzten seine Gedanken und Empfindungen. Die Träume hielten seine Ängste und seine Schuld wach, sie schlossen ihn in das ein, was er bei sich die »schwarze Kammer« nannte. In La Trappe wiederholten sich wieder und wieder dieselben Erinnerungen und Bilder, aber in der Wiederholung waren sie vertraut, fast tröstlich, und seit er wieder nur Französisch sprach, dachte er seltener an seinen Freund Jean Marie oder Moses Fein. Selbst die Feindseligkeit seiner Mitbrüder war beinahe tröstlich.

Nachdem er die Ewige Profeß abgelegt hatte, bat er Abt

Patrick, als Einsiedler auf dem Klostergelände leben zu dürfen, in der Hütte, die früher als Einsiedelei gedient hatte. Statt auf seine Bitte einzugehen, übertrug Dom Patrick ihm Aufgaben, die ihn aus La Trappe in andere Klöster führten.

Jean bekämpfte seine Enttäuschung, indem er mit den Vorarbeiten zu seiner Doktorarbeit über die Wüstenväter begann. Er wußte, daß Abt Patrick ihn gerne als seinen Nachfolger gesehen hätte und daß die Gemeinschaft von La Trappe ihn niemals wählen würde. Insgeheim war Jean froh darüber. Die Jahre vergingen so gleichmäßig, daß die Zeit stillzustehen schien, die Gewohnheiten und Wiederholungen des liturgischen Jahres brachten ihm Ruhe.

Im Frühsommer 1962 erreichte ihn ein Brief, die Einladung zu einer Hochzeit, in Deutsch geschrieben und in vertrauter Handschrift, nur der Name ließ ihn einen Moment stutzen: Moshe Fein.

Er antwortete nicht. Vierzehn Jahre waren vergangen, er mußte vergessen, wie Vater Antonius ihm gesagt hatte: was er war, schuldete er seinem Orden und Gott. Er hatte nicht mehr für Moses beten können, und auch jetzt konnte er es nicht. Und doch zählte er die Tage bis zu dessen Hochzeit.

Ein paar Monate später wurde er zur Pforte gerufen. Als er in das Sprechzimmer trat, sah er eine schwarz gekleidete Frau am Fenster stehen, sie wandte der Tür den Rücken zu und schien sich mit beiden Händen an der Fensterbank festzuklammern. Bevor sie sich umdrehte, hatte er begriffen, daß sein Vater gestorben war. Seine Mutter blieb zwei Tage, in der Hoffnung, er würde den Trauergottesdienst abhalten, vielleicht auch nur, um in seiner Nähe zu sein. Jean wußte, daß Dom Patrick ihm erlaubt hätte, zum Begräbnis seines Vaters zu fahren. Bis zum Konzil galt, daß man sich mit dem Eintritt ins Kloster von seiner Familie losgesagt hatte. Als er eine Ausnahmeregelung ablehnte, wußte Jean, daß er sich hinter einem fadenscheinigen Vorwand versteckte. Er konn-

te und wollte seinem Vater nicht verzeihen, was er sich selbst nicht verzeihen konnte. Einige seiner Mitbrüder spürten, daß er nicht aufrichtig war, sie tadelten ihn offen oder hinter seinem Rücken, es war die alte Feindseligkeit.
Wenn er mit seiner Mutter spazierenging oder sie während des Hochamts alleine im Kirchenschiff sitzen sah, erinnerte er sich an die Gebete seiner Kindheit, Gebete, die ihn mit Stolz und ängstlicher Aufregung erfüllt hatten, als stünde tatsächlich – wie seine Mutter ihm versicherte – ein Engel, sein Engel, neben ihm, von der Muttergottes geschickt, jederzeit bereit, sich in eine weiße Taube zu verwandeln, ähnlich dem Heiligen Geist, der auf den Bildchen, die seine Mutter ihm hinter dem Rücken seines Vaters zeigte, in die Sonne flog, angstlos, weil alles, was gut und fromm war, Teil des Lichts wurde.

Als Jean Marie 1947 krank geworden war und Jean, nachdem er endlich nachts bei ihm wachen durfte, alleine an seinem Bett saß, wurde ihm bewußt, was er verloren hatte. Die Stille des Schlafes ängstigte ihn, nur ein Nachtlicht brannte, auf dem Kissen lag der unruhige Kopf seines Freundes, kaum noch Gesicht, so eingefallen, die Haare verschwitzt, die Haut trocken und gelblich. In der ersten Nacht hoffte er, daß der Schlaf seinen Schutzengel fernhielt, Jean Maries fiebernder Schlaf, der Schlaf der anderen, drüben im Schlafsaal, während er, auf einem Stuhl neben dem Bett des Freundes abwechselnd gegen die Erschöpfung und die Stille ankämpfte. Es war sehr dunkel. Doch wenn die Müdigkeit nachließ und er beten wollte, dann war die Dunkelheit in ihm und wurde größer, breitete sich aus, bis sie größer war als er selbst und sich der Engel darin verloren hatte. Er konnte, als er bei Jean Marie saß, der krank war und wohl sterben würde, nicht beten. Morgens kam der Arzt, Jean wurde hinausgeschickt, er hörte die beruhigende Stimme des Arztes, der müde aussah und hilflos, wenn er an Jean vorbeiging und dessen Blick auswich. Dann durfte Jean wieder ins Krankenzimmer, Jean Marie lag da wie vorher, unter einem frischen Laken, oft sprach er, delirierte und streckte eine Hand aus, nicht nach Jean, denn Jean stieß er zurück. Manchmal, wenn sie alleine waren, sprach Jean ihn mit dem alten Namen, dem Namen seiner Eltern, an, Moses. Mit dem Namen, den er verraten hatte, aus Eifersucht und Wichtigtuerei. In der Nacht, in der er sicher war, daß Jean Marie sterben würde, legte er das Gelübde ab, ins Kloster einzutreten, falls sein Freund überlebte. Er fühlte sich wie ein Betrüger. Hatte er nicht immer Mönch werden wollen?

Aber Jean Marie genas, und Jean betete. Er würde Mönch werden. Wenig später verschwamm ihm alles, seltsam und beunruhigend, der abwesende Engel war eine Kinderei und Phantasie, über die er mit niemandem sprach. Er dachte, es sei das Zeichen, daß er erwachsen geworden war, er brauchte keinen Schutzengel mehr. Er fühlte sich bereits als Novize.

Doch wenn er betete, spürte er, wie sich sein Bewußtsein ausdehnte, ein bildloser, schwarzer Raum, schwerer als sein eigener Körper, in dem er versank wie kurz vor dem Einschlafen, bevor der Körper sein Gewicht verlor, sich auflöste, und mit ihm aller Halt. Auch darüber sprach er mit niemandem. Bei sich nannte er das die »schwarze Kammer«, es mußte dort die Pforte verborgen sein, die zu Gott führte. Die anderen Schüler und sogar die Schwestern und Geistlichen schienen ihm unendlich weit entfernt. Jean Marie kam ihm kindlich vor, unreif; daß er, den Jean bald Moses nannte, Mönch werden würde, war undenkbar.

Doch nachdem er ihn zum Bahnhof gebracht hatte, zu dem Zug, mit dem Moses 1947 nach Paris fuhr, brach Jean zusammen. Er hatte ihm später nie erzählt, daß er krank geworden war, so krank, daß man seine Mutter zu kommen bat.

Wie ein Kind klammerte er sich an sie und bettelte, sie solle ihm seinen Engel, seinen Schutzengel, wiederbringen, weil er sonst sterben müsse. Madame Clemenceau blieb stumm und abweisend, als Jeans Mutter hilflos um Rat fragte. Die anderen mochten denken, daß er mit dem Schutzengel den Schüler Jean Marie oder Moses meinte; sie wußte es besser und schwieg. Und als Jean, nachdem er genesen und seine Mutter abgereist war, anfing, um drei Uhr morgens aufzustehen, um zu beten, glaubte sie nicht, daß er eine schwärmerische Verirrung sühnen wollte.

Jean wußte nicht, was seine Mutter bei ihrem Besuch nach dem Tod seines Vaters empfand, und er fragte auch nicht danach, blieb schweigsam, ging mit ihr durch den Klostergarten und in der Umgebung des Klosters spazieren, fragte nicht, wie sein Vater gestorben war und wie er die letzten Jahre gelebt hatte. Sie schaute zu ihm auf, der soviel größer war, und nahm seine Hand, manchmal weinte sie.
Als ein Jahr später, 1963, ein weiterer Brief von Moshe eintraf, antwortete er. Moshe sprach davon, ihn besuchen zu wollen – aber noch drei Jahre vergingen, bis er endlich kam. Jean malte sich diesen Besuch oft aus. Die Freude des Wiedersehens, ein Freund in seiner Nähe, mit dem er würde sprechen können, über den Plan zu seiner Doktorarbeit, über die Wüstenväter, über ihre Zweifel und Dämonen, über die Bilder, die er in Rom gesehen, über Musik, die zu hören er so selten Gelegenheit hatte. Er hatte sich ausgemalt, wie Moshe verstummte, zurückwiche, wenn er ihm erzählte, was in St. Croix nach dem Abschied von seinen Eltern geschehen war.
Moshe war gekommen; Jean hatte nichts gesagt.

1970 trafen sie sich zum ersten Mal außerhalb des Klosters und danach regelmäßig. Jean war zu einer Konferenz über die Reform und Umgestaltung der einzelnen Klöster nach

Bologna eingeladen, er hatte es Moshe geschrieben, und Moshe schlug vor, ebenfalls dorthin zu kommen. Drei Jahre später wurde Jean nach Rom entsandt; sie trafen sich in Rom. 1976 – Jean war in der Abtei Notre-Dame-d'Oelenberg und Colmar gewesen – verabredeten sie sich in Straßburg, vor dem Münster. Schriftliche oder telefonische Verabredungen, weit im voraus getroffen, mit genauen Ortsangaben und Uhrzeiten, die Moshe amüsierten – sie gaben ihm einen Vorgeschmack auf Europa. Moshe wohnte im Hotel, Jean in einem Schwesternhaus.

Moshe amüsierte sich über die neugierigen Blicke, die sein Freund auf sich zog, sei es in der Kutte, sei es im Anzug. Er ärgerte sich, wenn Jean weder aß noch trank, bestellte ungebeten und klagte, er fühle sich wie der reiche Onkel aus Amerika, dem keiner traut, weil er am Ende doch nicht nach Israel einwandert.

»Ich bin nur ein Mensch«, sagte Moshe, »der immerhin nicht dick wird, aber doch Rechtsanwalt ist, und du – du bist der wahre Idealist.«

Moshe amüsierte sich, wenn Jean von Bruder François erzählte, der in den Apfelpflanzungen arbeitete und im Geräteschuppen eine Zwei-Liter-Flasche Rotwein aufbewahrte, aus der er in den Pausen trank. Bauern versorgten ihn, erzählte Jean, im Gegenzug betete er für sie und heilte ihr Vieh durch gutes Zureden.

Moshe amüsierte sich, wie aufmerksam Jean verfolgte, was in Israel geschah: wie informiert er war, sich auskannte in Landwirtschaft und Militärausgaben, wie er über Teddy Kollek, den Bürgermeister Jerusalems, sprach.

Moshe amüsierte sich, daß Jean, verglichen mit ihm, der bessere Zionist war.

Sie verbrachten zwei Tage in Straßburg. Am ersten Abend gingen sie in ein Konzert, ein Streichquartett spielte Hugo Wolfs *Entbehren sollst du, entbehren*, danach Opus 132 von Beethoven mit der *Danksagung eines Genesenden*.

Ob er sich freue, ins Kloster zurückzukehren? fragte Moshe am letzten Abend. Er hatte sich Mühe gegeben, ein Restaurant zu finden, in dem sein Freund ein vegetarisches Gericht bekommen würde. Am nächsten Morgen, sehr früh, mußte Jean abreisen.

»Wir sind eine abgeschlossene Gemeinschaft, und man gewöhnt sich daran. Jeder von uns, jeder Aspekt des menschlichen Daseins ist durch einen von uns vertreten. Ein kluger Abt versucht nicht, die Mönche einander ähnlich werden zu lassen, denn das mißlingt doch. Er versucht, was Eigensinn und Sünde sein könnte, zu einer Form individueller Religiosität werden zu lassen. Du folgst einem Ideal und wirst immer wieder scheitern, aber du hast mit deinem Versuch, dafür eine Form zu finden, deinen Platz.«

»Und was ist dein Teil?« fragte Moshe.

»Ich bin derjenige, dessen Versuchungen niemand kennt und der auf der lichtabgewandten Seite, im Dunkeln betet.«

»Im Dunkeln?« hatte Moshe gefragt, »ausgerechnet du, der schon als Kind Mönch werden wollte?«

Es war ein warmer Abend, sie saßen unter einem Weinstock, zwischen dessen Blättern man die dünne Sichel des Mondes sah, der sich langsam verschob. Moshe hatte ein Foto von Ruth herausgeholt und begann, über seine Ehe zu sprechen, über die unablässige Angst, daß Ruth ihre Drohung wahr machen und ihn verlassen würde. Denn Ruth, die immer auf seiner Seite gewesen war, schien erschöpft, nicht nur erschöpft, sondern mutlos, nicht nur mutlos, sondern entschlossen, das, was von ihrem Leben übrig war – fast nichts –, auf andere Weise zu verbringen: ohne ihn. Ohne seine Unrast und seine Launen, seine absurden Gewohnheiten und seine Arbeitswut, ohne seine Ironie und seinen Spott. Ohne ihn, auch wenn sie ihn, wie sie erklärte, nach wie vor liebte.

Als sie das Restaurant schließich verlassen mußten, da es

schloß und sie längst die letzten Gäste waren, liefen sie über das Kopfsteinpflaster, Moshe voran, mitten auf der Straße, seine Schritte wurden schneller und schneller, während er redete. Jean mußte sich anstrengen, ihm nachzufolgen, der Widerhall ihrer Schritte von den Häusern, deren Fenster schon dunkel waren, verschluckte, was Moshe sagte. Noch immer war es warm, ein leichter Wind bewegte die Baumschatten, Jean dachte an Paris, die Tage, die sie 1948 dort verbracht hatten, alleine in der Wohnung von Moshes Verwandten, die inzwischen vielleicht gestorben waren.

Der Zug nach Paris, erinnerte er sich, war überfüllt gewesen, er hatte keinen Sitzplatz gefunden, stand im engen Gang, dicht an eine alte Frau gedrängt, die über einem blauen Kleid eine Schürze trug wie eine Bäuerin. Er starrte aus dem Fenster, morgens noch war er in La Trappe gewesen, hatte hinten in der Kirche gesessen und daran gedacht, daß er bald seinen Platz im Chor einnehmen würde. Die alte Frau redete unablässig, sie wiederholte etwas, wieder und wieder, und schließlich sah er sie an, ein Gesicht, das einem verblichenen Tuch mit tausend Falten ähnelte; dabei veränderte es sich, erst glaubte er, das Gesicht Madame Clemenceaus zu erkennen, dann sah er, es war Moses' Mutter, und ihm stockte das Herz. Die Einfahrt nach Paris verpaßte er darüber. Als er es wagte, sich abzuwenden, waren da schon dichte Häuserreihen und Schornsteine, unendlich hoch, unzählige Fenster, die ihn anzustarren schienen, und Menschentrauben, Ströme von Menschen, die sich durch die Straße bewegten wie Tanzende. Sein Herz klopfte, und als er wieder die alte Frau anschaute, schien sie jünger, sie lächelte, berührte seinen Arm und sagte: Ihr Jungen müßt nach Paris, für einen jungen Mann ist das das einzig Richtige. Werden Sie hier studieren? Jean fühlte, wie er nickte, lächelte, er sah wieder aus dem Fenster, die Sonne brach durch die Wolken, beschien einen Häuserblock, schwarzen Rauch, der geradewegs in den Himmel stieg, eine Straße

und einen Fahrradfahrer, ein junges Mädchen, das einen dicken Mantel trug und rannte. Aufgeregt hatte er seinen Koffer gepackt und sich mit den anderen zur Tür gedrängt, als der Zug endlich den Bahnhof erreichte, stehenblieb.
Es war fast dreißig Jahre her.
Er wollte Moshe am Arm fassen. Ihm war, als löste sich etwas von seiner Seele, eine dünne Schicht, die nicht sichtbar gewesen war und nichts verborgen oder verändert hatte. Es blieb, um etwas kaum Meßbares reduziert, alles, wie es war. Aber nun hatten sie Moshes Hotel erreicht. Wenn du mit Ruth sprechen würdest, hatte Moshe gesagt und ihm zum Abschied, hilflos und besorgt, das Foto von ihr gegeben, wie ein Pfand seiner Ehe.
Jean ging, bis es Zeit zum Frühgottesdienst war, spazieren. Bald erkannte er die Straßen nicht mehr, die Zeit verstrich langsam, er versuchte, sich zu sammeln, zu beten. Ihm war, als sähe ihn Ruth vertrauensvoll an, er dachte an Moshe, der jetzt sicher schon schlief, und sie sah ihn an, ihr Gesicht offener als auf dem Foto, bereit, endlich eine Entscheidung zu treffen, seinem Rat zu folgen. Sie könnte ihn, dachte er, im Kloster aufsuchen, verunsichert von der ungewohnten Umgebung und seinem Anblick in der weißen Kutte, beide würden sie überrascht sein, daß sie einander vertraut waren, als hätten sie Jahre miteinander verbracht.
Doch Ruth würde nicht nach Frankreich und er nicht nach Israel kommen. Mit aller Gewalt versuchte er sich zu konzentrieren. Wenn du, hatte Abt Patrick ihm vor Jahren geraten, auf einer Reise in Verwirrung gerätst, dann stelle dir das Kloster vor, in allen Einzelheiten, den Kreuzgang, die Säulen, eine nach der anderen mit ihren Kapitellen, den Weg vom Schlafsaal zur Kirche, den Weg vom Refektorium zur Kirche, in der Kirche die Schritte bis in den Chor, stelle dich zu den anderen, so daß du sie nicht störst, als wärest du von etwas abgehalten worden, kämest zu spät und versuchtest nun, leise deinen Platz einzunehmen, schon mit ihnen im Gebet.

Er hatte den Weg verloren, ging eine breite Ausfallstraße entlang, auf der hin und wieder ein Lastwagen vorbeidonnerte. Im Straßenlicht tauchten für Sekundenbruchteile Gesichter auf, die sich dem seltsamen Spaziergänger zuwandten; er erschrak, glaubte, ein Gesicht zu erkennen, immer dasselbe Gesicht, zwei Gesichter, ängstlich, nein, nicht mehr ängstlich, zu verzweifelt schon, um noch Angst zu empfinden, ein Transport Richtung Nordosten, durch Deutschland und weiter, bis über die Grenze. Ihm schien, als hielten die Gesichter auch nach ihm Ausschau, besorgt und liebevoll, als wäre er ihr Sohn; sie sahen nicht, wie er sich zu dem Mann in Uniform reckte, der sein Vater war, und ihm mit seiner Kinderstimme laut und deutlich sagte: Jean Marie ist mein Freund, eigentlich heißt er Moses Fein, seine Eltern haben ihn gebracht und sind selber weggefahren, mit all ihren Koffern.

Wenige Monate nach ihrem Treffen in Straßburg schrieb ihm Moshe, daß Ruth ihn verlassen habe.
»Ich werde sie nicht überreden können, zu mir zurückzukehren«, schrieb Moshe, »und mich werde ich nicht davon überzeugen können, daß mein Leben einen Ausweg hat. Ich bin ein guter Rechtsanwalt und Zionist dazu. In den letzten Wochen war ich kindisch genug, mir zu wünschen, ich wäre im Jom-Kippur-Krieg umgekommen. Da ich, wie Du weißt, nie militärtauglich war und in keinem Krieg gekämpft habe, ist diese Phantasie besonders peinlich. Vielleicht ginge es mir besser, wenn ich verstünde, warum ich mir damals eingebildet habe, es gäbe für mich einen Ausweg, einen anderen, als in Frankreich zu bleiben und meine europäischen Neurosen dort in angemessener Umgebung zu pflegen.
Das Leben ohne Ruth ist auf widrige Art vollständig, es fehlt an nichts. Ich habe einen Beruf und eine Wohnung, ich überlege sogar, mich in der Politik zu engagieren, aber alles bleibt fremd. Ich würde mit Dir tauschen, wenn es möglich

wäre. Oder Du kommst, wenn wir alt sind und Du von Deinem Mönchsleben genug hast – wir werden dann wie zwei Beckett-Figuren in der Alfasi Straße wohnen. Es ist doch ein Trost, an Dich zu denken.«

Das Foto von Ruth lag auf Jeans Tisch. Er hatte überlegt, ihr zu schreiben, und es nicht getan.

Als Moshes nächster Brief, im Oktober 1977, eintraf, öffnete er ihn nicht. Er schob es auf; sie ist zu ihm zurückgekehrt, dachte er. Ein zweiter Brief folgte nur Wochen später.

»Lieber Jean, mein voriger Brief muß verlorengegangen sein. Ruth ist tot. Sie ist bei einem Autounfall ums Leben gekommen. Ich hatte Dich gebeten zu kommen. Wäre sie nicht ausgezogen, in ein anderes Stadtviertel gezogen, würde sie noch leben.«

Als Moshe anrief, rief er nicht zurück. Das Foto lag noch immer auf seinem Tisch, er hatte es umgedreht. Ein weißes Rechteck.

Es half ihm, daß man ihn bat, einen Aufsatz für die *Collectanea Cisterciensia* zu schreiben. Er schlief kaum, arbeitete an seinem Text, bis sich alles ineinanderschob, Gedanken, Bilder, die Gottesdienste und anderen Verpflichtungen, sein Versagen, eine stumpfe Erschöpfung. Zum zweiten Mal war er an Moshe schuldig geworden. Bin ich meines Bruders Hüter? Er beichtete, blieb eine Nacht über in der Kirche und betete. Am Morgen, noch vor den Vigilien, kam Bruder François und setzte sich neben ihn. Danach hielt sich François, soweit irgend möglich, in seiner Nähe auf. Bald hatte Jean den Artikel beendet, wurde ruhiger. Eine schwarze Kammer, ein bildloser, stummer Raum. Das Foto von Ruth schenkte er Bruder François.

Im April 1978 trafen Moshe und er sich in Paris. Sie hatten oft darüber gesprochen, einmal gemeinsam nach Paris zu fahren; Ruths Tod drängte, auch wenn sie nicht darüber sprachen, alles in den Hintergrund. Als sie durch die Rue Vieille du Temple gingen, wies Moshe auf den Buchladen, in dem damals die Diskothek gewesen war: »Weißt du, daß Wagner-Aufführungen in Israel verboten sind?«

»Du hast dich nicht verändert«, sagte Moshe, als sie abends in einer Brasserie aßen. Diesmal war es Jean, der bestellte und Moshe zu essen drängte, Moshe rührte, was auf dem Teller war, kaum an. Er hatte stark abgenommen. Er war schweigsam, und um ihn abzulenken, erzählte Jean von den ersten Jahren in La Trappe. Er schilderte die halbhohen Holzwände, die im Schlafsaal notdürftig die Betten voneinander trennten, die Strohsäcke, die von den Novizen mit Mühe und Hingabe gefüllt wurden und auf denen trotzdem nur einschlafen konnte, wer von körperlicher Arbeit, vom Fasten, von den Gebeten völlig erschöpft war. Er schilderte, wie sie um zwei Uhr, an Feiertagen um ein Uhr morgens aufgestanden waren, so schlaftrunken, daß sie wohl, hätten sie nicht sommers wie winters in der Kutte geschlafen, kaum fähig gewesen wären, sich anzuziehen. Er beschrieb, wie sie einmal wöchentlich Buße getan hatten, indem sie für die Dauer eines *Miserere* ihre nackten Oberkörper mit einer Geißel schlugen. Er beschrieb, wie oft sie morgens auf dem Weg zur Kirche gestolpert waren, halb schlafend einer hinter dem anderen her, mit vor Kälte tauben Lippen Gebete murmelnd, wenn sie die Altäre besuchten. Er schilderte nicht, welche Erleichterung er empfunden hatte, als es ihm endlich gelungen war, wieder eine Art von Zwiegespräch mit Gott aufzunehmen, mit fast unmenschlicher Konzentration, auf die er oft die Hälfte der knapp bemessenen Schlafenszeit verwandte. Dieselbe Versunkenheit wie früher, der schwarze Raum, in dem er versank und Zuflucht vor seiner Unsicherheit fand. Was davor lag, seine Kindheit, jene Helligkeit und die Gewißheit, ein Engel würde über ihn wachen, konnte er nicht zurückrufen, und wenn er einmal daran dachte, so war ein schwacher Schmerz das einzige, was ihm bewies, daß er wirklich einmal auf diese Weise an Gott geglaubt hatte.

Moshe hatte ihm zugehört, ohne ihn zu unterbrechen, aufmerksam, beinahe gerührt. »Du erzählst so selten von dir.«
Als sie hinausgingen, bat Jean ihn um Verzeihung.
»Was bittest du mich um Verzeihung? Eher sollte ich dich bitten, mich zu segnen, vielleicht hilft es ja.«
Jean war stehengeblieben. Als Moshe seine Bitte wiederholte, tat er es.
Dem ersten Artikel für die *Collectanea Cisterciensia* folgten weitere. Jean beschäftigte sich mit dem Wechselspiel zwischen Licht und Dunkelheit in den Beschreibungen religiöser Kontemplation. Die Metaphern, die so eindeutig schienen, kehrten sich bei näherem Hinsehen gegen ihre erste Deutung. Das Licht war grell, es blendete, die Mittagshelle nahm den Dingen ihre Umrisse und Klarheit, betäubte den Verstand, monströse Formen entstanden, und etwas Erschreckendes kam zum Vorschein, das bisher nicht sichtbar gewesen war. Vielleicht war es die Strafe derer, die glaubten, auf allzu vertrautem Fuß mit dem Licht zu stehen, sich schon als seinen Teil sahen und in ihrer Abgeschiedenheit, in der Einsamkeit der Wüste und am Höhepunkt des Tages erkennen mußten, daß für sie die Mittagshelle giftige Schwermut barg. Die Melancholie war dagegen mit der Dunkelheit und mit dem Tod verbunden, einer Auflösung, die Züge der Hingabe trug. Die Acedia hatte bei aller Bedrückung etwas Hochfahrendes an sich, das ihre Aufnahme in die Reihe der Todsünden rechtfertigte.
Jean wußte, daß seine Auslegungen der Acedia und des »Mittagsteufels« ihn selbst trösten sollten. Er verbrachte Stunden in der Bibliothek und in seiner Zelle. Draußen arbeitete er nur noch selten. Dom Nicolas befreite ihn von allen Verpflichtungen. Der Kardinal in Paris war auf Jean aufmerksam geworden, er beauftragte ihn, Entwürfe für seine Sendbriefe oder Ansprachen zu schreiben. 1982 wurde Jean von einer kunsthistorischen Zeitschrift gebeten, über die Darstellungen des heiligen Hieronymos zu schreiben. Er

reiste nach Venedig, um in San Giorgio degli Schiavoni den Zyklus Carpaccios zu sehen.
Manchmal besuchte ihn François in seiner Zelle, klopfte so leise, daß er es überhören konnte. Er wollte es nicht immer hören. François war alt geworden, unter der Kutte verschwand sein Körper, er hatte noch immer dichte Haare, jetzt ganz weiß, sein Gesicht war von der Arbeit draußen dunkel, es war, wie sein ganzer Körper, kleiner geworden, leuchtete zwischen dem weißen Stoff der Kutte und den weißen Haaren, noch immer schief, nicht mehr listig, nur noch besorgt, wenn er Jean ansah wie ein Nachttier oder eines der Fabeltiere auf spätmittelalterlichen Tapisserien.
Jean kündigte seine Reisen Moshe lange vorher an, und wenn irgend möglich, kam Moshe.
»Ihr habt es gut auf Reisen«, merkte Moshe an, »man behandelt euch zuvorkommend und läßt euch in Ruhe. Ihr reist, aber ihr bleibt in eurer eigenen Welt. Ihr seid frei, weil ihr behauptet, euch selber gehorsam zu sein. Wenn ihr euch verändert, bestimmt immer ihr das Maß der Veränderung.«
Nach Ruths Tod nutzte Moshe jede Gelegenheit, seinen Freund zu sehen. »Du hast dich nicht verändert«, sagte er zu Jean. Und Jean sah ihn an, der angespannt wirkte, ungeduldiger als früher, und schwieg. Manchmal nahm Moshe an einer Messe teil. Sie machten lange Spaziergänge, besuchten Museen oder Kirchen, zum Abendessen brachte Moshe manchmal eine Frau mit, die ihn auf seiner Reise begleitete, jüngere Frauen meistens – und dann Batsheva. »Du schaust mich an, als würde ich Ruth betrügen. Aber Ruth ist seit sechs Jahren tot.«
Seit acht, seit zehn Jahren.
Jean schrieb einen Artikel über den Zusammenhang von Melancholie und Gedächtnis. Die Acedia zerstöre das Erinnern, während die Melancholie das Gedächtnis stärke. Mattheit der Seele verdränge Gott, bis auch die Versuchung durch den Teufel vergessen sei und nichts bleibe als Leere.

Du hast dich nicht verändert; immer sagte es Moshe, wenn sie sich trafen. Jean fragte sich oft, was geschehen wäre, wenn Dom Patrick oder Dom Nicolas ihm erlaubt hätten, sich als Eremit zurückzuziehen. Statt dessen hatte er über die Wüstenväter geschrieben, und gerade das entfernte ihn vom Kloster. Er reiste, hatte sich an diese Reisen gewöhnt. Er wußte, daß er nicht mehr die Kraft hatte, sich ganz zurückzuziehen. *Man glaubt*, schrieb er in einem Aufsatz, *daß man sich, wenn man ins Kloster eintritt, mit Gottes Hilfe ein neues Schicksal bestimmt. Aber das Gegenteil ist der Fall. Die Konturen, jede Begebenheit des Lebens und die eigene Bestimmung treten um vieles deutlicher hervor, als es in einem weltlichen Leben der Fall wäre – und am deutlichsten bei den Eremiten. Unsere Aufgabe besteht darin, das eigene Leben, wie es ist, Gott zu weihen und das eigene Schicksal zu einem Gott gefälligen zu machen. Das Leben als Eremit und auch als Mönch ist eine extreme Form der Selbsterkenntnis.*
Manchmal klopfte François leise an seine Tür, wenn Jean zu lange wach saß.

Im Sommer 1991, nach vierzehn Jahren, schrieb Jean zu Ruths Todestag einen Brief an Moshe. Die Ungeschicklichkeit und Sentimentalität des Briefes bedrückte ihn danach. Als Moshe sofort zurückschrieb und ihm dankte, schämte er sich. Bis sie sich sahen, vergingen einige Monate, über den Brief sprachen sie nicht, aber sie sprachen danach oft über Ruth, und mit den Jahren vergaßen beide, daß Jean sie nie kennengelernt hatte.

Im Sommer halfen junge Leute, meist Studenten, bei der Ernte. Sie liefen in Jeans und – wenn es sehr heiß war – mit nacktem Oberkörper durch die Baumreihen und Sträucher, trugen große Körbe in den Händen und sammelten, sortierten Fallobst, pflückten behutsam die reifen Äpfel aus den

obersten Ästen, legten einen neben den anderen in die Holzsteigen. Er sah ihnen gerne zu, hörte ihre Stimmen, auch von weitem, wenn er spazierenging. Sie wohnten im Gästehaus, das ausgebaut worden war. Sonntags kamen sie manchmal zur Messe, brachten manchmal ihre Freundinnen mit, die sie am Wochenende besuchten, saßen nebeneinander auf den Holzbänken, standen vor der Kirche und umarmten sich. Eine der jungen Frauen erinnerte ihn an Ruth. Als er sie das erste Mal sah – er warf von seinem Platz im Chor einen Blick in das Kirchenschiff –, erschrak er, glücklich, als wäre sie endlich doch gekommen. Nach der Messe beeilte er sich, den Vorplatz zu erreichen, sie ging im Arm ihres Freundes, eines der Studenten, drehte sich einen Augenblick um und sah ihn erstaunt und neugierig an. Sie war älter als ihr Freund, vielleicht Ende zwanzig, das dicke schwarze Haar trug sie in einem altmodischen Knoten.
Sie schien in der Nähe ein Zimmer genommen zu haben, denn sie tauchte noch einige Male auf den Feldern und zwischen den Apfelbäumen auf, einen Motorradhelm in der Hand, in einem hellen kurzen Sommerkleid oder in verwaschenen Jeans. Jean erkundigte sich, wie lange ihr Freund bliebe. Drei Wochen. Manchmal bildete er sich ein, sie würde nach ihm Ausschau halten.
Als er Moshe im Spätherbst in Paris traf, schämte er sich, davon zu erzählen. Er sah sich selbst wie in einem Spiegel, alt geworden, schon neugierig auf den Tod und ängstlich. Moshe erzählte ihm von Sophie, einer jungen Frau, die er in Jerusalem kennengelernt hatte, einer Deutschen, dünn und lang und ungeschickt, so ungeschickt mit ihrem Leben zwischen zwei Ländern, daß es Moshe rührte und amüsierte. Sie hatten sich angefreundet. »Keine Sorge«, sagte Moshe, »ich habe mich nicht in sie verliebt. Sie ist Anfang zwanzig, mein Gott, ich bin ein alter Mann für sie.«
Sie waren 63 Jahre alt.
Dann starb Bruder François. Er war neunzig Jahre alt ge-

worden, sein Tod überraschte keinen. Bruder François hatte zwei Wochen vorher an Jeans Tür geklopft, ein wenig lauter als sonst, und war ohne Umstände hereingekommen. Er war heiter gewesen und hatte Jean gesagt, daß er bald sterben würde. »Beten kann ich dann allerdings nicht mehr für dich«, hatte er beim Abschied bekümmert gesagt. Er war draußen gestorben, während er am kleinen Kanal die Schwäne und Enten fütterte.

Die Aussegnung. Die Beerdigung. Die Seelenmessen. Jean spürte, daß er sein Gleichgewicht verlor. François war sein einziger Vertrauter im Kloster gewesen.

Kurze Zeit später starb seine Mutter; Jean reiste zu ihrer Beerdigung und hielt den Trauergottesdienst.

Moshe schrieb er nichts von alledem, er verbarg, als sie sich ein Jahr später trafen, seine Niedergeschlagenheit, so gut er konnte.

Nach ein paar Wochen rief ihn Dom Nicolas zu sich. Mehr oder weniger direkt forderte er ihn auf zu verreisen. Ein wenig Abstand, sagte er, müsse sein, er schließe sich zu sehr von den anderen ab.

Manuskripte, die er in der Biblioteca Marciana in Venedig zu finden hoffte, gaben ihm den Grund der Reise. Er war gebeten worden, über die »solitudo communis« als Widerpart und Heilmittel gegen die Melancholie zu schreiben, über die Zurückgezogenheit, die sich nur innerhalb der Ordnung einer Gemeinschaft ausdrücken konnte.

»Ist das der Ausweg aus deiner Acedia?« fragte Moshe am Telefon. »Ich dachte, das Bollwerk gegen jeden Anflug von Schwermut sind François und ich – und Gott. Natürlich komme ich nach Venedig.«

Als die Abreise näherrückte, schlief Jean kaum mehr, wie betäubt stand er um drei Uhr morgens auf, kleidete sich an, und wie betäubt folgte er den anderen, die aus ihren Zellen traten, durch die langen Gänge. Während er müde die

Gebete murmelte, dachte er an Moshe und seinen Spleen wach zu bleiben, bis er, Jean, zu den Vigilien aufstand.
Der Klosterkomplex, der so vertraut war, schien maßlos, die langen Wege von ihren Zellen zur Kirche, zum Refektorium, zur Bibliothek oder den Wirtschaftsgebäuden ärgerten ihn. Der wütende Protest gegen das nahe gelegene Peugeot-Werk ärgerte ihn. Die Geschäftigkeit, mit der das Kloster immer neue Weizenprodukte und Konfitüren erfand, ärgerte ihn auch. Überall entdeckte er Unruhe und Zerstreuung, die seine Ungeduld steigerten, er klagte seine eigene Nachlässigkeit und die seiner Mitbrüder an. Er warte auf die Reise, sagte er Dom Nicolas, um die Ruhe und Konzentration zu finden, die er im Kloster vermißte. Dom Nicolas schüttelte den Kopf. »Du vergißt zu beten«, tadelte er ihn freundlich. »Wenn ich dich sehe, hältst du deinen Rosenkranz so fest in der Hand, als wäre er ein Steuerrad. Wärst du jünger, würde ich dich auffordern, ihn mir auszuhändigen, bis du Buße getan hast und ihn zurückerbittest, weil er dir wirklich fehlt. Vielleicht solltest du dich, statt nach Venedig zu fahren, für eine Zeit zurückziehen? Du hast doch vor Jahren darum gebeten, in einer Einsiedelei zu leben.«
Noch während er dem Abt versprach, darüber nachzudenken, wußte Jean, daß seine Entscheidung längst gefallen war.
»Wenn ich Dich nicht mit eigenen Augen in Sept-Fons gesehen hätte«, schrieb Moshe, »würde ich glauben, Du wärst noch immer in St. Croix. Du erzählst so wenig und immer weniger, daß man meinen könnte, Du wärst blind oder hättest gelobt, nie über das Kloster zu sprechen. Also stelle ich mir manchmal vor, Du lebst in St. Croix und hast Dein Bett im Speisesaal aufgestellt, während um Dich herum alles zu Staub zerfällt. Und dann kommt mir vor, als wolltest ausgerechnet Du mir beweisen, daß wir ebenso zu Staub zerfallen wie das Bild des Marschall Pétain, das in Madame Clemenceaus Büro hing, erinnerst Du Dich? Womit Du, was den

Staub anbelangt, ja nicht einmal unrecht hast, jedenfalls habe ich diesbezüglich die besten Absichten, denn ich werde wohl nicht mehr zu Dir ins Kloster kommen, um der Auferstehung im Fleische teilhaftig zu werden.«

Wieder betete Jean alleine in der Kirche, wie er es in St. Croix so oft getan hatte. Er kniete im Kirchenschiff, der Chor lag leer im spärlicher werdenden Licht, zwischen Vesper und Komplet war hier niemand, keine Stimme ließ sich hören, nicht einmal Vogelgezwitscher. Vielleicht schlief er auch ein. Er versank in dem sich ausdehnenden dunklen Raum, der ihm in den letzten Monaten oder Jahren unbemerkt verlorengegangen war. Es war ein bedrohlicher Schlaf, ihm war, als würde aus seinem Kopf ein langer Faden herausgezogen, schwarz wie ein abgestorbenes Blutgefäß, herausgezogen und auf eine riesige Spule gewickelt, die immer dicker wurde, während sein Kopf sich leerte, und so blieb er zurück und wachte auf, noch immer kniend. Vom Abendessen und der Komplet ließ er sich entschuldigen.

Tags darauf teilte er dem Abt seinen Entschluß mit: Er wollte reisen. Und er schrieb Moshe, wann er in Venedig eintreffen würde.

Wie immer reiste er auf Kosten des Klosters. Die Zugfahrkarte und das Flugticket händigte ihm Bruder Vincent aus, ein noch junger Mann, der erst vor kurzem die Ewige Profeß abgelegt hatte. Er überreichte ihm den großen Briefumschlag heiter und feierlich, als wollte er ihn und diese Reise segnen. Und auch die anderen, bemerkte Jean erstaunt, grüßten ihn so liebenswürdig, als erwarteten sie mit ihm den Tag, an dem er von Dompierre-sur-Besbre nach Lyon und weiter nach Paris, von dort im Flugzeug nach Venedig reisen würde.

Und schon begann er, an seiner Entscheidung zu zweifeln. Es war Spätsommer, er ging durch die Getreidefelder, die schon umgepflügt waren, sah Pappeln, die sich nach einem trockenen Sommer früh verfärbten, an den Wegrändern bedeckte eine dünne Staubschicht die Blätter des Weißdorns. Nach der Komplet und bis zehn Uhr abends saß er am Schreibtisch, las, was er tagsüber versäumt hatte. Er legte sich nicht gerne hin, die Nächte zogen sich in die Länge, leer und geräuschlos, sosehr er auf ein leises Klopfen lauschte. Manchmal war ihm, als würde sein Name gerufen, aber niemand war da, niemand rief, wahrscheinlich hatte er im Halbschlaf seinen eigenen Namen vor sich hingeflüstert.

Obwohl ihm das Aufstehen schwerfiel, wartete er jeden Morgen auf den ersten Gottesdienst. Die vertrauten Gesichter seiner Mitbrüder bildeten einen Schutzwall um ihn, er erkannte ihre Gesten, unterschied im Chorgebet ihre Stimmen, und trotz seiner Benommenheit fühlte er sich beruhigt in ihrer Nähe.

Wenn er früh am Morgen, vor den Laudes, spazierenging, narrten ihn im Frühnebel Bäume und Sträucher, in seiner Müdigkeit glaubte er, in geringer Entfernung Moshe zu sehen oder François. Er schalt sich selbst, weil er sentimental wurde. Die Toten – seine Mutter, Bruder François und Ruth.

Zu Bruder François' Todestag hielt Jean die Seelenmesse. Er predigte, daß Liebe und Erinnerung den Tod überwinden würden, den König Lear beklagte: *Ich weiß, wenn einer tot und wenn er lebt: Tot wie die Erde.* Der Hauch, der als Lebenszeichen die Fläche des Spiegels trübe, sei die Erinnerung in Gott, die den Tod besiege. Als er nach der Predigt aufschaute, sah er die Gesichter der anderen ratlos und verschlossen. Dom Nicolas dankte ihm, und nachdenklich fügte er hinzu: »Es schien allerdings, als sei Shakespeare dir näher als die Bibel.«

Dann war es Zeit zu reisen. Ihm war, als setzte er das wenige, das ihm vertraut war, aufs Spiel. Auf seiner Hand entdeckte er einen Hautausschlag, der unangenehm juckte.

Die Biblioteca Marciana enttäuschte ihn. Er hatte gehofft, dort einen spätmittelalterlichen Kommentar Pietro d'Abbanos zum Problem XXX.1 zu finden, das lange – und fälschlicherweise – Aristoteles zugeschrieben worden war, eine der frühesten und ausführlichsten Abhandlungen zur Melancholie. Als er aus der Bibliothek auf den Markusplatz trat, überraschte ihn die summende Menschenmenge, die sich dort versammelte, um den Dom zu besichtigen oder vor den Arkaden in einem der Cafés etwas zu trinken. Er wußte, daß eine ähnlich große Menschenmenge dort gewesen sein mußte, als er aus dem Vaporetto ausgestiegen und zur Bibliothek gelaufen war, aber er hatte von alledem, von der Sonne, den Fotografen und Touristen, die Taubenfutter kauften, den Liebespaaren nichts wahrgenommen. Und Moshe würde erst am nächsten Nachmittag eintreffen. Er lief zu Fuß zu San Giorgio degli Schiavoni, um Carpaccios »Hieronymos« einen Besuch abzustatten. Noch immer wartete das weiße Hündchen aufmerksam und neugierig vor dem Heiligen, der auf einem kleinen Podest an seinem Schreibtisch saß, augenscheinlich zufrieden in dem kostbar ausgestatteten Arbeitszimmer und mit der gelassenen Miene eines Mannes, der sich erlaubt, den Tod warten zu lassen.

Gegen Abend bedeckte sich der Himmel mit einer dünnen Wolkenschicht, es wurde dunstig und drückend, alle Geräusche, Stimmen, die Motorboote und Kirchenglocken klangen gedämpft. Er fuhr zur Giudecca und aß zu Abend. Es war schon spät, die Wellen schienen die Steine, und was die Menschen wollten, in den Schlaf zu wiegen. Jean lauschte und hörte keinen Schritt. Auch er ging leise, vorsichtig auftretend, in Richtung San Giorgio Maggiore, wo er untergebracht war.

Am nächsten Morgen fuhr er zu den Zattere und lief an der Dogana vorbei zur Santa Maria della Salute. Der Platz vor der Kirche war leer. Jean setzte sich auf die Treppenstufen, es war noch immer dunstig und schwül, er fühlte sich nicht wohl. Die zahllosen Engel auf dem Kirchendach nahmen keine Notiz von ihm. Auf einer Mauer, über der sich die kleine Krone eines Ahorns zeigte, gruppierten sich die vier Evangelisten um ein Tor aus Schmiedeeisen, eine fünfte Figur lehnte elegant und matt etwas entfernt an der Kirchenwand.

Als er sich besser fühlte, stand er auf, und aus Gewohnheit, fast gegen seinen Willen, betrat er das Kircheninnere. Den Pfeil mit der Aufschrift »Sakristei« bemerkte er, als er die Kirche mit ihrem überreichen Marmorboden schon verlassen wollte, von Hand und ungeschickt stand darüber »Tizian« geschrieben. Er folgte ihm.

Die Sakristei war auch leer, Jean schaute sich verwundert um, anscheinend waren alle in Hast aufgebrochen und hatten vergessen, die Kirche und ihre Schätze abzuschließen; er wollte nur einen Blick tun und dann ebenfalls gehen. Das Altarbild, ein früher Tizian, zeigte den heiligen Markus. Um ihn herum standen Damian, Cosmas, Sebastian und Rochus, gruppierten sich wie im Gespräch, der heilige Sebastian mit einem Pfeil (ein zweiter lag zu seinen Füßen) so schön und unbeteiligt, als würden Schönheit und Jugend die Anbetung und selbst den Glauben überflüssig machen. Acht Tondi stellten die Büsten der Evangelisten und Kirchenväter dar, versunken lauschten sie auf das göttliche Diktat, Johannes' schwärmerische Schönheit, sein kraftvoller Arm und Hals, das dem Adler zugewandte Gesicht schienen ihm wie eine Parodie auf das, was er und Moshe in St. Croix geträumt haben mochten.

Schon im Gehen, hob er erwartungslos den Kopf zur Decke.

Der Effekt war so täuschend, daß Jean sich unwillkürlich duckte.

Der kompakte muskulöse Körper stürzte auf ihn herab, bevor er ihn erkannte, aus einer Wunde blutend, aus einer Kopfwunde, bewußtlos oder schon tot, tot wie die Erde, wie nur tot sein konnte, was erschlagen war, ein Mensch, von einem anderen umgebracht. Abel stürzte herab. Kain hielt noch in den hochgerissenen Händen das Holz, mit dem er

seinen Bruder erschlagen hatte, hob den Fuß, um ihn – als sei ein Tod nicht genug – hinunterzustürzen in den Abgrund. Mit aufgerissenen Augen stürzte der Tote durch den leeren, stummen Raum. *Wo ist dein Bruder Abel?*
Der Opferrauch stieg träge und schräg, sammelte sich zu einer schwarzen Wolke. Wie Abel die Finger spreizte, auseinanderriß: als sollten wenigstens seine Hände schreien.
Kain aber schwieg. Zwei stumme Körper, der eine lebend, der andere tot, ein leerer Raum, der Tote stürzte, wer unten stand, hinaufschaute, würde ihn nicht auffangen. *Bin ich meines Bruders Hüter?*
Der Himmel hatte sich verfinstert, und Gott war nicht zu sehen. Eine wütende Landschaft, schroffe Felsen, darüber der Himmel ebenso wüst, das war alles. Zwei Körper, sah Jean jetzt, die ununterscheidbar waren. Bis der eine das Stück Holz – fast einen Pfahl – gegriffen hatte, um den anderen zu erschlagen, waren sie einander gleich gewesen. Des einen Entscheidung hatte sie getrennt, der Maler sie in ihrer Ähnlichkeit gemalt, Brüder oder mehr als Brüder, fast noch eins, während sie sich schon voneinander endgültig entfernten in dem lautlosen Sturz. Gott war vom Maler, willentlich oder nicht, aus seiner Darstellung verbannt worden.
Jean schaute sich um. Aber niemand war zu sehen, und zögernd verließ er die Sakristei. Er ging durch die Tür, als wäre sie sehr niedrig, verließ die Kirche, unterdrückte den Impuls, noch einmal umzukehren; ihm war, als müsse er sich getäuscht haben. Draußen hatte sich der Himmel weiter zugezogen, das Wasser schlug dunkelgrün gegen die Mole, die fünf Figuren standen auf der Mauer, auf den Simsen und Dächern der Kirche scharten sich die Engel (oder waren es Heilige?), aber kein Mensch war zu sehen, nur die Möwen kreischten, und ein paar Tauben flogen von der weiten Treppe auf, die zum Vorplatz hinunterführte. Sehr glatt waren die Stufen, er ging unsicher.
Morgen würde Moshe eintreffen, es war bis dahin nicht

mehr lange. Er würde mit ihm in die Sakristei zurückkehren, und Moshe würde Unruhe und Beklommenheit von ihm nehmen.

Um sich abzulenken, schlug Jean den Weg zur Accademia ein, froh, wieder unter Menschen zu sein, die in lebhaftem Gespräch aus dem Museum kamen oder in es hineindrängten, überquerte die breite Holzbrücke und lief – er wich, ohne es zu merken, denen aus, die langsamer gingen als er selbst – am Markusplatz vorbei und immer weiter, bis zur Via Garibaldi.

In Venedig war das sicherlich die prosaischste Gegend. Wo früher einmal ein Kanal gewesen war, reihten sich jetzt kleine Läden und Cafés, nur wenige Touristen mischten sich unter die Venezianer, die ihre Hunde ausführten, Einkäufe machten oder die Scharen tollender Kinder beaufsichtigten, die hier Platz für ihre Fahrräder und Roller hatten. Spaziergänger waren unterwegs zu dem kleinen Park, in dem über einem Brunnen Garibaldi thronte, von Moosen überwuchert. Im Wasserbecken schwammen Schildkröten hastige Manöver, aufgeschreckt von den geschickten Händen dreier kleiner Jungen, die sich weit über den Beckenrand beugten. In den Seitenstraßen zur anderen Seite der Via Garibaldi trocknete zwischen den Häusern Wäsche, in einem Vogelbauer saß eingezwängt ein Kaninchen, alte Frauen hockten auf Treppenstufen und Stühlen, gaben auf ihre Enkel acht und grüßten freundlich, als Jean vorüberging. Es würde, riefen sie ihm zu und zeigten auf den Himmel, noch ein Gewitter geben.

Nachts lag Jean auf dem schmalen Bett in einem der Gästezimmer von San Giorgio Maggiore, die Luft blieb drückend, das Gewitter ließ auf sich warten, Wetterleuchten oder ferne Blitze erhellten wieder und wieder für Sekundenbruchteile sein Zimmer. Kein Laut. Mit dem Gewitter, dachte er, würde es kühler werden und leichter zu atmen sein.

Aber als der erste Donner krachte und unmittelbar ein Blitz

folgte, hörte er von draußen einen Schrei, kurzes Gelächter, dann Rufen und etwas später Stimmen, ein Motorboot. Es wurde lange nicht wieder still – nur das Gewitter schien es sich anders überlegt zu haben –, und als Jean endlich einschlief, fing es schon an zu dämmern.

Beim Frühstück mußte er nicht fragen, was geschehen war. Die junge Frau, die man anscheinend als Aushilfe hastig gerufen hatte, erzählte es laut und wortreich und wiederholte, sobald ein Gast den Frühstücksraum betrat, wie der Sohn der Köchin, vom Donnerschlag erschreckt und vielleicht betrunken, in den Kanal gestürzt sei, seine Freunde erst an einen Scherz geglaubt und dann in Panik um Hilfe gerufen hätten, statt selbst dem Unglücklichen zu helfen, wie viel zu spät Nachbarn und dann Carabinieri herbeigeeilt seien, um schließlich den Leblosen aus dem Wasser zu ziehen, in dieser Dunkelheit, die weder der Mond noch Wetterleuchten, noch ein Blitz erleuchtet hätten. Jean hörte ihre Stimme und dachte, daß schon morgen die weißen Zettel mit der schwarzen Umrandung am Kloster und überall auf der Giudecca hängen würden, darauf der Name des Verunglückten.

Er fuhr mit dem Vaporetto zu den Zattere, die Sonne schien. In Moshes Hotel hinterließ er eine Nachricht, schlug die Santa Maria della Salute – nur zehn Fußminuten entfernt – als Treffpunkt vor und fünf als Uhrzeit.

Moshe kam von der Dogana her, umarmte Jean und wies nach oben zu den Engeln. »Das ist unser Treffpunkt?« Er schien gut aufgelegt und musterte Jean. »Du hast dich verändert. Müssen wir gleich in die Kirche?«

Sie wurde vor ihren Augen abgeschlossen, ein Sakristan mühte sich klappernd mit dem Schlüssel, plötzlich belebte sich der Platz mit Kindern, zu zweit oder zu dritt rannten sie aus den Seitenstraßen herbei, die Mädchen hielten sich an der Hand, Jungen tobten in großen Kreisen um sie herum, erst zehn, dann zwanzig, der Sakristan verschwand durchs Tor in den

Garten, aus dem der kleine Ahorn über die Mauer wuchs, kein Erwachsener weit und breit. Für einen Augenblick bildeten die Kinder – die Mädchen etwa sechs bis zehn Jahre alt, die Jungen etwas älter – einen Kreis, der Älteste (oder war er nur der Größte?) rief etwas, das Jean nicht verstand, die anderen hielten inne, rannten dann auseinander, nur zwei Jungen blieben dicht beieinander stehen, während die anderen Kinder in den Gäßchen hinter der Kirche verschwanden. Man hörte noch ihre Schritte, ihre Stimmen, aber der Platz lag leer und still. Jetzt erst bemerkten die beiden Jungen – sie trugen dunkelblaue, gebügelte Hosen, der eine war blond, der andere dunkel, fast kahlgeschoren – die zwei Männer, einen Moment schienen sie erstaunt, sie nickten ernst einen Gruß, entfernten sich, einer den Arm um des anderen Schulter gelegt, am Wasser entlang Richtung Dogana. »Hast du gesehen«, sagte Moshe verwundert zu Jean, »der größere war schwarzhaarig, der kleinere dunkelblond.«

Abends gingen sie zu dritt essen, Batsheva freute sich über das Wiedersehen, doch während die beiden vergnügt waren, Jean für die Wahl des Restaurants auf der Giudecca lobten, blieb er still und verabschiedete sich früh.

Am nächsten Mittag führte er, nachdem sie in der Accademia gewesen waren, Moshe noch einmal zur Santa Maria della Salute.

Moshe ging, ohne auf den Weg zu achten, neben ihm her, bis sie vor der Kirche standen. Er war müde, Batsheva erwartete sie zum Mittagessen, mürrisch folgte er Jean ins Kircheninnere, erstmals bemerkte er an seinem Freund eine Insistenz, die ihn verstimmte. »Warst du nicht heute morgen im Gottesdienst?« fragte er gereizt, ohne Antwort zu erwarten. Müdigkeit und Mittagshitze machten die gute Laune zunichte, um die er sich, seit er Batsheva eingeladen hatte, ihn zu begleiten, bemühte. Im vergangenen Jahr war wenig Anlaß gewesen, gut gelaunt zu sein, dachte er voller Groll.

Es war das erste Mal nach vielen Jahren, daß er sich nur mit Mühe zur alltäglichen Routine überredete, einem löchrigen, wertlosen Stück Stoff, das er über seinen Kopf in der Hoffnung zog, sich darunter verstecken zu können. Er war mit Sophie ungeduldig gewesen, als beanspruchte sie seine Erinnerung, und er war ungeduldig mit Jean, der seine Erinnerung war. Jean hatte ihn am Arm gefaßt, durch die Kirche bis in die Sakristei gezogen und zur Decke gezeigt. Er grollte, als wollte Jean ihm etwas aufzwingen, ein Bild oder eine Erklärung; was wollte er sagen? Moshe sah Abraham, der mit der Linken den Kopf seines Sohnes herunterdrückte, die Rechte mit dem Schwert erhoben, aber ein Engel hielt es fest, und er sah Kain und Abel – es war das Bild, auf das Jean zeigte. Jetzt verstand er auch, was Jean gerade sagte: daß der Himmel genauso gemalt sei wie die Erde, daß die beiden Körper einander zum Verwechseln ähnelten.
»Worüber redest du da?«
»Wir sind Kain und Abel.«
Moshe glaubte, nicht richtig verstanden zu haben, was Jean sagte, der sehr leise und schnell sprach, als müßte er die Zeit selbst überreden, in die Zukunft oder zurück in die Vergangenheit, und Moshe begriff nur so viel, daß die Aufregung seines Freundes etwas bewirken wollte; er ärgerte sich.
»Willst du mich über die Erbsünde belehren? Oder mich, nachdem du mich in Tournus freundlicherweise darauf aufmerksam gemacht hast, daß ich Jude bin, fürs Christentum zurückgewinnen? Denn soweit ich weiß, habe ich niemanden erschlagen, und trotz aller Mühe, die man sich gegeben hat, bin ich auch nicht erschlagen worden.«
Seine Stimme hatte die von Jean übertönt, der blaß geworden war und weitersprach oder eher flüsterte – Moshe meinte, Madame Clemenceaus Namen zu verstehen, dann ging er brüsk hinaus.
Jean stand einen Moment lang wie gelähmt, schließlich riß er sich los. In der Kirche kniete eine alte Frau mit einem

Kopftuch vor der Muttergottes, Moshe war verschwunden, und als Jean, geblendet von der Sonne, auf den Treppenstufen stand, war er auch da nicht.
Eigentlich heißt er Moses Fein, seine Eltern sind weggefahren, mit all ihren Koffern. Wieder hörte er laut und deutlich seine eigene Stimme. Als Moses bewußtlos lag und er bei ihm wachte, sagte Madame Clemenceau es ihm: Man hatte in St. Croix nach Moses gesucht, wenige Tage nach dem Besuch von Jeans Eltern im Internat. Das Ehepaar Fein habe in letzter Sekunde ihr Kind doch mitgenommen, der Schüler Jean Marie Ferrin sei ihr Neffe, hatte sie den ungläubigen Gendarmen ins Gesicht gelogen. Dann ging sie auf die beiden Männer los. Ob sie sich nicht schämten, Franzosen, die einem getauften Kind nachspürten?
Und Jean hatte nicht fragen müssen, ob ihn sein Vater deshalb nicht mehr besuchte. *Deinem Vater habe ich gesagt, es ist besser, wenn er nicht mehr kommt.*
Moshe lehnte an der Mauer im Schatten, er sah müde aus. Als Jean ihn um Verzeihung bitten wollte, unterbrach er ihn. Er sei zu alt für Schuld und Buße, sein Name sei immer Moses Fein gewesen, auch ohne Jeans Zutun hätte er das früher oder später begriffen.
Sie gingen schweigsam zu Moshes Hotel zurück. Die Erinnerung, sagte Moshe, als sie Batsheva sahen, die vor dem Hotel wartete, verfolge ihn immer noch, vielleicht sei es ein Fehler, davon zu sprechen, es wiederhole sich alles Satz für Satz.
Beide waren erleichtert, daß Batsheva beim Mittagessen lebhaft von ihrem Besuch im Markusdom und in der Frarikirche erzählte.
»Eine Erinnerung, wie du sie dir vorstellst, gibt es nicht«, sagte Jean, als sie sich verabschiedeten.
Aber das war falsch. Solange er Moshe die Wahrheit nicht sagte, solange Moshe nicht wußte, daß Jean am Tod seiner Eltern Schuld hatte, gab es keine Erinnerung, sondern nur Täuschung. Jeans Vater hatte den Sicherheitsdienst über die

Flucht der Feins in Kenntnis gesetzt. Madame Clemenceau hatte ihm das, bevor er nach La Trappe aufgebrochen war, wiederholt. Sie glaubte nicht an Jeans Berufung zum Mönch.

Niemand außer ihr hatte je von ihm verlangt, er müsse Moshe die Wahrheit sagen, weder der Abt noch Pater Antonius: Durch die Beichte würde ihm Gott seine Schuld vergeben. Daran klammerte er sich auch jetzt, aber er sah die Hände Abels vor sich, die ins Leere griffen.

Madame Clemenceau hatte alles gewußt, ebenso wie sein Vater und auch er selbst gewußt hatten, daß Moshes Eltern tot waren. Es gab die Erinnerung. Die Dinge hatten einen Namen.

Er kehrte nach Sept-Fons zurück, das Bild von Tizian ließ ihn nicht los. Eine Postkarte lag auf seinem Tisch. Der schwere Himmel, ein böser Rauch, der alles verdüsterte, die entsetzt ausgestreckten Arme, die hilflos gespreizten Finger Abels.

Die Zeit verging. Moshe schrieb. Sophie, die junge Frau, mit der er sich angefreundet hatte, war nach Deutschland zurückgekehrt und lebte in Berlin, er wollte sie besuchen, er fürchtete die Reise. Die Hoffnungen, die mit Rabins Ermordung zerschlagen waren, kehrten sich in ihr Gegenteil. Als Jean ankündigte, ihn in Jerusalem besuchen zu wollen, lehnte Moshe ab. »Ich würde mich«, schrieb er, »sicherlich als Zionisten bezeichnen und habe mir oft gewünscht, Dir Israel zu zeigen. Aber die Vorstellung, daß Du jetzt kommst, wo ich Angst um Dich haben muß, wenn Du Bus fährst oder in der Altstadt herumläufst, deprimiert mich. So wie mich vieles, was hier geschieht, deprimiert. Ich wünschte, ich könnte Dir schreiben, warte bis nächstes Jahr. Wahrscheinlich ist es in einem Jahr noch schlimmer als jetzt. Batsheva sagt, ich leide an einer Altersdepression. Das tröstet mich auch nicht. Ganz unrecht hat sie allerdings nicht, und mir fehlt Sophie. Wenn ich an das Gemälde von Tizian denke, sehe ich die beiden kräftigen Körper und sehe, wie jung sie sind. Und ich beneide sie. Erinnerst Du Dich an die Alte von Giorgione in der Accademia? Mit ihrem schütteren Haar, dem schiefen, etwas trüben Blick und dem halb geöffneten Mund? Sie hält ein Papier, eine Art Band, in der Hand, auf dem etwas geschrieben steht. Weißt Du, was dort steht?«

Nachdem er im Frühjahr 1997 wochenlang unter Kopfschmerzen gelitten hatte, suchte er im Juni einen Arzt auf. Immer aufwendigere Untersuchungen blieben ergebnislos, schließlich überwies ihn der Arzt nach Paris. Jean schrieb Moshe, daß er bald in Paris sein würde, den Anlaß der Reise verschwieg er. Auch in der Salpêtrière führten die Untersuchungen zu keinem Ergebnis.

Moshe kam aus Berlin. Er hatte Jean gebeten, ihn vom Flughafen abzuholen.

»Es war doch anstrengender, als ich mir habe träumen lassen«, sagte er zur Begrüßung. »Ich gebe mir alle Mühe, nicht nachts an Deutschland zu denken, und dann kenne ich dort plötzlich einen Menschen, der mir vertraut ist und dem ich vertraue.«

Sie waren spazierengegangen, auf Moshes Bitte in den Jardin du Luxembourg, hatten dort auf grünen Eisenstühlen gesessen und den Kindern zugesehen, die im großen Brunnenbecken ihre Schiffchen fahren ließen.

»Ich habe mir eingebildet«, sagte Moshe schließlich, »ich sei viel kleiner gewesen, als wir Berlin verließen. Aber ich war sieben Jahre alt, so alt etwa –«, er zeigte auf einen kleinen Jungen, der sich, weit über den Beckenrand gebeugt, nach seinem Boot streckte, eine grüne Baskenmütze auf dem Kopf. »Wir waren im Tiergarten«, sprach Moshe weiter, »es kam mir vor, als würde ich den Teich und den Kanal wiedererkennen, nur die Straßen veränderten sich, wenn ich ein einzelnes Haus anschauen wollte, sie kamen mir unendlich lang vor, die Straßen, ich mußte mich anstrengen, nicht ein-

fach loszurennen. Nachts habe ich mir dann überlegt, wo ich mich verstecken könnte. In unserem Alter ist das ziemlich schwierig, weißt du das?«
Über Venedig sprachen sie nicht. Moshe hatte keine Lust, ins Museum zu gehen, sie wanderten die Seine entlang, liefen zur Place Furstemberg, wo Delacroix sein Atelier gehabt hatte, Moshe kaufte einen Reiseführer, den er dann bei sich trug, ohne ihn einmal aufzuschlagen. Er flog einen Tag früher als geplant nach Hause.
»Dieser jungen Frau, Sophie«, sagte er auf dem Weg zum Flughafen, »habe ich unsere ganze Geschichte erzählt, kannst du dir das vorstellen?« Er sah Jean ins Gesicht. Sie fuhren mit dem Zug, der RER war überfüllt, dicht aneinander standen die Menschen, aus der Kanalisation unter den Tunneln drang der Gestank der Kloake.
»Immer wieder ein Stück, über fünf oder sechs Jahre hinweg«, fuhr Moshe fort, »Batsheva weiß davon zum Glück nichts. Manchmal hatte ich Angst, es nur zu tun, um Sophie an mich zu binden, als würde man die eigene Geschichte benutzen, um sich jemanden vertraut zu machen, als wäre sie die letzte Münze, die man hat. Und mir kam es vor, als wärest du mein Double oder umgekehrt.«

Die Kopfschmerzen reagierten nicht auf Schmerzmittel, irgend etwas schien auf den Sehnerv zu drücken. Er sah, von einer Altersweitsichtigkeit abgesehen, nicht schlechter als früher, ergaben die Untersuchungen. Aber er fühlte, daß sein Gesichtssinn ihn im Stich ließ. Unwillkürlich streckte er die Hand nach den Lichtschaltern aus, weil es zu dunkel war und ihn Gegenstände und Entfernungen täuschten. Er stieß sich häufig oder stolperte, und bald hatte er nichts dagegen einzuwenden, wenn einer der Mitbrüder ihn die Gänge entlang am Arm führte. Der Arzt riet ihm achselzuckend, das Lesen zu unterlassen. Und Jean las wenig. Das Licht war Zwielicht, unsicheres Halbdunkel – an das er sich dann gewöhnte. Mit den Umrissen von Tisch, Stuhl und Schrank verschwammen seine Gedanken. Col Tempo, fiel ihm ein, stand auf dem Band, das Giorgiones Alte in der Hand hielt, mit der sie auf sich selbst zeigte. Er fühlte sich, als sei eine Last von ihm genommen. Moshe vergaß er oft tagelang.

Mitte Juli 1998 erhielt er einen kurzen Brief von Moshe. »Lieber Jean, ich habe eine Idee und hoffe, daß ich Dich überreden kann, mich zu begleiten. Ich würde gerne diesen Herbst an die Saône fahren, ich möchte St. Croix wiedersehen oder was davon übriggeblieben ist. Eventuell fahre ich weiter nach Néris-les-Bains und Villebret. Vielleicht komme ich darauf, weil ich Sophie soviel erzählt habe und sie jetzt nicht mehr da ist. Ich habe daran gedacht, sie zu fragen, ob sie mich (oder uns) begleitet, aber ich glaube, das wäre eine unpassende Einladung. Kommst Du mit? Was den Zeitpunkt betrifft, könnte ich mich nach Dir richten. Ich hoffe, es geht Dir gut.«
Jean las den Brief wieder und wieder, er hatte Angst. Bevor er antworten konnte, traf ein zweiter Brief ein.
»Lieber Jean, jeden Tag habe ich ungeduldig auf Nachricht von Dir gewartet – und nun ist unsicher, ob ich werde reisen können. Man hat bei mir einen Tumor entdeckt, oder vielmehr hat man ihn nicht entdeckt, geht aber davon aus, daß er existiert. Wie lächerlich! Ein Heer von Ärzten rät mir, in nächster Zeit keinesfalls zu verreisen. Trotzdem hoffe ich weiter auf Antwort von Dir – und daß wir die Reise nach Tournus nur verschieben.«

Man wollte ihn feiern. Vor dreißig Jahren war Jean nach Sept-Fons gekommen, vor fünfzig Jahren als Novize in La Trappe eingetreten. Mit Hinweis auf seine Gesundheit bat er Dom Nicolas, davon abzusehen. Aber es ging ihm deutlich besser. Die Schmerzen ließen nach, seine Augen erholten sich. Das Licht blendete ihn jetzt oft. Er schrieb alle paar

Tage einen Brief an Moshe, nur einen aber schickte er ab. Dom Nicolas hatte ihn gefragt, ob er seinen Freund nicht einladen wolle, am 23. Oktober mit ihnen seinen dreißigsten Jahrestag in Sept-Fons zu feiern.

Jean sorgte sich um Moshe.

Im August regnete es viel, der September war sonnig und warm, nur nachts sanken die Temperaturen. Alle beglückwünschten ihn zu seiner Genesung. Noch immer wurde renoviert und verbessert; die Geschäftigkeit erinnerte ihn an den Bau der Arche Noah. Er hatte die Bücher beiseite geräumt, nur die Postkarte lag noch auf dem Tisch. Die Entfernungen, die ihn getäuscht hatten, täuschten ihn nicht länger. Er war wie ein Blinder, der wieder sah; so hell wie früher, dachte er, aber es war ein anderes Licht, wie er den Kopf auch drehte. Es fiel ihm schwer, morgens aufzustehen. Manchmal wartete er wie ein Kind, daß Dom Nicolas käme, um ihn zu holen oder zu tadeln, weil sich die anderen längst zum Gottesdienst versammelt hatten. Er lauschte, ob er François' leises Klopfen hörte, und manchmal dachte er, er würde kindisch, aber das war nur eine Ausflucht, ein sinnloses Zurückweichen. Selbst die Angst hatte er verloren.

Es gab Erinnerung und Täuschung, es gab einen, der sich erinnerte, und einen anderen, der getäuscht wurde. Er dachte an Augustinus' Höhlen des Gedächtnisses, in seinem Gedächtnis fand er Gott nicht, er wußte, daß es seit Jahren so war. Er fand die Erinnerung, ihren Abschied vor fünfzig Jahren, das erste Wiedersehen, ihre Freundschaft, Moshes Vertrauen. Die Dinge hatten einen Namen, alles lag klar und deutlich vor ihm.

6. Kapitel

»Jean ist verschwunden.« Im ersten Moment erkannte ich die Stimme nicht, und ich weiß nicht mehr, ob Moshe das auf deutsch oder auf hebräisch sagte. Ich würde die Nachricht gerne noch einmal hören, den Tonfall, sachlich oder empört oder nur überrascht.
Anrufbeantworter und Telefon standen auf dem Fußboden, dicht am Bücherregal, zwischen den Dielen und in den Rissen des Holzes hatte sich dicker Staub gesammelt, und als ich vor dem Gerät hockte, bemerkte ich einen der kleinen schwarzen Käfer, die hin und wieder auftauchten und die ich gewähren ließ, weil sie sich nicht zu vermehren schienen. Ich stoppte das Band und spulte es zurück. Jean ist verschwunden.
Die Bedeutung der Nachricht nahm ich im ersten Augenblick nicht auf. Was mich aus der Fassung brachte, war die Tatsache, daß ich fast zwei Wochen lang für Moshe nicht erreichbar gewesen war und ihn nicht angerufen hatte. Vielleicht fällt es mir deshalb so schwer, den letzten Teil der Geschichte zu erzählen. Zwischen Jeans Verschwinden und seinem Tod liegen drei Monate, eine kurze, überschaubare Zeit. Aber über drei Jahre hinweg (seit jenem Abend, an dem mir Moshe sagte: Schreibe du Jeans Geschichte auf) hat sich mir sogar der Ablauf, die Chronologie dessen, was geschehen ist, entzogen, und jedesmal, wenn ich glaubte, den roten Faden in der Hand zu haben, verlor ich ihn aufs neue. Es gibt keinen Anhaltspunkt: keine Fahrkarte oder Rechnung, keinen Brief, nicht ein Stück Papier, an das die Vorstellungskraft sich halten könnte. Bis vor einem knappen Jahr habe ich mich nur auf das gestützt, was Moshe mir erzählt hat.
Daß einer stirbt, bietet sich als Ende an. Ein Protagonist ist tot, der Tod scheint die Geschichte zu justieren. Schreibe die Geschichte auf, ich schenke sie dir.

Den Tag vor seinem Verschwinden, hat der Abt Nicolas Moshe erzählt, habe Jean betend verbracht, zwischen den Gottesdiensten sei er in der Kirche geblieben, er habe den ganzen Tag gefastet und gebetet. Nach der Vesper habe Dom Nicolas gefragt, ob er nicht zum Abendessen kommen wolle, doch Jean habe – in Zeichensprache – geantwortet, er bleibe in der Kirche.
Ich glaube nicht an Gott, seit Jahren nicht. Seit Jahren glaube ich nicht mehr an Gott.
An den genauen Wortlaut des Briefes erinnert Moshe sich nicht. Der Brief selbst ist verschwunden, als sollte die Spur getilgt werden, jeder Zweifel, daß alles Vermutung ist. *Erinnerst du dich an das Bild in der Salute, das Kain und Abel zeigt?*
Es war ein kurzer Brief, der Moshe überraschte und aufbrachte. Er zog ihn aus dem Briefkasten, auf dem Weg nach Tel Aviv, wo eine Kernspin-Untersuchung der Ursache seiner Schwindelanfälle auf die Spur kommen sollte. Als er Jeans Handschrift auf dem Umschlag sah, freute er sich. Im Hauseingang stehend, las er den Brief. Er kehrte um und ging in seine Wohnung, um mich anzurufen, mich und nicht Batsheva, denn Batsheva hätte seinen Ärger unterstützt, den Verdacht, vor dem er Jean schützen wollte: daß der Brief ein Gemisch aus Selbstanklage und Anmaßung war. Da er mich nicht erreichte, stieg er ins Auto, um nach Tel Aviv zu fahren.
Als Moshe mir von seinen Schwindelanfällen erzählte, wollte ich seiner Darstellung glauben: eine ärgerliche Lappalie, vermutlich durch einen Virus hervorgerufen, eine Kleinigkeit, von den Ärzten hochgespielt. Es paßte nicht, daß Moshe unter etwas leiden sollte, was ebensogut Symbol wie Symptom sein konnte, etwas, das Interpretation herausforderte und sich jeder Deutung entzog.
Weil ich trotzdem Angst um ihn hatte, überhörte ich, was er mir vor meiner Reise nach Venedig gesagt hatte: Liebe und

Zeit sind dasselbe, die Zeit endet mit der Liebe. Er sagte es auf hebräisch und, wie so vieles, spöttisch; ich dachte erst, es handele sich um ein Zitat. Als er mir später den Notizzettel schickte, fiel mir sein Satz wieder ein, und ich begriff, daß er zu deuten versuchte, was ein Tumor, eine Gleichgewichts- oder Durchblutungsstörung sein konnte.
Ich habe vermutlich keine Angst gehabt all diese Jahre, nur Ängste, im Schlamm, in irgendeiner abgesunkenen Schlammschicht, dort, wo man nicht hinreicht und von wo man andere (Ruth!) fernhält. Und dann war Ruth tot. Eigentlich war das der letzte Rest, ich habe nicht geglaubt, daß ich danach älter oder krank werden würde oder jemanden verlieren könnte. Wen auch? Außer natürlich Jean. Aber Jean war im Kloster, das ist nicht der Ort, der einen an Vergänglichkeit denken läßt. Wozu wird man Mönch? Ich war mir sicher, daß ich vor ihm sterben würde.
Seit ich nicht weiß, wo er ist, rennen die Tage. Ich muß ihn so schnell wie möglich finden, denn alles ist abgezählt oder hängt an einem seidenen Faden, wie man sagt, eines hängt mit dem anderen zusammen, und plötzlich erreiche ich Sophie nicht, habe Angst um sie, um Jean und um mich auch.

Obwohl Moshe die Schwindelanfälle abtat, gab er den Plan, mit Jean nach Tournus zu fahren, auf. Ich sagte, ich käme ihn besuchen; er lehnte meinen Vorschlag fast unwirsch ab, als würde mein Besuch besiegeln, daß er krank war. Da ich es nicht viel anders auffaßte, war ich über seine Reaktion froh und nahm das Angebot von Freunden an, die Wohnung, die sie in Venedig für ein Jahr gemietet hatten, zehn Tage lang zu benutzen. In Venedig war ich nur als Kind gewesen.
Moshe kannte meine Freunde nicht, aber mir war, als hätte er die Reise arrangiert. Die Wohnung lag nicht mehr als hundert Meter von dem Hotel entfernt, in dem er vor drei

Jahren Quartier genommen hatte; ich rief ihn begeistert an und fragte, was ich mir unbedingt anschauen sollte: die Accademia vor allem, San Giorgio degli Schiavoni, die Frarikirche, Santa Maria della Salute. Er fragte mich, warum ich nicht Sebastian bäte, mich zu begleiten: sein alter, ernst gemeinter Spott und unser altes Spiel, wie um zu zeigen, daß sich nichts verändert hatte.

Am zweiten Tag, erinnere ich mich, schickte ich Moshe eine Postkarte aus San Giorgio degli Schiavoni: Der heilige Hieronymos sitzt an seinem Schreibtisch, ein weißes Hündchen rennt quer durch die Bibliothek, im Maul trägt es triumphierend ein Stück Papier, auf dem Carpaccios Signatur zu sehen ist. Ich schrieb ihm, daß das Telefon – die Nummer hatte ich ihm gegeben – nicht funktionierte. Ich würde ihn, dachte ich mir, von einer Telefonzelle aus anrufen.

Die Wohnung, die für zehn Tage mir gehörte – ein Zimmer, hinter einem Vorhang im Alkoven ein großes Bett, ein kleines Bad und eine Küche, vier Meter hohe Decken –, hatte zwei große Portefenêtres, die sich auf den Kanal vor der Giudecca öffneten. Stunden saß ich am Fenster und blickte übers Wasser auf die Türme von Il Redentore und San Giorgio Maggiore, auf die Schiffe, die Vaporetti, die hin- und herkreuzten, die großen Fähren, die zum Lido fuhren, manchmal ein Kreuzschiff; und früh morgens kamen Müllschiffe, Bauschiffe und Gemüseschiffe vorbei. Passanten schauten zu meinem Fenster hoch oder zu dem Palazzo, in dem die Wohnung war, ich kam mir vor wie ein Kind in großen Kleidern, und in Gedanken beschrieb ich Moshe, was ich sah und hörte, Schiffshupen und Hundepfoten, Menschenstimmen, das Rollen von Handkoffern und Mütter, die nach ihren Kindern riefen. Oft stellte ich mir vor, daß Moshe mit Batsheva und mit Jean vor der Pensione Seguso ein paar Meter weiter saß. Im nachhinein könnte es mir so vorkommen, als hätte ich diese Tage mit Moshe verbracht. Moshe hatte einmal gesagt: »Solange man jemanden vermißt, spaziert man fast noch im Garten Eden. Der Engel, der den Eingang bewacht, hat nicht ein einfaches Flammenschwert, sondern ein Schwert, dessen Klinge sich dreht und umkehrt, und wenn sich die Klinge wendet, blitzt sie auf und blendet. Dann sieht man nicht mehr, was man verlassen hat. Man kennt nur noch den Namen, das ist alles. Jean vermisse ich, und dich auch.«

Am Abend, als mir seine Bemerkung über das Flammenschwert einfiel, wollte ich ihn anrufen. Als ich nach Israel nicht gleich Verbindung bekam, rief ich bei Sebastian an. Er war zu Hause. Von meinem Anruf überrascht, klang seine Stimme liebevoll, ich schaute aufs Wasser, wo eine haushohe Fähre sich langsam durch den Kanal schob; ich wußte noch nicht, wie sehr Sebastian das Wasser und die Schiffe liebt. Am selben Abend schrieb ich ihm einen langen Brief, ich schrieb, daß ich ihn vermisse. Was eine Behauptung war, verwandelte sich in Erwartung. Als ich mich auf den Weg machte, einen Briefkasten zu suchen, war es längst Nacht, hinter Mestre erleuchteten Blitze die Schornsteine der Fabriken, die dunklen Fenster reflektierten das jähe Licht, kaum ein Mensch war noch unterwegs, und die Restaurants hatten schon geschlossen. Da ich mich verlief und lange lief, gelangte ich schließlich zum Campo Santa Margherita, dort standen die Türen einer Bar noch offen, und in dem Licht, das aus einem festlichen, mit Girlanden und Blumen geschmückten Saal im ersten Stock fiel, fand ich den Briefkasten. Ich hörte das Geräusch tanzender Füße und Gelächter, die Mauern vervielfachten jede Stimme, jemand rief mir zu und winkte, als wäre auch ich eingeladen.

Moshe habe ich nicht mehr angerufen. Es blieben – bis zu meiner Abreise – noch vier Tage.

Als ich nach einem unfreundlich frühen Flug in Berlin ankam, waren die Straßen regennaß, aber der Himmel klarte auf, dann schien in der Kälte hell die Sonne. Aus den Schornsteinen stieg kerzengerade der Rauch, bald lagen in

der Wohnung Kleider, ließen Staub aufwirbeln, und auch der Bildschirm des Laptops, das ich nicht zugeklappt hatte, war staubig. Erst am Nachmittag hörte ich den Anrufbeantworter ab. Jean ist verschwunden. Es war die erste Nachricht, sie mußte neun oder sogar zehn Tage alt sein. Auf deutsch oder auf hebräisch. Moshes Stimme im ersten Moment unkenntlich, allzu ruhig oder fremd in ihrer Angespanntheit, das konnte ich nicht unterscheiden. Sofort versuchte ich ihn anzurufen, ließ das Telefon lange klingeln, ich war mir sicher, daß er zu Hause war, nicht antwortete, aus welchem Grund auch immer. Meine Wohnung, erinnere ich mich, roch nach kaltem Rauch, ich lüftete, schloß das Fenster, klemmte mir die Hand ein, der Daumen lief blau an.
Die vierte und siebte Nachricht war ebenfalls von Moshe. »Wo bist du? Ich erreiche dich nicht.« Seine letzte Nachricht – sie konnte nicht älter als drei Tage sein – mußte ich mehrmals hören, bis ich sie verstand. Aus einer Telefonzelle, dachte ich zuerst, doch dann begriff ich, daß er aus dem Krankenhaus angerufen hatte. »Sophie, ich hatte einen Unfall, mir ist nichts passiert, aber Jeans Brief ist weg. Sie suchen wieder nach dem Tumor, ich komme nach Frankreich, so schnell ich kann.«
Bis in die Nacht versuchte ich wieder und wieder, ihn zu erreichen. Am nächsten Morgen rief ich Batsheva an. Sie war aufgebracht, eher aufgebracht als besorgt, was mich beruhigte. Moshe habe, sagte sie, einen Unfall gehabt, mit zwei großen, nicht verheilten Schnitten im Gesicht sei er nach Europa geflogen, sie wisse nicht, wohin. Jean erwähnte sie mit keinem Wort, ich fragte nicht nach ihm. Mit der geschwollenen Hand umklammerte ich den Hörer, preßte ihn ans Ohr und lauschte auf das stumpfe Summen in der Leitung, auf das Echo meiner eigenen Stimme.

Das Gemurmel der Stewardessen und Passagiere, dann die Fragen, als ich in Dijon ein Auto mietete. Versuchen Sie nicht, mich aufzuhalten. Das war ich. Jedesmal, wenn ich in den Spiegel schaute, war es ein Schock, als wäre ich aufgewacht, mit einem Schlag gezeichnet. Ein Fremder. Ein alter Mann. Mit den Schwindelanfällen geriet die Landschaft langsam in Bewegung, und ich wußte, daß sich dieses Kreisen genau berechnen ließe. Der Bruder Pförtner betrachtete mich als einen der Ihren und sprach mit seinen Händen. Ich starrte verblüfft auf das Peugeot-Werk, von dem Jean mir nie erzählt hatte, ein paar hundert Meter nur entfernt von den Klostermauern. Als hätte eine Erdspalte sich geöffnet und diese Fabrik ausgespuckt. Warum der Bruder Pförtner kicherte, begriff ich nicht. Er reichte mir – wir standen in dem Laden, den sie eingerichtet haben, so modern und klinisch wie ein Labor – ein Glas Marmelade und bedeutete mir zu warten.

Wahrscheinlich hätte ich Abt Nicolas' Angebot, im Kloster zu übernachten, nicht ablehnen sollen. Aber ich erkannte es nicht wieder. Jean habe, sagte Dom Nicolas, die Veränderungen ignoriert. Er deutete an, daß Jean schwierig gewesen sei – die Reisen etwa, in Sept-Fons nicht üblich. In der Kirche gibt es ein neues Fenster, bunt und hell, anscheinend ist Dom Nicolas stolz darauf. Es soll mich nicht wundern, wenn ich weder Néris-les-Bains noch Tournus wiedererkenne. Und dann, wie um die Unordnung zu bezeugen, ein Schwindelanfall. Tohuwabohu, auch das nur ein Produkt der Einbildung.

Die folgenden drei oder vier Tage verbrachte ich zu Hause, kaufte eilig das Notwendigste, sagte Verabredungen ab, kreiste unruhig in der Wohnung, räumte immer wieder auf, als könnten meine Handgriffe mich auf die richtige Spur bringen.

Es gab längst nichts mehr aufzuräumen. Ich wartete auf Moshes Anruf, wartete darauf, daß Sebastian mich anriefe; mehrmals klingelte das Telefon, doch keiner war am Apparat. Ich war mir sicher, wissen zu müssen, was geschehen war, und nur der Mangel an Konzentration – irgendein Mangel – hinderte mich daran, die Teile richtig zusammenzusetzen, die Sätze, die ich alle kannte. Nichts war verborgen.

Moshe erzählte mir später, es sei ihm ebenso wie mir ergangen. Als er in Sept-Fons vom Abt erfuhr, daß sich Jean 1997 in der Salpêtrière hatte untersuchen lassen, weil der Verdacht auf einen Hirntumor bestand und weil er einige Monate lang kaum hatte sehen können, war Moshe wie vor den Kopf gestoßen. Er hatte nichts bemerkt, sich nicht erkundigt, was Jean in Paris zu tun hatte. War davon ausgegangen, daß es sich um die Arbeit an einem Aufsatz oder etwas dergleichen handelte. An Jeans Verhalten hatte er nichts ungewöhnlich gefunden; wer war seines Bruders Hüter? Im nachhinein fügte sich alles ineinander: Jeans Zögern, ihn nach Tournus zu begleiten, seine Aufgeregtheit in Venedig, als er – zur Decke und auf das Gemälde zeigend – Moshe sagte, sie seien Kain und Abel. Dann die Krankheit. Eine Geschichte verbarg eine andere, und vielleicht war Jean enttäuscht, daß er nicht begriff, nicht fragte. Nichts war verborgen. Aber Moshe wußte, daß eine Geschichte die andere zerstört.

Nach drei oder vier Tagen gab ich es auf zu warten. Ich nahm das Fahrrad, fuhr in der Stadt herum, besuchte Freunde oder saß am Fasanenplatz im Café und las Zeitung, um mich abzulenken.

Ich habe mich oft gefragt, ob Jean mir aufgefallen wäre, in einer Lederjacke, ihm trotz seiner Größe, ein Meter neunzig, zu groß. Die Lederjacke, die nicht zu ihm paßte, ein langes und fein geschnittenes Gesicht, das Alter schwer zu schätzen. Ein gutaussehender Mann, der vielleicht abwesend wirkte, ziellos oder einfach mehr mit sich selbst beschäftigt als mit seiner Umgebung. Vorm Fenster des Cafés tschilpten Spatzen, Passanten hasteten durch den Nieselregen, immer waren da Spatzen, flogen auf, landeten wieder, einmal stritten sie sich um ein Brötchen, das Brötchen größer als ein Spatz, jedem sein Teil, da es für alle reichte, könnte es, dachte ich, ein gutes Ende nehmen. Aber dann hielt ein Wagen der Stadtreinigung vor dem Café, ein Mann kehrte Papiere, Zigarettenstummel, das Brötchen zu einem Haufen, warf alles auf die Ladefläche, und als die Spatzen zurückkehrten, wirkten ihre Flügel plötzlich klein und ungeschickt. Es ist nicht auszuschließen, daß ich Jean gesehen habe. Das Café am Fasanenplatz liegt nicht weit von der Uhlandstraße.

Am Tag, an dem Sebastians Brief eintraf, rief Moshe an. Ich war am Briefkasten gewesen, vier Stockwerke hinunter, vier Stockwerke hinauf. Wieder eine Nachricht, eine schlechte Telefonverbindung, eine lapidare Auskunft, die Stimme ärgerlich. »Wo steckst du? Ich bin in Tournus, morgen oder übermorgen kann ich abreisen.«

Ich verstand die Nachricht falsch. Man habe Jean gefunden, da glaubte ich, Moshe habe ihn gefunden.

Sebastians Brief war zurückhaltend, aber er schlug vor, ich solle ihn besuchen.

Erst am Abend begann ich mich zu fragen, warum Moshe mir seine Telefonnummer nicht hinterlassen hatte. Diesmal klang Batsheva unruhig. Von Jean war wieder nicht die Rede. Anscheinend hatten die Schwindelanfälle Moshe daran gehindert, nach Dijon zurückzufahren und über Frankfurt oder Berlin nach Israel zu fliegen. Auch sie hatte keine Telefonnummer. Er habe nördlich von Tournus in einem Château Unterkunft gefunden, die Besitzer vermieteten zwar Zimmer, doch gäbe es kein Telefon. Sie fragte mich, ob ich nach Tournus fahren könne. Ich willigte sofort ein und rief Sebastian an, ob er bereit sei, mich zu begleiten. Wir machten aus, daß ich am darauffolgenden Tag nach Freiburg kommen würde.

Als ich meine Tasche packte, war ich plötzlich sicher: Jean war nach Israel gefahren.

Sebastian holte mich vom Bahnhof ab. Wir umarmten uns, flüchteten vor dem Regen in die Bahnhofshalle, dann brachte Sebastian mich zu sich nach Hause, überließ mir sein Bett und seine Wohnung, er selbst schlief im Hotel. Am nächsten Morgen wollten wir früh aufbrechen. Den Pullover, den Sebastian mir gegeben hatte, zog ich an, als ich ins Bett ging, ich erkannte den Geruch, bis zum Morgen hatte ich reichlich Zeit nachzudenken.
Im nachhinein wundert es mich fast, daß ich Batsheva noch einmal angerufen habe. Moshe, sagte sie mir, sei tatsächlich aufgebrochen und auf dem Rückweg. Einen Moment lang überlegte ich, Sebastian nichts von diesem Telefonat zu erzählen. Ich glaube, er war ebenso enttäuscht wie ich. Statt daß ich nach Berlin zurückfuhr, liefen wir von Freiburg den Bettlerpfad bis nach Staufen, denn das Wetter war sehr schön. Am nächsten Tag nahm ich den letzten Zug. Ich hätte Moshe in Berlin noch treffen können. Er war über Berlin geflogen, hatte bei mir angerufen, aber er war es müde, mir Nachrichten zu hinterlassen.
Als ich ihn endlich erreichte, klang er verletzt, zumindest kam es mir so vor. Höflich bedankte er sich für die Postkarte und den Brief aus Venedig und antwortete knapp auf meine Fragen. Jean habe er nicht gefunden, nun sei er müde von der Reise, die Schnitte im Gesicht seien verheilt. An einem der nächsten Tage würde er mich anrufen.
Ich wollte mich entschuldigen, aber ich tat es nicht.
Daß ich Sebastian gesehen hatte, wollte ich ihm erzählen, daß wir uns geküßt hatten beim Abschied, aber ich fürchtete, auch das könnte ihn verletzen. Weißt du, wo Jean ist? fragte mich Moshe, bevor er auflegte.
Auf Moshes Frage blieb ich stumm. Ich konnte sie mir nicht anders als mit seiner Krankheit erklären.
Ich nahm meine Spaziergänge wieder auf, wieder spazierte ich durch den Tiergarten, Charlottenburg, durch die Carmerstraße auch, wieder saß ich im Café am Fasanenplatz.

Die letzten Blätter, erinnere ich mich, waren mit einem Schlag von den Bäumen gefallen, in einem Regensturm, der drei oder vier Stunden dauerte, nicht länger. Sie bedeckten die Bürgersteige, eine kompakte, glitschige Masse, die kaum zu beseitigen war. Als die Stadtreinigung die Bürgersteige gesäubert hatte, zeichneten sich auf den Pflastersteinen die dunklen Umrisse einzelner Blätter ab, wie eingebrannt.
In den nächsten Wochen geschah nichts, aber wir telefonierten. Schlechte Verbindungen, das Echo in der Telefonleitung, das jeden meiner Sätze nachäffte, Tagesroutine. Eine Art Vergessen. Moshe arbeitete wieder in seiner Kanzlei, so sagte er, und einmal erzählte er von Frau Katz und richtete mir Grüße aus. Ich arbeitete wenig und unkonzentriert. Sebastian war tagsüber in der Bibliothek, abends ging er mit Freunden aus, er rief mich nur selten an, spätnachts oder am Wochenende.
Ich erzählte Moshe von meiner Fahrt nach Freiburg, das Echo wiederholte das Zittern meiner Stimme. Im ersten Moment schien Moshe überrascht. »Was wünschst du dir?« fragte er mich, als stünde es in seiner Macht, mir meine Wünsche zu erfüllen. »Was willst du?« fragte er, wenn ich mutlos war. »Erst verläßt du ihn, und dann erwartest du, daß er auf ein Pfeifen hin vor deiner Tür steht?«
Den ganzen November regnete es. Wer konnte, blieb zu Hause. Wieder und wieder fragte ich Moshe nach Jean.

Am 11. Oktober hatte Moshe den Brief erhalten. Er versuchte, mich in Berlin anzurufen; am selben Tag, auf dem Weg nach Tel Aviv, hatte er einen Unfall. Der Brief ging verloren. Ein Krankenwagen brachte Moshe nach Tel-ha-schomer, wo man ihn erwartet hatte, um Aufnahmen mit dem Kernspintomographen zu machen. Zwei große Schnitte, einer auf der rechten Backe, einer auf der Stirn, mußten genäht werden, man wollte ihn im Krankenhaus behalten, zumal man einen Schwindelanfall oder eine kurze Bewußt-

losigkeit für den Unfall verantwortlich machte. Doch Moshe verließ am 16. Oktober das Krankenhaus, nahm ein Taxi zum Flughafen, flog nach Berlin und von dort weiter nach Dijon. Ich weiß nicht, ob er gehofft hatte, mich in Berlin zu treffen. In Dijon mietete er ein Auto, anscheinend überließ man ihm den Wagen nur widerwillig. Sein Gesicht war verschwollen, es kann ihm nicht gutgegangen sein.
Er fuhr Richtung Tournus, bog dann aber nach Westen ab; in Dompierre-sur-Besbre nahm er ein Zimmer, rief im Kloster an und bat um ein Gespräch mit Dom Nicolas. Am 4. Oktober hatte Jean das Kloster morgens verlassen, war mit dem Bus nach Dompierre-sur-Besbre gefahren, von dort mit dem Zug weiter nach Moulins. Der Busfahrer und die Fahrkartenverkäuferin erinnerten sich an Jean. In Moulins verlor sich seine Spur. Die Polizei war informiert worden, in Krankenhäusern hatte man nachforschen lassen. Dom Nicolas gab keine Auskunft darüber, ob und wieviel Geld Jean mitgenommen hatte.
Einen Tag verbrachte Moshe in Moulins. Ein Foto wäre hilfreich gewesen, aber es gab kein Foto. Es gab keinen Anhaltspunkt und keinen Grund für Moshe, nach Tournus zu fahren.
Ich glaube nicht an Gott, seit Jahren nicht. Ich glaube seit Jahren nicht mehr an Gott. Moshe muß die Sätze unzählige Male für sich wiederholt haben, als könnte er, fiele ihm nur der genaue Wortlaut wieder ein, daran ablesen, wo sich Jean aufhielt. *Erinnerst Du Dich an das Bild in der Salute, das Kain und Abel zeigt? Wir sind Kain und Abel, sagte ich damals, und Du warst wütend.*
»Warum bist du nach Tournus gefahren?« fragte ich Moshe. «Nenn es, wenn du willst, eine Projektion«, wehrte Moshe die Frage ab.
Aber wie so oft hatte er eine Spur gelegt. Es war keine Projektion. Er suchte Jean innerhalb seiner eigenen Geschichte, ihrer Logik, die vorschrieb, daß Jean dahin zurückkehrte,

wo alles begonnen hatte. Es war kein Fehler, es war die einzige Möglichkeit, Jean und sich selbst nicht aus den Augen zu verlieren.
Moshe war nicht in Tournus selbst gewesen, sondern ein paar Kilometer nördlich, in La Colonne, nicht weit von dem Dorf Gigny-sur-Saône. Auf der Karte habe ich es gefunden. Dort steht ein Château aus dem 18. Jahrhundert.
Es ist unweit vom Fluß, man läuft wohl zehn Minuten einen Feldweg entlang, zwischen Pappeln und großen Kastanienbäumen. Daß es sehr windig war, hat Moshe mir erzählt, und daß in den Höfen die Gänse schnatterten. Es sei abgeschiedener, als er sich habe vorstellen können; von ein paar Autos und Satellitenschüsseln abgesehen, habe sich nichts verändert.
Gigny war der Ort, in dem Feins Unterkunft und ein Versteck gesucht hatten, bevor sie aufgaben und Richtung Schweizer Grenze fuhren. Ein kleines Dorf, zwischen Tournus und Chalon-sur-Saône, wo die Demarkationslinie verlief. Vielleicht hatten seine Eltern gehofft, so nahe der Grenze würde keiner jüdische Flüchtlinge vermuten. Vielleicht hatten sie sogar gehofft, in dem riesigen, verwinkelten Château Unterkunft zu finden.
Und Moshe antwortet auf meine Fragen nicht, als könnte das Schweigen sie schützen.

Man hat eine Zugverbindung herausgesucht, aber es gibt den Zug nicht, auch keinen Bahnhof und keine Gleise. Nur noch den Gasthof Terminus. Weiter als bis zum Bahnhof bin ich nicht gekommen.
Dann La Colonne. Ich bewunderte den Alkoven, in dem das Bett stand, die dicken Vorhänge, wunderte mich über den Toaster auf dem Tisch, zwei Gläser und zwei Teller. Mit dem stumpfen Messer, das ich zum Frühstück bekam, versuchte ich vom Baguette eine Scheibe abzuschneiden, ohne Erfolg. Immerhin fielen ein paar Krümel ab, und als ich den Toaster

anstellte, fing es an, nach verbranntem Brot zu riechen. Die Möbel, ein Tisch und Stühle und ein Sessel, waren so schwer, daß man sie nur mit Mühe von der Stelle bringen konnte. Abends Baguette, Paté und Käse, ein halber Liter Wein. Ich war der einzige Gast, die Patronne gab mir deutlich zu verstehen, daß sie mich nur gnadenhalber aufgenommen hatte. Aus dem Fenster beobachtete ich, wie sie zwei junge Leute vom Grundstück trieb, die zögernd durch den Park gelaufen waren, dann rasch wieder zu ihrem Auto zurückkehrten. Deutsche, ich konnte das Nummernschild erkennen.
Im Halbschlaf bildete ich mir ein, ich sei in Sept-Fons: Jeans Frage vor ein paar Jahren – François lebte damals noch –, ob ich für eine Woche kommen wolle. Schweigen und Gottesdienst und Arbeit auf den Feldern. Was für eine Absurdität. Suchst du ihn, oder versteckst du dich vor ihm? Ohne auch nur seinen Namen zu nennen, hat Batsheva es wieder einmal genau getroffen.

Er könne sich nicht erinnern, was genau Abbé Gérard ihm erzählt habe. Die Flucht zur Schweizer Grenze, die Schweizer Grenzsoldaten, die das Paar anhielten und auslieferten. Aber natürlich war nicht auszuschließen, daß die Miliz die Schweizer vorab informiert hatte. Die, die er hätte fragen wollen, waren längst gestorben, Abbé Gérard, Madame Clemenceau.
»Willst du sagen, daß Jean dich verraten hat?«
Ich erinnere mich nicht an den Satz, der meiner Frage vorausging.
»Anscheinend hat Jean seinem Vater gesagt, wie ich heiße und daß meine Eltern abgereist sind.«
Wie vor den Kopf gestoßen. Irgendwann im Dezember muß es gewesen sein. Ich erinnerte mich, daß Moshe mir erzählt hatte, er habe Jeans Vater nur ein einziges Mal gesehen.
»Frage Madame Clemenceau.« Moshes Stimme klang trokken. »Ich weiß nicht mehr als du.«

»Glaubst du, daß man nach dir gesucht hat?«
»Wahrscheinlich.«
»Aber dann wußte Madame Clemenceau die ganze Zeit, daß deine Eltern tot waren.«
»Anscheinend wußten es alle außer mir«, antwortete Moshe.
Madame Clemenceau, Abbé Gerard – und auch Jean. Vermutlich hat Madame Clemenceau dafür gesorgt, daß Jeans Vater nicht mehr ins Internat kam. Anzunehmen, daß sie mit Jean gesprochen hatte.
Ich fragte nicht weiter. Ich weiß nicht, ob Moshe Jean schützen wollte.
Ärgerlich verweigerte Moshe weitere Untersuchungen und Diagnosen. Er glaubte nicht an eine Krankheit, schon gar nicht an einen Tumor. Mitte Dezember rief mich Batsheva an und fragte, ob ich über Weihnachten nach Israel kommen wollte; Moshe sei deprimiert, gehe nur selten ins Büro, verbringe ganze Tage in seiner Wohnung.
»Bilde dir nicht ein, daß du mir die Hand halten mußt«, beantwortete er meine Frage, ob ich ihn um Weihnachten herum besuchen könne.
Ein paar Tage später wurde mir ein Flugticket zugestellt, nicht für Dezember, sondern für Mitte Januar. Moshe konnte nicht wissen, daß Sebastian an Weihnachten für zwei Tage nach Berlin kommen wollte.
»Du solltest«, schrieb er mir, »dieses Jahr die Feiertage mit Sebastian verbringen, wir werden dann nach den Festtagen Deinen Geburtstag in Jerusalem feiern.«

»Es gibt zwei Auffassungen«, hat mir Moshe neulich gesagt. »Man erzählt eine Geschichte, weil man sie erzählen kann, oder man erzählt sie, weil man sie nicht erzählen kann. Du magst doch, hast du mir gesagt, die Geschichte vom Rabbi Jissachar Bär: *Meine Lehre ist, kann man nicht drüber weg, muß man eben doch drüber weg.*«

»Da zerbricht man sich tagelang den Kopf und vergißt darüber«, hat Moshe gesagt, »daß es ein leichtes gewesen wäre, die Fragen zu beantworten.«

Der Dezember war kalt und unfreundlich. Einmal zeigte sich die Sonne, ich setzte mich aufs Fahrrad und fuhr los, fuhr bis nach Köpenick, die Havel war zugefroren, übers Eis näherten sich ein paar Enten und ein Schwan, aber ich hatte nichts bei mir, um sie zu füttern, und fuhr rasch wieder davon.

Immerhin war es die Entscheidung meiner Eltern, mich taufen zu lassen, und mein Vater hat sich verpflichtet, mich als Christ zu erziehen. Falls sie überleben würden. Auf absurde Weise war das die letzte Verbindung zu ihnen. Und dann war da Jean, Jean, der meine Eltern noch gesehen hatte. Daß wir beide Mönch werden wollten, war in all der Zerstörung irgendeine Art Fortsetzung. Alles war disparat, aber wir gehörten zusammen.

»Am Ende«, sagte Moshe einmal am Telefon, »hat Ruth recht behalten. Statt mit dem Christentum zu poussieren, wie sie es genannt hat, hätte ich besser daran getan, anzuerkennen, daß wir von christlicher Seite nichts Gutes zu erwarten haben. Wie hat Freud gesagt? *Mein Urteil über die Menschennatur, speziell die christlicharische zu ändern war wenig Anlaß.*«

Es war das einzige Mal in diesen Wochen, daß er mit mir über das sprach, was er empfand. Ich glaube, er vermißte mich und war doch froh, daß ich nicht in Jerusalem war.

»Das Absurde ist«, sagte er, »daß ich nicht einmal weiß, was ich anstrengender finde: die Sorge um Jean oder die Hoffnung, daß sich alles als ein Mißverständnis herausstellt.«

Zu Weihnachten schickte er mir und Sebastian eine Flasche Wein, den Wein, den wir vor fünf Jahren im American Colony getrunken hatten.

Am zweiten Weihnachtstag habe ich Sebastian vom Ostbahnhof abgeholt. Sein Zug hatte Verspätung, erschöpft, ein altmodisches Köfferchen in der Hand, kletterte er aus dem Waggon. Er stellte den Koffer ab, umarmte mich, zündete sich und mir eine Zigarette an. Fast zwei Monate waren vergangen, seit wir uns das letzte Mal gesehen hatten, wir standen in der Kälte, rauchten, wußten nicht, wohin aufbrechen, wie ich nicht gewußt hatte, ob ich im Wohnzimmer ein Bett hätte richten sollen. Ich erinnere mich, wie uns ein Schaffner unfreundlich darauf hinwies, daß von diesem Gleis kein Zug mehr fahren würde, wie es zu schneien anfing, als wir schließlich aus dem Bahnhof kamen. Ich erinnere mich, daß ich an Moshe und an jenen Winter in Jerusalem dachte, als der Schnee liegenblieb. Die Stadt war still. Wir sind zu Fuß gelaufen und niemandem begegnet, eine halbe Stunde oder länger, bis wir zu Hause waren.
Nach vier Tagen reiste Sebastian wieder ab, und am Abend rief Moshe an. Ich erinnere mich gut, wie behutsam seine Stimme klang, und ich fing an zu lachen, glücklich und übermütig, und erst nachdem wir aufgelegt hatten, begriff ich, daß etwas nicht in Ordnung war. Nach kurzem Zögern rief ich ihn zurück.

Vermutlich war Jean die ganze Zeit in Berlin gewesen, von Moulins nach Paris und gleich weitergefahren, am 6. oder 7. Oktober schon in Berlin eingetroffen. Die ersten Tage, vier oder fünf Tage, hatte er in einem billigen Hotel nicht weit vom Bahnhof Zoo verbracht, in der Kantstraße, zehn Fußminuten von der Carmerstraße entfernt. Eines der Hotels, die keinen Ausweis verlangen und Zimmer auch stundenweise vermieten; er hatte sich unter falschem Namen eingetragen. Keine Auskunft darüber, ob er einen Koffer, eine Tasche bei sich trug. Der Gast habe, so die Besitzerin, die letzte Nacht nicht bezahlt.
Danach ein schäbiges Hotel in der Uhlandstraße, im nörd-

lichen Teil. Noch schäbiger vielleicht, eine Absteige, zerschlissene Vorhänge, ein verfleckter Teppich, im Eingang Geruch nach Urin. Unten, im rechten Teil des Hauses, ein Nachtklub, die beiden Eingänge liegen direkt nebeneinander.

Die Polizei hatte Moshes Telefonnummer in Jeans Zimmer gefunden und angerufen. Drei Tage später, am 2. Januar 1999, bat mich Moshe, dorthin zu fahren. Inzwischen war Abt Nicolas in Berlin gewesen, um die Leiche zu identifizieren.

Ich stand vor dem Hotel, die Eingangstür zum Nachtklub war frisch gestrichen, die Tür zum Hotel offen. »Sag mir, wie es aussieht, aber geh bitte nicht hinein und sprich mit niemandem.« Als ich davorstand, war ich für Moshes Anweisung dankbar. Ich beschrieb es ihm, so gut ich konnte: ein vierstöckiges Gebäude aus den 60er Jahren, grau verputzt, Vorhänge vor den Glasscheiben des Hotels, die Fenster des Nachtklubs rot getönt, von innen menschengroß eine Palme darauf gemalt.

Eine Woche später fuhr Moshe zur Beerdigung nach Sept-Fons.

Man hatte Jean tot in diesem Nachtklub aufgefunden, an den Folgen einer Schlägerei und jedenfalls an einer Hirnblutung sei er gestorben. Anscheinend habe er im Nachtklub gearbeitet; viel mehr erzählte mir Moshe nicht.

»Reicht dir das nicht? Ein Trappist verläßt nach fünfzig Jahren das Kloster, schreibt seinem besten Freund, daß er seit Jahren nicht mehr an Gott glaubt. Ausgerechnet in einem Nachtklub schlüpft er unter, und schließlich kommt er dort um.« Moshes Stimme klang scharf und überklar.

»Kaum einen halben Kilometer von dem Ort entfernt, an dem sein Freund bis 1938 gelebt hatte, mit seinen Eltern, die von den Deutschen umgebracht worden sind«, ergänzte ich.

»Ach Kind«, sagte Moshe. Dann spöttisch: »Du kannst die

Geschichte *Kain wird erschlagen* nennen, wenn du willst, vermutlich wäre das ganz in Jeans Sinn.«

Vor einem Jahr habe ich eine Nacht in dem Hotel verbracht. Ich war nach einer Lesung wieder in Berlin angekommen, Sebastian konnte mich nicht abholen, er war unterwegs. Ohne nachzudenken, stieg ich am Bahnhof Zoo aus und lief bis zur Uhlandstraße; der Nachtklub hatte offenkundig zugemacht. Die Hotelrezeption stand wie ein altmodisches Fahrkartenhäuschen inmitten von Plüschsesseln und falschen Marmortischen, auf einem Drehstuhl saß schlafend ein älterer Mann, sonst war niemand da und kein Geräusch zu hören, als wäre eine schalldichte Tür hinter mir ins Schloß gefallen. Einen Augenblick starrte ich den Mann an, der sich nicht rührte, das unrasierte Kinn bis auf die Brust gesunken, die Hände überm Bauch gefaltet, er trug einen Anzug, der verknittert war und an den Ärmeln glänzte. Fast wunderte ich mich, daß er aufwachte, als ich an die Glasscheibe klopfte. Wortlos kritzelte er etwas auf einen Zettel und schob ihn mir zu. 55 DM, mit Frühstück und ohne Schwimmbadbenutzung.
Das Schwimmbad sah ich von meinem Zimmer im dritten Stock, es lag direkt unter den Fenstern, der winzige Hof war mit einem Glasdach abgedeckt, darunter erkannte man das Bassin, einen Sonnenschirm mit der Aufschrift Coca-Cola, zwei Plastikpalmen und einen rot-weiß gestreiften Liegestuhl. Auf der Wasseroberfläche trieb ein riesiger aufblasbarer Haifisch.
Was für ein sinnloses Experiment, dachte ich, und mir war nicht recht, daß niemand, nicht einmal Sebastian wußte, wo ich war.
Die Dusche funktionierte schlecht, und weil mir kalt war, stieg ich nach leichtem Zögern in die Badewanne. Nicht nur auf dem Fernseher, auch auf der Ablage über dem Waschbecken lag ein Zettel, der die Dienste zweier Masseusen

anpries. Es klopfte an die Tür, ich erschrak, antwortete nicht, lauschte, ob sich jemand am Türschloß zu schaffen machte, aber alles blieb still. Gegen neun Uhr hörte ich Schritte, die Tür des Nachbarzimmers, bald darauf den Fernseher. Erst leise, dann immer lauter, die Kanäle und Sprachen wechselten, ich versuchte, die Sprache zu erraten, bald war es wie ein Spiel, wenn ich – richtig oder falsch – geraten hatte, wechselte mein Nachbar den Kanal.

Als ich schließlich gegen die Wand pochte, wurde der Ton leiser.

Ich fühlte mich bedrückt und ratlos, und die Zeit verging sehr langsam; am Morgen stellte ich dann fest, daß der Radiowecker nicht richtig funktionierte, er zeigte fünf Uhr an, als es längst hell geworden war. Wie zur Übung versuchte ich mir das Zimmer genau einzuprägen: braun in braun geblümte Vorhänge, die Tapeten ebenfalls braun gemustert, dunkelbraune Pflanzen auf hellbraunem Grund, großblättrig und ineinander verschlungen, ein kleiner Tisch, auf dem der Fernseher thronte, schlechtes Furnier, das sich gelöst hatte und wellte, ein dünnwandiger Schrank ohne Kleiderbügel. Papier und einen Stift hatte ich bei mir, aber ich schrieb nicht einen Satz. Aus dem Kloster war Jean vielleicht engen Raum gewöhnt. Und trotzdem: kaum vorstellbar, in einem solchen Zimmer zweieinhalb Monate zu verbringen. Es war so klein, daß man eigentlich nur auf dem Bett sitzen oder am Fenster stehen konnte. Um den Schreibtisch zu benutzen, hätte man den Fernseher wegstellen müssen, aber wohin?

Auf dem Bett ausgestreckt, lag ich da, ohne zu schlafen, und bald war es nicht mehr Jean, der mich beschäftigte, sondern Moshe. Im letzten Jahr – seit Jeans Verschwinden – schienen seine Stimmungen rascher und für mich unberechenbarer zu wechseln. Aber vielleicht war ich nur aufmerksamer geworden. Die Schwindelanfälle, die ich mir nicht ausmalen konnte, entfernten ihn, mir war manchmal, als wäre er verreist und hätte nicht gesagt, wann er zurückkommen würde. In seiner Wohnung oder Kanzlei, arbeitend oder nicht; es half mir wenig, daß ich den Ort kannte, die Stadt und auch die Wohnung, daß ich ihn mir in dem schwarzen, niedrigen Sessel sitzend vorstellte. Das Wissen war wie das Tuch, durch das ich an Kindergeburtstagen versucht hatte zu ertasten, welche Gegenstände darunter verborgen waren; sie schienen fragil und geheimnisvoll, selbst dann noch fremd, wenn man sie erraten hatte.

»Warum hast du das gemacht?« Im ersten Moment klang Moshe brüskiert. Dann lachte er über meine Schilderung. Dann verstummte er.

Ich kann mir gut vorstellen, noch einmal nach Tournus zu fahren, um wieder nicht in der Stadt herumzulaufen und St. Croix zu suchen, sondern die Stadt gleich Richtung Norden zu verlassen. Ich würde an die Saône fahren, die kleine Straße zu dem so wenig einladenden Château entlang, das aussieht wie die Karikatur eines Schlosses oder wie ein böser Traum, wie eine Monstrosität, von einer Diktatur zurückgelassen, gewaltsam und gleichgültig. Wenn ich die Augen schließe, kann ich den modrigen Geruch der Bettdecke riechen. Ruth hat behauptet, ich hätte eine instinktive Neigung, die Räume, in denen ich mich aufhalte, zu einem Abbild meiner Ängste zu machen. Wir haben uns gestritten, weil ich bei einem Trödler ein Bett und einen Schrank aufgetrieben hatte, die mich an St. Croix erinnerten und die sie abscheulich fand. Nicht in meiner Wohnung, nur über meine Leiche kommen diese Möbel ins Haus. Am Ende hat es mir nicht geholfen, daß ich verzichtet habe, aber wem soll ich das jetzt vorwerfen.

Ich würde um dasselbe Zimmer bitten und hoffen, daß dort immer noch der Toaster steht, und vielleicht könnte ich diesmal eine Packung Toastbrot mitnehmen. Vorm Fenster die riesige Pappel, an der kein Blatt mehr hing und in deren Zweigen sich jeden Abend mit Einbruch der Dämmerung ein großer Vogel niederließ, immer auf demselben Ast. Wenn es dunkel geworden war, flog er davon. Im Hof die Platanen, von denen zuweilen ein Blatt fiel, groß wie ein Gesicht. Natürlich war es absurd zu denken, daß Jean mich dort finden würde. Aber ist es ein Gesetz, daß sich Absurdität immer gegen einen richtet?

Jedesmal, wenn ich in Charlottenburg spazierenging, war mir, als müßte ich gleich Jean treffen, vielleicht weil Moshe oft über ihn sprach, als erwartete er noch immer Jeans Anruf: Ich bin in Berlin, ich komme nach Israel. Jedesmal wenn ich am Bahnhof Zoo war, stellte ich mir vor, wie Jean aus dem Zug ausstieg, den Schriftzug, die Giraffe betrachtete, die an dem Hochhaus gegenüber dem Bahnhof angebracht sind.

Als ein Kriminalbeamter am 30. Dezember 1998 angerufen und gefragt hatte, ob er einen Mann namens Fein kennte, glaubte Moshe, es handelte sich um einen Scherz. Der Anrufer fragte zögerlich, anscheinend hatte er Moshes Namen nicht verstanden: mit wem er verbunden sei? Bis dahin hatten sie das Gespräch auf englisch geführt, der Polizist war offenkundig erleichtert, als Moshe ihm sagte, er könne deutsch mit ihm sprechen. Ein Mann namens Fein sei in einem Nachtklub tot aufgefunden worden, tot infolge einer Schlägerei oder eines Mißgeschicks. Man habe bei ihm Geld gefunden, Moshes Telefonnummer sowie die Adresse eines Berliner Reisebüros.
Es ging darum, den Leichnam zu identifizieren. Ob er ihn beschreiben, besondere Kennzeichen, Narben oder Muttermale angeben könne?
Ich weiß nicht, warum Moshe nicht selber nach Berlin geflogen ist. Zweifellos gab es genug Gründe, seine Gesundheit und die Entfernung, aber meistens hat er sich nach solcher-

lei nicht gerichtet. Er gab dem Beamten die Nummer des Klosters Sept-Fons.
»Glaubst du, daß es Jean ist?« hatte ich gefragt.
»Ich bin es jedenfalls nicht«, hatte Moshe geantwortet. Die Beschreibung ließ kaum einen Zweifel zu.
Als Abt Nicolas anrief, um Moshe mitzuteilen, daß es sich tatsächlich um Jean handelte, wurde Moshe wütend. Wir sind Kain und Abel, hatte Jean gesagt. Kain, der durch die Länder wandert, den nur das Zeichen Gottes, das Zeichen seiner Schuld davor bewahrt, erschlagen zu werden. Wenn es Gott nicht gäbe, würde Kain erschlagen werden. Es war zu simpel. Wahrscheinlich das, sagte Moshe, was sich ein guter Christ unter jüdischer Gesetzesstrenge vorstelle.
Abt Nicolas bestand darauf, daß Jean nach Sept-Fons überführt und dort begraben würde.
Später hat Moshe sich Vorwürfe gemacht. Es wäre Jean nicht recht gewesen, im Kloster beerdigt zu werden.

Schreibe Jeans Geschichte auf, hatte Moshe gesagt.
Aber es gab keine Geschichte. Es gab einen Mönch, der nicht an Gott glaubte, es gab einen Brief und einen Unfall und dann ein Mißgeschick. Es gab den Satz: Ich glaube längst nicht mehr an Gott, seit Jahren nicht. Und immer wieder: Wir sind Kain und Abel.
Daß Jean seinem Vater gesagt hatte, eigentlich hieße sein neuer Freund nicht Jean Marie, sondern Moses Fein – war das ein Verrat? War er schuld am Tod von Moshes Eltern? Worauf kam es an?
Moshe wollte, daß ich erfinde, was er nicht wußte; daß ich erfinde, woran er sich erinnerte. Lange schien mir, es sei nur Mangel an Konzentration, der mich daran hinderte, seine und Jeans Geschichte zu verstehen. Die Nacht in der Uhlandstraße, im Hotel Bismarck, brach diesen Bann. Ich war dort gewesen.
Es ging um seine Eltern, es ging um seinen Freund, aber

Moshe sagte nicht, was er dachte und empfand. Es ist nicht mein Fall, sondern deiner; daran hielt er fest, ich wußte, daß sich daran nichts ändern würde, bis ich mit der Geschichte fertig war.

2001 versuchte ich mit Hilfe einer Bekannten, den Polizeibeamten ausfindig zu machen, der mit Jeans Fall betraut gewesen war. Daß zwei Jahre vergangen waren, machte die Sache nicht leichter.
Der Mann, den ich schließlich anrief, war unwirsch, beinahe grob. Er wollte wissen, ob ich für eine Zeitung arbeite, ob ich eine Verwandte von Jean Clermont oder von Moshe Fein sei. Endlich willigte er doch ein, mich zu treffen. Wir verabredeten uns im Café des Literaturhauses, er habe nur eine halbe Stunde Zeit, wiederholte er mehrmals.
Aber er hatte sich die Akte noch einmal angeschaut. Ein mittelgroßer Mann im Anzug, ohne Mantel, obwohl der Tag kalt war, seine Brille beschlug, als er hereinkam. Aber es schien ihn nicht zu stören, daß er eigentlich nichts sehen konnte, er steuerte zielsicher auf den Tisch zu, an dem ich saß, fing sofort an zu reden, nicht schnell, aber so, als wollte er das Unvermeidliche rasch hinter sich bringen.
Am 27. Dezember 1998 war gegen Mitternacht die Polizei in die Uhlandstraße gerufen worden. Die Anruferin habe aufgelöst, sogar panisch geklungen. Da die Adresse hinlänglich bekannt war, habe man sofort eine Ambulanz und einen Streifenwagen losgeschickt; es sei wenig Anlaß gewesen, überrascht zu sein. Das Lokal war bis auf den Barkeeper menschenleer, der Tote lag auf dem Boden. Offenkundig hatte sich irgend jemand um ihn bemüht, das Hemd war aufgeknöpft, der Kopf ruhte auf einem Kissen. Natürlich habe er keinen Ausweis bei sich gehabt, sagte der Beamte, die meisten gingen ohne Ausweis in derartige Etablissements. Die Tage nach Weihnachten seien immer unerfreulich, was mühsam über die Feiertage zurückgehalten würde,

breche zwischen den Jahren aus. Auffällig sei nur gewesen, daß der Mann so friedlich aussah, als wäre er zu Hause und im Bett gestorben. Ansonsten habe alles leidlich zusammengepaßt, die Stühle durcheinander, verschüttete Flüssigkeit, der Barkeeper hatte sich bemüht, die Ordnung wiederherzustellen. Auch daß andere es vorgezogen hatten zu gehen, bevor die Polizei eintraf, paßte ins Bild, nur eben der Tote nicht. Er habe, sagte der Polizeibeamte, zunächst geglaubt, es läge daran, daß der Mann so friedlich dalag. Wie in den Schlaf gesungen, so habe es der Notarzt ausgedrückt. Der erste Befund stimmte dazu, die Schlägerei (oder Rempelei) sei nur indirekt Todesursache gewesen, der Mann habe nicht mehr als eine Beule gehabt. Aber das friedliche Äußere sei nicht das einzig Irritierende gewesen. Die Kleidung, eine abgetragene Cordhose, ein Hemd, eine zu große Lederjacke, habe zwar in die Umgebung, aber nicht zu ihrem Träger gepaßt, zu lässig, eine Spur zu vulgär, jedenfalls bei einem Mann, der mindestens sechzig Jahre alt war. Er hätte sich nicht gewundert, wenn ein Professor oder Rechtsanwalt als vermißt gemeldet worden wäre, irgendeine respektable, gutbürgerliche Person; hier, sagte der Beamte und wies auf das Café, wäre er nicht aufgefallen.
Wir saßen am Fenster, auf dem kleinen Podest über dem Garten, es war Spätnachmittag, diese unklare Zeit zwischen Kaffee und Kuchen und dem ersten Glas Wein. Vor vier Jahren hatte ich mit Moshe am selben Tisch gesessen, er war auf dem Weg nach Frankreich gewesen, um in Paris Jean zu treffen, der sich in der Salpêtrière hatte untersuchen lassen.
Plötzlich kam ich mir wie die Karikatur einer Schriftstellerin vor, und als mir ein Bekannter zunickte, wurde ich rot. Was für eine Illusion, man könne jemanden besser verstehen, indem man ein paar Informationen einholt. Der Polizist sah unzufrieden aus. Der Obduktionsbericht habe ergeben, daß ein Schlag auf den Hinterkopf zu einer starken Hirnblutung, einem epiduralen Hämatom mit freiem Intervall, ge-

führt hatte. Damit sei klar gewesen, daß es sich allenfalls um Totschlag gehandelt habe. So habe man sich Zeit gelassen. Eine Vermißtenmeldung wurde abgewartet und ging nicht ein, nach drei Tagen sprach er mit dem Besitzer und dem Personal des Nachtklubs und des Hotels. Die Gespräche im Nachtklub seien unergiebig geblieben, aber der Portier habe sofort gesagt, es müsse sich um den Gast handeln, der seinen Zimmerschlüssel seit drei Tagen nicht abgeholt habe.

Das Zimmer war aufgeräumt, wenige Kleider, Unterwäsche, Hemden und zwei Hosen waren ordentlich im Schrank verstaut, es fanden sich aber weder Papiere noch sonstige Hinweise auf die Identität des Mannes. Auf dem Fernseher habe eine größere Summe Geld gelegen, etwa achthundert Mark. Unter dem Kopfkissen habe er dann einen Zettel mit einer Telefonnummer und der Adresse eines Reisebüros gefunden. Da er nicht gewußt habe, was für eine Vorwahl notiert gewesen sei, habe er gezögert, sie anzuwählen, statt dessen noch einmal mit dem Portier, dem Zimmermädchen, dem Besitzer des Hotels und des Nachtklubs gesprochen. Der Tote habe im Nachtklub ausgeholfen als eine Art Garderobier und Aufpasser, als jemand, dessen Gegenwart die Gemüter beruhigen sollte, falls einer der Gäste betrunken war oder zu randalieren drohte, wie sich der Besitzer ausgedrückt habe. Es sei, so der Besitzer, deutlich gewesen, daß der Mann Geldprobleme und nichts zu tun gehabt habe, seinerseits habe es sich um ein freundliches Angebot gehandelt, zu beider Nutzen, denn der Mann, der vorher als Aufpasser fungiert habe, ein professioneller Rausschmeißer, habe nur Scherereien gemacht. Fein habe das Angebot angenommen, er sei aus einem Hotel geflogen, weil er nicht bezahlen konnte; hier habe er umsonst gewohnt und eine Art Taschengeld bekommen. Anders als sein Vorgänger habe Fein die Frauen, die im Nachtklub arbeiteten, nie belästigt. Warum Fein? fragte ich. Der Beamte sah mich erstaunt an. Jean Clermont habe sich mit dem

Namen Fein eingetragen. Im Reisebüro allerdings, dessen Adresse auf dem Zettel notiert war, kannte man keinen Kunden namens Fein, die Beschreibung aber paßte auf einen Mann, der sich nach billigen Israel-Flügen erkundigt habe. Den Namen wußte die Frau nicht mehr, aber sie erinnerte sich, daß es ein französischer Name war. Sie bestätigte, daß es sich bei der Vorwahl auf dem Zettel um die Vorwahl von Israel handelte. Er habe dort angerufen, erleichtert, daß der Mann, der sich mit dem Namen Fein meldete, deutsch sprach. Im ersten Moment habe er angenommen, Fein müsse ein Verwandter des Toten sein, ein Mißverständnis, das sich rasch aufgeklärt habe.
Und die Frau? fragte ich, als der Polizeibeamte Anstalten machte aufzustehen. Er verstand sofort, schüttelte aber den Kopf. Weder habe man herausfinden können, wer an der Rempelei oder Schlägerei beteiligt, noch, wer die Anruferin gewesen sei. Der Barkeeper habe hartnäckig behauptet, sie nicht zu kennen, was zugegebenermaßen unwahrscheinlich sei. Frauen gehörten nicht zu den Gästen solcher Lokale. Ob er noch weitere Zettel gefunden habe oder nur die Adresse des Reisebüros und Moshes Telefonnummer? Der Polizist schüttelte wieder den Kopf. Nichts weiter, nur zwei Eintrittskarten für den Zoo. Ein Ausweis oder Reisepaß sei auch nicht aufgetaucht. Er war ungeduldig, die halbe Stunde war vorüber.
Ich hatte keine Lust, alleine im Literaturhaus zu bleiben, und ging in eine Pizzeria in der Joachimstaler Straße, um ein Glas Wein zu trinken. Sie war leer, einmal kam jemand herein, holte sich ein Stück Pizza und ging gleich wieder; der Verkäufer saß unsichtbar auf einem niedrigen Stuhl hinter der Theke, wollte anscheinend ebenso seine Ruhe haben wie ich auch.
Ich dachte daran, daß Sebastian mich erwartete, daß ich gleich nach Hause gehen würde. Vor anderthalb Jahren war er nach Berlin gezogen. Am Tag, an dem er kam, schickte

Moshe mir ein Telegramm. Als mein Vater habe er sich nie gefühlt, als Brautvater fühle er sich doch. Eine Weile hat er nicht mehr angerufen. Aus Rücksichtnahme, wußte ich, und doch fühlte ich mich im Stich gelassen, in der Wohnung, die immer noch dieselbe war und doch nicht mehr meine vertraute Wohnung, sondern ein Labyrinth der Vertrautheit und Erwartung. Inzwischen waren wir längst umgezogen, Moshe und ich telefonierten wieder alle drei oder vier Tage miteinander. Er ging in die Kanzlei, aber nicht täglich, er ging zum Arzt und spottete darüber, die Narben im Gesicht sah man kaum. Tess machte ihm immer noch den Haushalt. Am Ende, sagte er, würde er als alter Mann doch noch ein Israeli in jeder Hinsicht werden. Er hatte Tess das Kreuz geschenkt. »Bald lasse ich mich von ihr im Rollstuhl durch Rechavia schieben.«

Er fragte, woran ich schriebe, ob ich an Jeans Geschichte schriebe. Ich sagte ihm, daß ich nicht vorankäme. Oft sprachen wir über Politik; Barak war abgewählt, Scharon Ministerpräsident geworden. Moshe schrieb Gutachten für Bezelem, die israelische Menschenrechtsorganisation. Während einer Fahrt im Gaza-Streifen war ihm so schwindelig geworden, daß seine Begleiter ihn ins Krankenhaus gebracht hatten. Er ging früher zu Bett, manchmal verbrachte er ein paar Tage bei Batsheva. Wir waren, wie Sebastian uns neulich im Rückblick beschrieb: Himmelskörper, die sich auf einer neuen Umlaufbahn schwerfällig in Bewegung setzten. Im Herbst 1999 waren sich Moshe und Sebastian zum ersten Mal begegnet. Ich hatte Angst davor gehabt; ich habe Moshe nie so charmant erlebt. Er hatte uns in ein Restaurant in Rechavia eingeladen, das Besograim, In Klammern, heißt, an jenem Abend wurde mir klar, wie wenig Moshe daran lag zu lesen, was ich über Jean oder ihn schrieb. Er wollte, daß ich die Geschichte aufschrieb, das war alles.

Als ich im Herbst 2001 in der Pizzeria in der Joachimstaler Straße saß, bat ich den mürrischen Verkäufer um einen Stift und einen Zettel und fing von vorne an. Nach drei oder vier Sätzen gab ich auf, ich wollte das Papier zusammenknüllen, bemerkte den Blick des Pizzaverkäufers und ließ es bleiben. Statt dessen notierte ich in ein paar Stichworten, was mir der Polizeibeamte erzählt hatte, notierte mechanisch, was man bei Jean gefunden hatte: etwa achthundert Mark, die Adresse eines Reisebüros, Moshes Telefonnummer, zwei Eintrittskarten für den Zoo.
Zwei Eintrittskarten für den Zoo: waren sie eingerissen oder nicht? Ich nahm mir vor, Moshe zu fragen, ob er bei seinem nächsten Besuch mit mir in den Zoo ginge.

Als ich Moshe fragte, ob er mit mir in den Zoo gehen würde, hatte ich an nichts gedacht, als daß Jean im Zoo gewesen sein mußte, ich stellte mir vor, daß er dort mit der Frau gewesen war, die aus dem Nachtklub angerufen, die seinen Kopf auf ein Kissen gebettet hatte. Nach der Nacht im Hotel Bismarck, nach dem Gespräch mit dem Polizeibeamten schien es mir logisch, Jeans Spur zu folgen, soweit es möglich war.
Ich glaubte, herausgefunden zu haben, was Moshe nicht wußte; vielleicht war Jean glücklich gewesen.
Vielleicht war er glücklich, habe ich Moshe gesagt, vielleicht war er verliebt. Moshe schwieg, ich hörte in der Leitung nur das Echo meiner Bemerkung, und mir fiel ein, was Moshe einmal gesagt hatte: Er war ein Idiot. Schreib das auf, Jean Clermont war ein Idiot.
Nach einer Pause, die mir endlos vorkam, sagte Moshe nur: »Warum soll ich mit dir in den Zoo gehen, solange du kein Kind hast? Mit Kindern geht man in den Zoo, nicht, um irgendwelche vermeintlichen Rätsel zu lösen.«
Er hatte mir erzählt, daß seine Eltern ihm versprochen hatten, in Paris wieder mit ihm in den Zoo zu gehen. Es ist dann

daraus nichts geworden. Moshe war 1935 zum letzten Mal im Zoo.
Als ich ein Päckchen von Moshe bekam – Datteln, die kleinen, etwas zermatschten Datteln, die er für mich kauft, obwohl er weiß, daß ich Angst habe, wenn er auf den Markt geht, in dessen schmalen Gassen man jederzeit einen weiteren Anschlag befürchten muß –, fiel ein Stück Papier heraus. Einer seiner Zettel, dachte ich zuerst, aber dann sah ich, daß es ein Brief an mich war.
»Liebe Sophie, Du hast am Telefon gesagt, Jean sei vielleicht glücklich gewesen. Ich bin nicht sicher, ob ich wissen muß, was Jean in diesen letzten Wochen empfunden hat. Er war also im Zoo, nun gut. Ich kann mich nicht in ihn hineinversetzen und will es auch nicht.
Ich wüßte lieber, was er gedacht hat. Irgend etwas muß er sich ja gedacht haben. Über sein Christentum, über seinen Versuch, ein unmögliches Leben zu führen, das er nicht als sein Leben anerkennen konnte. Was soll ein Mönch, der nicht an Gott glaubt? Über seinen Versuch, Buße zu üben für einen Verrat an einem Juden und dieses so christliche Unterfangen damit ad absurdum zu führen, daß er Gott leugnet. Was soll das alles? Wollte er damit, daß er sich fast erschlagen läßt, wollte er beweisen, daß er nicht Kain war, sondern Abel? Oder hat er beschlossen, sich so lächerlich wie möglich zu machen? Eines ist jedenfalls sicher: Er wußte, daß er mich nur anzurufen braucht, er wußte, daß ich ihn liebe. Wenn er es aus Stolz oder aus Scham – oder aus Feigheit nicht getan hat, so ist das seine Sache. Und sicher ist, daß auch Du nicht verstehen mußt, was in ihm vorgegangen ist, jedenfalls nicht meinetwegen. Der Rest ist Deine Sache.«

Eine Geschichte ist keine Antwort auf eine Frage, manchmal ist eine Geschichte nicht einmal eine Frage.
Vermutlich würde Moshe mich auslachen, wenn ich ihn

fragte, ob er mit Bedacht gesagt hat: Schreibe die Geschichte auf. Aufschreiben, wie man etwas aufschreibt, um es nicht zu vergessen, um es aufgeschrieben zu haben, auf einen Zettel, den man aufhebt oder verliert, je nachdem. Den man suchen oder zufällig wiederfinden kann, an den man sich erinnert, auch wenn man vergessen hat, was darauf notiert war.

»Was willst du herausfinden?« hatte mich Moshe überrascht gefragt, als ich ihm erzählte, daß ich mit dem zuständigen Polizeibeamten sprechen wollte. Was willst du herausfinden? hat er mich amüsiert gefragt, als ich ihm gesagt habe, ich sei fast fertig und überlege, nach Sept-Fons zu fahren.

Einen Monat nach Jeans Tod hatte ich damit begonnen, seine Geschichte aufzuschreiben. Zwei Jahre später habe ich begonnen aufzuschreiben, was mir Moshe erzählt hat. Seither ist ein weiteres Jahr vergangen.

Moshe ist nach Berlin gekommen, aber wir waren nicht im Zoo. Sebastian und ich haben geheiratet. Moshes Schwindelanfälle sind selten geworden, trotzdem reist er nicht mehr gerne. »Fährst du mit mir nach Tournus?« frage ich Moshe. »Wozu hast du geheiratet?« gibt er zurück. »Und warum nach Tournus? Wenn du fahren willst, dann fahre nach Néris-les-Bains.«

Inzwischen ist Geweret Katz gestorben. Bei meinem letzten Besuch in Jerusalem waren wir auf dem Friedhof an ihrem Grab und am Grab von Herrn Stein.

»Es ist nicht, was du dir vorgestellt hast«, sage ich Moshe und gebe ihm das Manuskript, »nicht einmal, was ich mir vorgestellt habe.« »Ich habe mir nichts vorgestellt«, antwortet Moshe, »es ist deine Geschichte, ich habe sie dir geschenkt.«

Dieses Buch ist Saul Friedländer gewidmet. Wer seinen autobiographischen Essay »Wenn die Erinnerung kommt« gelesen hat, wird in diesem Buch seine Geschichte erkennen. Zwar haben meine Figur Moshe Fein und Saul Friedländer (soweit ich es irgend beurteilen kann) keinerlei Ähnlichkeit, aber die Erzählung von Feins Jahren in Frankreich ist nichts als der Versuch, durch eine andere, erfundene Geschichte diese Geschichte Saul Friedländers zu verstehen. Das Buch »Eine Art Liebe« handelt von der Frage, wie es möglich ist, mit Hilfe der Imagination da zu verstehen, wo es kein eigenes Erinnern gibt.

Das ist der zweite Grund dafür, daß ich dieses Buch Saul Friedländer widmen möchte. Denn von ihm, durch die Freundschaft zu ihm habe ich gelernt, über Erinnerung und über Wissen, das die Distanz – die Unmöglichkeit, zu begreifen – nicht überwinden kann, nachzudenken.

In Bubers Sammlung findet sich folgende chassidische Erzählung: Rabbi Mendel von Kozk sprach: »Es heißt: ›Und diese Worte, die ich heute dir gebiete, sollen auf deinem Herzen sein‹. Es heißt nicht ›in deinem Herzen‹. Denn das Herz ist zeitenweise verschlossen, die Worte liegen aber auf ihm, und wenn es in heiligen Zeiten sich öffnet, fallen sie in seine Tiefe.«

Welche Zeiten das immer sein werden – es gibt den unermüdlichen Versuch, zu verstehen, und die Imagination.

Paul Celan. Gesammelte Werke in sieben Bänden. Sieben Bände in Kassette. st 3202-st 3208. 3380 Seiten

Marguerite Duras. Der Liebhaber. Übersetzt von Ilma Rakusa. st 1629. 194 Seiten

Hans Magnus Enzensberger. Der Fliegende Robert. Gedichte, Szenen, Essays. st 1962. 350 Seiten

Max Frisch
- Homo faber. Ein Bericht. st 354. 203 Seiten
- Stiller. Roman. st 105. 438 Seiten

Norbert Gstrein. Der Kommerzialrat. Bericht. st 2718. 148 Seiten

Marie Hermanson. Muschelstrand. Roman. Übersetzt von Regine Elsässer. st 3390. 304 Seiten

Peter Handke. Mein Jahr in der Niemandsbucht. Ein Märchen aus den neuen Zeiten. st 3084. 632 Seiten

Hermann Hesse.
- Das Glasperlenspiel. Versuch einer Lebensbeschreibung des Magister Ludi Josef Knecht samt Knechts hinterlassenen Schriften. st 2572. 616 Seiten
- Siddhartha. Eine indische Dichtung. st 182. 136 Seiten

Ludwig Hohl. Die Notizen oder Von der unvoreiligen Versöhnung. st 1000. 832 Seiten

Yasushi Inoue. Das Jagdgewehr. Übersetzt von Oskar Benl. st 2909. 98 Seiten

Uwe Johnson. Jahrestage. Aus dem Leben der Gesine Cresspahl. Einbändige Ausgabe. st 3220. 1728 Seiten

James Joyce. Ulysses. Roman. Übersetzt von Hans Wollschläger. st 2551. 988 Seiten

Franz Kafka. Der Prozeß. Roman. st 2837. 282 Seiten

Bodo Kirchhoff. Infanta. Roman. st 1872. 502 Seiten

Andreas Maier. Wäldchestag. Roman. st 3381. 315 Seiten

Magnus Mills. Die Herren der Zäune. Roman. Übersetzt von Katharina Böhmer. st 3383. 216 Seiten

Cees Nooteboom. Allerseelen. Roman. Übersetzt von Helga van Beuningen. st 3163. 440 Seiten

Juan Carlos Onetti. Das kurze Leben. Roman. Übersetzt von Curt Meyer-Clason. Mit einem Nachwort von Durs Grünbein. st 3017. 380 Seiten

Marcel Proust. In Swanns Welt. Auf der Suche nach der verlorenen Zeit. Übersetzt von Eva Rechel-Mertens. st 2671. 564 Seiten

Hans-Ulrich Treichel. Der Verlorene. Erzählung. st 3061. 175 Seiten

Mario Vargas Llosa. Tante Julia und der Kunstschreiber. Roman. Übersetzt von Heidrun Adler. st 1520. 392 Seiten

Martin Walser. Ein fliehendes Pferd. Novelle. st 600. 151 Seiten

Ernst Weiß. Der arme Verschwender. st 3004. 450 Seiten

NF 266/3/1.03